벌교에서 외서댁을 만나다

벌교에서 외서댁을 만나다

초판 1쇄 인쇄   2014년 05월 09일
초판 1쇄 발행   2014년 05월 16일

지은이   박 모 인
펴낸이   손 형 국
펴낸곳   (주)북랩
편집인   선일영   편집   이소현, 이윤채, 조민수
디자인   이현수, 신혜림, 김루리   제작   박기성, 황동현, 구성우
마케팅   김회란

출판등록   2004. 12. 1(제2012-000051호)
주소   서울시 금천구 가산디지털 1로 168, 우림라이온스밸리 B동 B113, 114호
홈페이지   www.book.co.kr
전화번호   (02)2026-5777   팩스   (02)2026-5747

ISBN   979-11-5585-209-5 03810(종이책)   979-11-5585-210-1 05810(전자책)

이 도서의 국립중앙도서관 출판시도서목록(CIP)은 서지정보유통지원시스템 홈페이지(http://seoji.nl.go.kr)와
국가자료공동목록시스템(http://www.nl.go.kr/kolisnet)에서 이용하실 수 있습니다.
(CIP제어번호 : 2014015010)

벌교에서 외서댁을 만나다

박모인 지음

book Lab

모인의 글을 읽고

●

이 책에 내가 발문을 쓰게 될 줄은 몰랐다. 어느 날 그가 불쑥 전화를 걸어와 "내가 책을 한 권 낼 텐데 교수님께서 발문을 하나 써주시오!"라고 할 때까지는. 초등학교 동기회 홈페이지에서 친구가 올리는 여행기를 보면서 혼자 미소를 지은 적은 더러 있다. 때로는 여행기 마지막에 뜬금없는 결론을 내려놓고는 낄낄거리는 그가 의아할 때도 있었지만……. 책 제목도 그러하다. 글은 내면의 투영이라 없는 것이 드러나지도 않고 있는 것이 감춰지지도 않는다.

친구들이 기억하는 그는 마른버짐이 핀 삐쩍 마른 몸매의 코흘리개 소년이었다. 초등학교 때 시골에서 부산으로 전학 왔던 그는 순진하긴 했지만 때로는 자신의 고향인 경북 청도의 황소 같은 고집도 좀 있었던 것으로 기억들 한다. 사실 나 자신 강원도에서 전학을 왔던 터라 초등학교 친구들에 대한 기억은 마땅한 서두가 없는 단칸짜리 인상에 불과하다. 동기들이 다시 만난 것은 초등학교를 졸업한 후 40여 년이 지나서였는데, 세월은 마법과 같이 단편짜리 인상에 서사를 더해 어린 시절이 한 편의 영화처럼 흘러가면서 마치 수백 명의 동기들이 한 교실에서 지낸 듯 친근감은 순식간이었다.

나는 그가 입버릇처럼 되뇌는 스스로의 '벼슬이 비천'하다는 데 동의하지 않는다. 그 말을 뱉을 때마다 서정주가 노비였던 아비를 들추어내어 자기 인생에서 이룬 모든 것에서 적어도 2할은 자기 몫임을 은근 슬쩍 자랑하는 것처럼 느껴진다.

친구가 몰락한 양반가의 후손이라는 멜랑콜리한 자기연민을 즐길 때마다, 현실주의적인 나로선 비아냥이 앞선다. 하지만 그가 스스로 한량이요 노마드라는 데에는 동의한다. 초등학교 동창들이 출세한 어떤 친구들보다 그를 더 부러워하는 것을 보면 그는 자유인임에 틀림없다.

이 책을 읽은 독자들이 행여 친구의 한량 같은 삶의 방식에 바람둥이 기질도 묻혀있지 않나 의심이 들 수도 있다. 그것이 염려되지 않는 바도 아니다. 하지만 내가 보기에 그는 한량은 되겠으나 바람둥이는 아니다.

그가 필명을 박모인(朴某人)으로 쓰겠다고 하니 문득 생각나는 것이 있다. 조선의 독서왕 정조임금의 문체반정(文體反正)이 그것이다. 정조임금께서 어느 날 한탄조로 털어놓는다.

"근래 선비들의 추향이 점점 저하되어 문풍(文風)도 날로 비속해지고 있다. 내용이 빈약하고 기교만 부려 옛사람의 체취는 없고 경박하여 평온한 세상의 문장 같지 않다. 이와 같은 것은 그 근본을 캐보건대, 박모(朴某)의 죄가 아님이 없다. 『열하일기』는 내가 이미 숙람(熟覽)하였으니, 어찌 감히 속일 수 있으랴? 이 사람은 그물을 빠져나간 가장 큰 사람이다. 『열하일기』가 세상에 돌아다닌 후에 문체가 이와 같아졌으니, 마땅히 결자(結者)가 해지(解之)해야 할 것이다."

모인의 글은 패관잡기에 가깝다. 그런 글을 감히 연암에 갖다대랴마는 그래도 모두가 대세라며 비판정신 없이 달려들 가는 길에 약간의 삐딱선을 긋고 싶은 모인의 정신만은 연암을 연상시키는 '역린'의 요소가 없지 않다.

그러니 친구의 글을 보고 불미한 풍문이 돌게 된다면 그것은 한국의 고전 『열하일기』가 당대의 선비들에게는 '불미한 풍문이 돌 수밖에 없는 것'으로 보였듯, 세상에 순응하듯 살아가지만 기실 바른 생각마저 버리고 싶지는 않은 모인의 묘한 반정의 감성 때문이리라.

금년 5월 초등학교 동창 몇 명과 뉴욕과 교토에 사는 지인들이 모여 6인 6색의 아프리카 여행을 떠난다. 우리가 킬리만자로 등정을 마치고 나면 모인의 책이 나와 있을 것이다. 어쩌면 세렝게티의 커다란 분화구 위에 지어진 호텔 베란다에서 아프리카 초원을 붉히는 아름다운 저녁노을을 내려다보며 모두 함께 이 책에 투영된 우리 시대의 삶을 반추하고 있을지도 모르겠다. 함께 왔었으면 하는 아쉬움과 함께.

초등학교 최고의 한량인 모인도 20여 일간의 일정은 함께 하지 못하는 어쩔 수 없는 직장인이다. 하지만 그런 장기간의 휴가를 낼 수 없는 한국의 모든 직장인들이 주말이나마 가까운 곳으로 여행을 다니면서 많이 느끼고 그 느낌의 잔상을 이렇게 좋은 글로 남긴다면 우리네 삶이 조금은 덜 팍팍할 것이다.

여행은 미래를 위한 저축이다. 어떤 곳은 그곳에 머물 때보다 그곳을 떠난 뒤에 그리고 여행의 기억이 묽어질 무렵 더욱 진하게, 더욱 가까이 다가온다. 우리 모두 그런 곳을 한두 군데 갖고 있다. 모인에게는 아마도 "그의 인생에 감칠맛을 더해 줄 외서댁"이 머물렀던 벌교가 그런 곳임에 틀림없다.

벌교를 가보지 못한 나같은 이가 어느 날 불쑥 행장을 챙기고 신발을 신고 나서고 싶어지는 그런 절실한 마음이 담긴 여행기. 모인의 여행기가 독자들에게 그런 바람과 같은 마음을 일으키리라 믿는다.

-이향순(미국 조지아대학교 비교문학과 교수, 초등학교 동창)

프롤로그

●

　세월 참 빠릅니다. 내 나이도 이제 오십 중반을 넘어서고 있습니다. 영화 〈올드보이〉의 주인공 오대수처럼 오늘만 대충 수습하면서 그저 그렇게 살았습니다. 계급이 비천하여 남에게 내밀 만한 변변한 명함도 없습니다.

　4~5년 전부터 직장생활에 회의감이 들기 시작했습니다. 위기였습니다. 아내에게 무력감을 호소했습니다. 목구멍이 포도청이라 직장을 그만둘 수는 없었습니다. 언제나 힘이 되어주는 아내가 대안을 제시했습니다. "가족들을 위하여 정년까지 직장을 다니는 대신 좋아하는 여행은 무한정 허(許)하노라"고.

　내가 덴마크의 부흥 운동가 달가스(Enrico Mylius Dalgas)는 아니지만, '밖'에서 잃은 것을 '안'에서 찾기로 했습니다. 가족들과 친구들, 챙길 사람 스무 명만 챙기며 살기로 했습니다. 그들과 어울려 여행을 다녔습니다. 인도행(인생길 따라 도보여행) 같은 몇몇 도보여행 모임에도 가입해서 같이 다녔습니다.

　하지만 직장인으로서 여행을 멀리까지 다닐 수는 없었습니다. 주말이나 공휴일, 또는 휴가를 얻어 부산 근교를 다녔습니다. 조그만 카메라를 가지고 다니면서 사진을 찍고 틈틈이 메모도 했습니다. 여행지

관련 책도 많이 읽었습니다. 다큐멘터리도 찾아보고 영화도 많이 보았습니다.

봄, 여름, 가을, 겨울 그리고 봄에 여행을 다니면서 느낀 감정을 정리해 책으로 펴내보기로 했습니다. 하지만 글쓰기는 참으로 어렵습니다. 내가 전문 여행가도 아니고 학문하는 사람도 아닌 다음에야 글이 매끄럽지 못하고 사실이 정확하게 전달되지 못한들 어쩌랴 하는 변명을 스스로 해봅니다.

해마다 미국에서 연하장을 보내주는 친구가 있습니다. 대학에서 중문학을 전공하고 미국 최고의 대학에서 근무했습니다. 연하장의 이름 앞에 Ph.D라는 것이 붙어 있어 물어보았습니다.

"니 이름 앞에 Ph.D라는 것이 있는데 그게 도대체 뭐여?"

"아, 그거? 물이 산성인지 알칼리성인지 리트머스 시험지로 검사하고 뭐 그러는 건데, 깊이 알 건 없고. 요새도 동가식서가숙하면서 댕기나?"

"댕기지. 정리해서 여행기를 한 권 내려고 하는데 괜찮을까?"

"니가 책을 내면 그야말로 재목(災木)이 되는 거지. 나무에 해를 입힌다는 말이다. '부부(覆瓿)'라고도 하는데 장독 뚜껑으로나 쓰인다는 말이고."

"그래서? 가방끈 짧은 놈은 책도 한 권 못 낸단 말이지?"

"그렇지. 요새는 장독을 찾아보기 힘드니 라면냄비 받침대로 쓰일 수는 있겠지. 그런데 니 글맛은 직이더라. 잘하면 낙양의 지가를 올릴 수 있을지 아나?"

어느 말이 참말인지 모르겠습니다.

"그런데 말이야, 니 시커먼 얼굴을 책 표지에 턱 올려놓으면 책이 팔릴까 걱정이네. 그리고 글 수준이 낮으니 니 이름은 걸지 말고 필명을 하나 만들어라."

녀석의 말투는 언제나 이런 식입니다.

"필명? 그거 좋네. 니가 한문학인지 중문학인지 전공했고 계급도 폐하(Ph)라고 하니 내 필명이나 하나 지어다오."

"니가 좋아하는 『금병매』를 쓴 작가 이름이 소소생(笑笑生)이다. 풀이하자면 '웃기는 놈' 정도 되겠는데, 실제로는 누구인지 모르지. 니도 '웃기는 놈'이긴 하지만 대작가께서 필명으로 쓰고 계시니 '모인(某人)'이 괜찮을 것 같다. 조상이 주신 성을 버릴 수는 없으니 '박모인'으로 하고."

모인(某人) 이라. 모인의 뜻이 뭐지?

"야, 모인의 뜻이 우에 되노?"

"그냥 아무개란 뜻이지. 개뿔도 아니란 뜻. 박 아무개! 좋지 않냐? 지금까지 살면서 이뤄놓은 것도 없는데 이름까지 내세우겠나?"

오래전에 본 〈킹덤 오브 헤븐〉이라는 영화의 한 장면이 생각납니다. 예루살렘 성 안 기독교인들의 목숨을 건지기 위해 십자군 주인공이 무조건 항복합니다. 주인공이 자비로운 이슬람국의 왕에게 묻습니다.

"What is Jerusalem worth?"(예루살렘이 도대체 당신에게 뭐요?)

이슬람국의 국왕이 대답합니다.

"Nothing!"(개뿔도 아니지!)

대제국의 왕에게 자그마한 예루살렘은 사실 아무것도 아닐 수 있습니다. 그렇지만 몇 걸음 걷다가 돌아서서 말합니다.

"Everything!"

내가 좋아하는 일이 아무것도 아닐 수도 있고 내 모든 것일 수도 있습니다.

송나라의 시인 소동파(蘇東坡)는 "무일물처무진장, 유화유월유루대(無一物處無盡藏, 有花有月有樓臺)"라고 노래했습니다. "아무것도 없는 곳이야말로 모든 것이 있음이니, 꽃이 있고 달이 있고 누대가 있음이다."라는 뜻입니다.

가진 것이 별로 없습니까? 신분이 비천하여 남에게 내밀만한 명함이 없습니까? 작은 배낭 하나 메고 똑딱이 디카 하나 들고 여행을 떠나십시오. 그곳에 모든 것이 있습니다.

영화 〈식스센스(The Sixth Sense)〉를 보면 맬컴 박사의 치료를 받으면서 아이가 말합니다.

"어떤 유령은 자기가 죽었다는 것조차 몰라요. 유령들은 자기가 보고 싶은 것만 봐요."라고.

여러분, 지금 온통 행복하십니까? 주변이 모두 맛있는 것들과 즐거운 것들과 행복한 것들로 가득 차 있습니까? 그러면 당신은 이미 죽었는지도 모릅니다. 유령(ghost)들은 자기가 보고 싶은 것만 본다고 하니까요.

아니면 조금 거시기하게 주변에 꼬라지 보기 싫은 인간들도 있고 낭패 보는 일도 더러 있습니까? 그러면 당신은 틀림없이 살아 있습니다. 살아 있음을 확인하고 싶습니까? 여행을 다니고 기록을 남기십시오.

흔히 여행의 기억은 길에서 만난 사람들에게서 온다고들 합니다. 아무리 인상 깊은 곳을 여행하더라도 시간의 풍화작용에 제일 먼저 쓸려나가는 것이 풍광이고, 낯선 곳에서 낯선 이들과 나눈 진솔한 삶의 얘기들은 오랫동안 생생하게 방부 처리되어 기억의 창고에 남게 된다고 합니다.

이 책을 통해 내 가족들과 나의 친구들과 함께 여행하면서 낯선 곳에서 만난 낯선 이들과 나눈 이야기들을 전하고자 합니다.

말이 길어졌습니다. 지금까지 나와 여행을 같이해준 사랑하는 아내와 가족들, 오랫동안 같이 놀아준 친구들과 여산 회원들 및 학교 동창들, 저를 알고 격려해주신 선후배와 직장 동료 여러분에게 감사드립니다.

2014년 봄
부산에서 박모인

차례

●

봄
Spring

17

여름
Summer

83

가을
Fall

171

겨울
Winter

247

그리고 봄
& spring

319

봄
Spring

01 Spring

양산 통도사 서운암 할미꽃

　책상 위 달력에 일 목록을 적고 처리되면 하나씩 줄을 그어나간다. 줄을 하나 그으면 할 일 두 개가 쌓이는 형편인데, 왠지 오전에 목록이 다 지워진다. 일이 많을수록 돌아가야 하고 여유를 가져야 한다.

자빠지면 나만 손해다. 오후 반차를 얻어 통도사로 달린다.

서운암 들꽃밭에 할미꽃이 피어 있는지 궁금하다. 왜 할미꽃이 보고 싶지? 편집중인지 모르겠다. 망상? 할미꽃을 보고 뭘 느끼려고? 모른다! 입장료가 차 한 대 2,000원, 한 사람당 3,000원이다. 통도사의 입장료는 언제라도 아깝지 않다.

서운암 가는 길. 바람에 벚꽃비가 흩날린다. 길가에서 키가 큰 잘 생긴 스님 한 분이 손을 든다. 히치하이크는 아니고 어느 암자까지 태워 달라는 거겠지?

"어느 암자에 가시는지?"

"서운암에요!"

단 한마디에 나는 알아차렸다. 경북 억양이 묻어난다.

"스님은 속세 고향이 어디신지요?"

"포항 흥해니더!"

장난기가 발동한다.

"혹시 서운암에 계시면 지철 스님을 아시는지요? 지가 철이 없어서 지철 스님이라고 법명을 지으셨다는."

"허허허. 지철 스님? 우리야 한 석 달씩 공부하러 왔다 가는 사람들이라 잘 모르지요."

"스님, 통도사 암자들이 수도하는 데 그리 좋은가요?"

"아니, 왜요?"

"젊은 시절 친구 둘이 서운암에서 공부를 하였는데 지금 한 사람은 미국 어느 대학에 근무하고 있습니다. 또 한 사람은 그 당시 큰 스님으로부터 '니 옷 갈아입어라' 하는 소리를 듣고 훨씬 나중에 승복으로 갈아입었지요. 그런데 무슨 문제가 있었는지 조계종에서 안 받아주어 '니가 하나 만들어 뿌라' 하고 친구들이 조언했지요. 후에 무슨 종의 종정이라고 하면서 미아리에 조그만 법당 하나 내서 Happily Ever After하고 있는 모양입니다. 야구선수 이대호도 극락암에서 수련해서 타격에 도를 텄다는 이야기도 있고."

"허허, 그런가요?"

"미아리 법당을 낸 친구는 서울 몇 곳에 분원도 내고 인물도 미끈한데다 간판도 'KS'라 차도 이전보다 더 큰 차를 몰고 운전도 아지매들이 돌아가면서 해주는 모양입니다. 그때는 서운암이 통도사에 딸린 암자치고는 좀 변두리이기에 사람들 출입도 별로 없고 한적한 암자였다던데."

마침 차 안에 박카스가 한 박스 실려 있어 한 병을 권하였더니 맛있게 드신다. 슬쩍 물어본다.

"서운암 들꽃밭에 할미꽃이 피었겠지요?"

"글쎄요. 거기서는 할미꽃을 보지 못했는데 지금 피었을지는 모르겠니더. 잘 찾아보십시오."

"제가 할미꽃이 보고 싶어 일하다가 휴가 내어 부산에서 이리 보러 오는 길입니다."

"어허, 먼 길 오셨네. 그러면 혹 찾다가 못 찾으면 저한테 연락 주이소. 본절 앞 밥집 화단에 할미꽃이 아직 탐스럽던데 내가 안내하리다!"

"명함을 하나 주시면."

"중이 명함은 없고."

종이쪽지에 연락처를 적어준다. 법명이 '법륜'이다. 서운암에 도착하자 스님은 법당 쪽으로 올라가고 나는 차창을 열고 담배를 피웠다.

"할미꽃을 어디서 찾지?"

누구에겐가 물어보면 될 것도 같았지만, 그냥 찾아보기로 했다. 뭐, 할미꽃도 핑계니까 없어도 그뿐이다. 못 찾으면 스님에게 전화 걸어 저녁을 먹으면 될 것 같다. 처음 보는 꽃들이 많다. 별로 감흥이 없다. 노란 줄기의 어디서 많이 본 듯한 꽃들이 보인다. 언덕에 소금을 뿌려놓은 듯 피어 있는 하얀 꽃이 뭔지도 모르겠다. 유채꽃도 보인다. 꽃이 본격적으로 피기 시작하는 모양이다.

풀밭에 앉아 쑥을 뜯고 있는 아지매들, 놀이 삼아 친구들과 나들이 나온 것으로 보이는 사람들, 비싼 골프복 차림에 땅을 보러 왔다가 잠시 방문한 듯한 돈깨나 있어 보이는 사람들이 눈에 띈다.

서운암 뒤의 이 너른 들꽃밭은 얼마나 할까? 족히 수백만 평은 될 듯한데. 결국은 사람구경이다. 사람이 꽃보다 아름답다고도 하니까.

한참을 돌아보았지만 있다던 할미꽃 군락지는 보이지 않는다. 길 건너편에 팻말이 쭉 붙어 있는 밭이 있다. 할미꽃이 있을 듯도 하다. 자그마한 도랑을 가로질러놓은 나무다리를 건너야 한다. 고랑에 걸쳐 놓은 오래된 나무다리는 나의 무게를 견디지 못한다. 결국 발이 빠져

촛대뼈가 좀 까진다. 이 참을 수 없는 존재의 무거움이란.

그곳에는 할미꽃들이 군집을 이룬 채 있었다. 이곳 할미꽃이 인간의 눈에 서린 독기를 안 받아서 더 잘 피어 있는지는 모르겠다. 그렇지만 정작 내가 보고 싶은 것은 양지바른 무덤가에 홀로 핀 할미꽃이다. 한참 동안 쪼그려 앉아 구경하였다. 이제 할미꽃도 지고 다시 보려면 내년이 되어야 한다.

"양지바른 무덤가에 홀로 핀 할미꽃!"

오늘 점심 식사시간! 직원들이 우르르 엘리베이터를 탄다. 직원 한 명이 괜히 시비를 건다.

"어제 반차 내고 할미꽃 보러 서운암 갔다면서요? 보기보다 로맨티스트시네!"

"그럼, 법륜 스님도 만나고!"

"법륜 스님? 법륜 스님은 바쁘셔서 서운암에 못 오실 텐데?"

"어허. 내가 사인을 받아 왔잖아?"

어제 받아두었던 쪽지를 자랑스레 내보인다.

"딴 사람이겠지!"

갑자기 나이 많은 여직원이 한마디 거들자 모두들 뒤집어진다.

"그런데 사무실에 할미꽃이 천지인데 뭘 하러 그 먼 곳까지 갑니꺼?"

그렇다! 결국 돌아온 곳은 할미꽃 군락지 우리 직장이다. 도는 역시 가까운 곳에서 터야 한다. 사무실 할미꽃 군락지에서.

02 Spring

서생포 왜성과 진하해수욕장

　오늘은 가족들과 같이 회야강, 진하해수욕장과 강양항이 내려다보이는 서생포 왜성에 다녀왔다. 내가 읽던 김훈 작가의 『칼의 노래』를 읽으며 부쩍 역사에 관심을 보이는 딸내미 교육을 위해 혹은 벗

꽃구경을 위해. 이제 대학에 다니는 딸과 앞으로 같이 여행을 자주 다닐 수 있기를 기원한다.

울산 서생포 왜성 아래에 있는 '문화관광 해설사의 집'에 도착했다. 이젠 문화 유적지 어디를 가든지 해설사 선생님을 찾는 것이 버릇이 되었다. 선생님은 '현장해설 갔습니다'라는 안내문을 걸어놓고 자리에 없다. 길을 올라가다 보니 성벽 언덕 위에서 선생님이 한 무리의 관광객에게 왜성에 대해 설명하고 있다. "혹시 일본의 구마모토 성에 가보신 분들이 있으면 잘 아시겠지만"식으로 이야기가 길게 이어진다.

400여 년 전, 일본 전국을 통일한 도요토미 히데요시(豊臣秀吉)는 고니시 유키나가(小西行長)를 제1 선봉장으로, 가토 기요마사(加藤清正)를 제2 선봉장으로 하여 조선을 침략했다. 조·명 연합군 및 의병들의 반격과 이순신 장군에 의해 보급선이 끊긴 왜군들은 남해안에 왜성을 쌓고 기나긴 농성을 시작한다. 고니시 유키나가는 순천 왜성에서, 가토 기요마사는 이곳 서생포 왜성에서.

서생포 왜성은 임진년 왜란과 정유년 재란 사이에 왜군들이 우리나라 남해안에 쌓았다는 28개의 왜성 중 원형이 가장 잘 보존되어 있다고 한다. 선조임금의 교지를 받고 정전회담을 위해 사명대사께서 이곳을 네 번이나 방문했던 모양이다.

천수각에 마주 앉은 두 사람의 대화가 재미있다. 해설사 선생님이 박식하다.

왜장 가토 기요마사가 묻는다.

"너희 나라에 보배가 있느냐?"

사명대사께서 태연히 말한다.

"보배는 조선에 있지 않고 너희 나라에 있지?"

왜장이 의아해서 되묻는다.

"무슨 말인가?"

"조선에서는 황금 천 근을 상금으로 내걸어 네 머리를 구하고 있으니 보배는 일본에 있는 셈이지?"

이런 일화 때문에 일본에서 사명당은 설보화상(說寶和尙), 즉 '보배를 말한 스님'이라는 뜻으로 불렸다고 하는데 이 이야기는 사명당과 동시대를 살았던 천재 작가 허균이 쓴 『석장비문(石藏碑文)』에 나온다는 설명이 덧붙여진다.

장난기가 발동해서 딸내미에게 괜히 트집을 잡아본다.

"요새 대학생들은 역사 공부를 어떻게 하는지 도통 개념이 없데? 너, 『홍길동전』을 쓴 사람이 누군지 모르지?"

딸내미가 가당찮다는 듯이 대답한다.

"『홍길동전』을 쓴 사람이 허균이지 누구야? 여류 문장가 허난설헌의 남동생!"

"어이구, 잘 아네. 국사공부는 좀 했구먼."

"국사책에 나오는 것이 아니고 국어책에 나오거든!"

"어허, 그려. 그 정도는 알 테고. 『동의보감』을 집필하신 분이 누군지는 아나?"

항상 이런 식이니 딸아이가 퉁명스레 대답한다.

"아뇨, 또 시작이네!"

"그래, 니가 모를 줄 알았다. 객관식 세대니까 보기를 줄게, 1번 세균, 2번 허균, 3번 허참, 4번 허준!"

"마, 됐다!"

"허준 영감님도 허균이나 이순신, 사명대사, 이율곡, 이퇴계 선생과 비슷한 16세기 때 사람인데 역시 인물은 난세에 나는 모양이다. 우리나라 지폐에 그려진 사람들을 보면 죄다 이 시대 때 분들이지. 다른 나라 지폐를 보면 근세 이후의 사람들이 엄청 많이 있는데 우리나라는 그러질 못해 좀 아쉽기는 하더라."

옆에 있던 아내가 끼어든다.

"그러고 보니 그러네! 우리나라는 영웅을 못 만들어내는 모양이지?"

"박정희 대통령이나 김대중 대통령, 혹은 정주영 왕회장님 정도도 지폐에 올라갈 인물이 안 될까? 해방 이후의 대한민국도 난세는 난세였는데."

관광객들 뒤를 따라 성으로 올라간다. 왜성은 우리나라의 성과는 다르게 혼마루까지 들어가려면 여러 곡각지를 돌아서 가도록 설계되어 있다. 왜성을 쌓은 지 400여 년이 지났지만, 석축은 무너지지 않고 성 위로는 벚꽃이 절정이다. 벚꽃은 꽃이 지고 나서야 이파리가 돋아

난다는데 지금은 온통 꽃뿐이다. 왜성 구경은 지금이 제철인 것 같다. 좀 있다 풀이 우거지면 성벽도 잘 보이지 않을뿐더러 잘못하면 뱀에게 물릴 수도 있을 것 같으니까.

성벽에 올라 보니 저 멀리 진하해수욕장이 조망된다. 회야강과 진사들로부터 일출사진의 명소로 꼽히는 강양항과 명선도도 보인다. 젊은 시절, 저곳 진하해수욕장에서 팬티만 입고 트위스트를 추듯이 물속 모랫바닥을 비비면 모시조개가 많이 밟혔다. 민박집 마당에 둘러앉아 세숫대야에 넣고 삶아 그녀들과 까먹던 추억이 깃든 곳이기도 하다.

해설사 선생님의 설명이 이어진다. 420여 년 전 저 바다와 회야강에는 많은 일본의 군함들, 아다카부네(安宅船), 세키부네(関船), 고바야(小早, 돌격선) 등이 들락거렸을 것이라 한다. 지루한 협상이 결렬되고 정유년 재침을 하면서 이번에는 가토 기요마사가 제1 선봉장으로 부산항에 오게 되는데 라이벌 고니시 유키나가가 이순신 장군에게 간첩을 보냈다.

"모일 모시쯤에 가토 기요마사가 해협을 건널 터인데 부산항에 지키고 있다가 박살내주시오!"

이순신 장군은 왜장의 말을 믿지 않고 출정하지 않는다. 안 그래도 젊은 왜장들에게 쫓겨 압록강까지 몽진을 가서 백성들에게 쪽을 다 판 선조임금이 한마디 한다.

"그 친구, 왜 그래? 잡아와!"

그 뒤의 일은 알려진 그대로이다. 해설사 선생님의 수준이 공부 안 하는 교수들보다 높겠다. 후에 이순신 장군의 후임으로 부임한 원균 장군이 대원수 권율 장군에게 매를 맞고 무리한 출정을 감행했다가 거제 칠천도 앞바다에서 괴멸당하는 이야기까지 곁들여진다.

왜장 가토 기요마사가 마시던 우물터 자리에 '장군수'라는 팻말이 붙어 있다. 지금의 울산 학성공원에 있었던 울산 왜성에는 성내 우물이 없어 엄동설한에 성 안에 포위된 가토 기요마사가 13일 동안이나 말을 잡아 목을 축이며 버티다 할복자살 직전 원병들에 의해 구사일생으로 구출되었다고 한다.

전쟁이 끝나고 본국으로 돌아간 두 왜장은 도쿠가와 이에야스 편과 반대편으로 나누어져 싸웠다. 고니시 유키나가가 패배하게 되고, 그는 종교적 신념에 따라 할복을 거절하고 교수형을 당한다. 그는 천주교 신자였고, 가토 기요마사는 불교 신자였다. 그의 봉토와 군대는 가토 기요마사의 수하로 들어가게 되고, 그는 '축성의 달인'이라는 별명에 걸맞은 성을 짓게 된다.

구마모토 성! 구마모토 성은 '오사카 성', '나고야 성'과 함께 일본의 3대 성으로 불린다.

성을 축성할 당시 많은 은행나무가 심어져 있었다고 하여 '은행나무 성'이라는 별명도 붙어 있다고 한다. 쥐새끼조차 오르지 못한다는 뜻으로, '네즈미가에시'라는 말이 있을 만큼 대단히 웅장하고도 난공불락의 성으로 만들어졌다.

이는 울산성에서의 경험이 토대가 되었다고 하는데, 비상식량으로는 말린 고구마 줄기로 다다미를 짜면서 속은 말린 고사리로 채워 넣었다.

성 안에 120여 개의 우물을 파고 비상식량으로 쓰기 위해 은행나무를 많이 심고, 성벽에는 온통 고구마를 심었다는 이야기가 있다고 하는 이야기가 곁들여진다. 언제 구마모토 성에 가서 성벽 위로 고구마를 심어두었는지 확인해야겠다.

오늘 해설사 선생님 수준 대단하시다. 나도 딸에게 한마디 해야겠다.

울산지방에서 전해 내려오는 쾌지나칭칭나네!

가토 기요마사가 울산성에서 철수하는 것을 본 울산 사람들이 "쾌재라. 청정이 나가네"라고 환호하면서 노래했는데 이것이 경상도식 발음으로 변형되어 지금의 경상도 민요 〈쾌지나 칭칭 나네〉가 되었다고 한다.

딸에게 이 이야기를 해주었더니 "아빠, 전에도 한번 이야기했잖아?"
한다.

가스나가 까칠하기는. 아빠가 밑천이 짧은데 이 정도 고급 이야기
는 좀 모른 체하고 한 번 더 들어주지. 너희 엄마는 몇 번 이야기해
도 처음 듣는 척 재미있다고 하는데.

제법 사람들이 많이 올라온다. 친구끼리, 가족끼리, 연인끼리 또는
혼자서.

벌써 부산의 벚꽃은 반쯤 꽃비가 되어 흘러내리던데 아직 싱싱하
다. 다음 주쯤이 초절정이 될 듯하다. 더 쓸쓸해지기 전에 김밥 싸서
종일 꽃구경을 하고 오는 것도 좋을 듯하다. 지금까지 내가 본 벚꽃

중에서는 최고다. 올려다보기도 하고, 눈높이에서 보기도 하고, 성벽 위에서 내려다보기도 하고, 숨어서 보기도 하고.

서양인으로 보이는 젊은 남녀 몇 명이 한 스님과 함께 벚꽃 구경을 하고 있다. 내 짧은 영어실력을 실험 해 봐야 되겠다. 말을 걸어 본다. 딸내미에게 내 영어 실력 자랑도 좀 해야 되겠다.

뜬금없이 아는 영어로 물어 본다.

"웨어러 유 프롬?"

" 프럼 USA!"

"미국에서 왜 성 보러 일부러 오지는 않았을텐데?"

"템플스테이 하러 왔더니 스님이 이곳으로 안내를 하네!"

"이 성을 쌓았는 사람이 누구인지는 아나?"

"그야 토요토미 히데요시의 졸병 가토란 장군이지?"

"잘 아네! 그러면 General Yi SoonShin도 알겠네?"

" Adminal Yi SoonShin이지? 잘 알지!"

"토요토미 히데요시의 오사카 조도 가 봤나?"

"그야 그렇지. 교토와 오사카도 들렀다 오는 길이니까!"

"USA가 다 너거들 집이 아닐텐데, 미국 어디 어디서 왔지?"

한 딸내미가 설명하는데 들어 보니 미주리주 에서도 오고 조지아 에서도 오고 캘리포니아에서도 온 것 같다.

이들을 동행했던 스님과 이야기를 해보니 스님이 미국 유학을 한 인연으로 이들을 가이드하게 되었고 이들은 불교에 관심이 많은 학생들이었다. 사쿠라 꽃을 보고 싶다 해서 이곳을 안내한 모양이다.

벚꽃이 사쿠라라 불려지는 것이 좀 못 마땅했지만 영어로 뭐라 하는지 알 수가 없어 이야기를 더 이어 갈수가 없었다.

"그래, 왜놈들이 남의 땅에 쌓아 놓은 성을 보니 기분이 어때?"

예쁘장하게 생긴 여학생 하나가 애비뻘 되는 나를 보고 반말로 대답을 한다.

"좀 유니크한데 원드러스하기도 하네!"

한 쪽에서는 서생포 왜성의 눈처럼 뿌려진 벚꽃 위에서 며느리와 시어머니가 사이좋게 앉아 이야기를 나누고 있다. 아내가 그 모습을 보고 이야기를 한다. 어느 병원에 연세 많은 할머니가 입원했는데 자식이 7형제라. 저녁 9시에 7형제의 부부간 14명이 인사를 드리고 집으로 가더니 아침 7시에 또 일제히 14명이 문안 인사를 드리러 왔더라 말이지. 같은 병실에 입원했던 사람들이 하는 말.

"할머니가 돈이 엄청나게 많은 모양이네?"

쌀독에 인심 나고 부자 밑에 효자 있다!

성을 쌓은 돌에는 왜군들이 새긴 듯한 글자들이 있다. 주로 이름을 새겨 넣은 것 같다. 내가 한자를 해독해보려고 노력하는 동안 같이 동행한 동생이 무슨 생각을 했는지 엉뚱한 말을 한다.

"형님, 이 바위 밑을 잘 뒤져보면 왜놈들이 꼬불쳐놓은 약탈 전리품이 들어 있지 않을까요? 전쟁의 목적이 약탈인데 약탈한 물건을 높은

놈한테 다 바치려니 아깝고 해서 이런 바위 밑에 꼬불쳐두고 철군할 때 몰래 가져가려 하다가 전투 나갔다가 죽어버리면 아무도 모르고 그냥 여기 있을 텐데."

딴은 그런 생각이 들기도 한다.

"맞네. 구멍에 손 집어넣고 한번 헤집어봐. 그런데 바위 속이 뱀 소굴인데 물리는 것은 책임 못 진다. 아마 뱀이 손가락을 물고 달려 나올 것 같은데? 경칩도 지난 지 한참 되었으니 배도 좀 고플 거야."

한쪽 성벽 아래에서는 부산의 어느 문화관에 근무하신다는 학자 한 분이 일본 어느 대학 교수 한 분을 만나 여러 이야기를 나누고 있었는데 오지랖 넓게 말을 또 걸어보았다. 학술적인 이야기는 제쳐둔다.

울산에서는 해마다 '옹기축제'라는 큰 축제가 열린다. 작년 축제에도 일본 관광객 수백 명이 참석했다. 축제에 참석한 후 그들은 몇 시간 동안이나 자기들 조상이 참전해서 쌓아올렸던 서생포 왜성과 기장 죽성리 왜성을 둘러보았다고 한다.

특히 '서생'이란 성을 가진 일본인들은 원래 서생포 일대에서 일본으로 끌려간 조선인들의 후손들인데, 조상들이 서생포 왜성을 쌓는 데 동원되어서인지 남다른 감회를 가지고 둘러보더라는 이야기까지 곁들여진다. 이후 그들이 대절버스를 타고 해운대에 들러 세계에서 제일 큰 백화점이라는 해운대 신세계 센텀점에서 집단 쇼핑을 했음은 물론이다.

문화유적에 돈이 보인다.

03 Spring

미륵산의 여승

4월의 어느 날, 옛 장수 모신 사당도 보고 동백나무 푸르른 감로 같
은 물이 솟는 새미도 보고 한려수도의 섬들을 조망하기 위하여 바람
맛도 짭짤하고 물맛도 짭짤한 통영으로 갔다. 충렬사와 세병관을 둘

러보고 명정샘을 거쳐 미륵산 기슭에 자리 잡은 미래사에 들렀다.

미래사엘 갔을 때는 혹시 석두 스님이나 효봉 스님을 뵈올까 했지만, 이미 오래전에 열반하셨다 하여 사리탑만 보았다. 미래사에서 효봉 스님을 스승으로 하여 부목 생활을 하였다는 법정 스님도 계시지 않았다. 스님들이 수도하던 토굴로 가는 길은 막아두어서 들어가 보지는 못했다.

거기까지 간 김에 미륵산 정상을 걸어 올라갔다. 정상 부근에 여승 한 분이 탁발을 하고 있다. 얼마 전 구입한 『가난한 내가 아름다운 나타샤를 사랑해서』라는 백석 시그림집에 있던 시가 생각났다.

여 승

                                        - 백 석 -

여승(女僧)은 합장(合掌)하고 절을 했다.
가지취의 내음새가 났다.
쓸쓸한 낯이 옛날같이 늙었다.
나는 불경(佛經)처럼 서러워졌다.

평안도(平安道)의 어느 산 깊은 금덤판
나는 파리한 여인(女人)에게서 옥수수를 샀다.
여인(女人)은 나 어린 딸아이를 따리며 가을밤같이 차게 울었다.

섭벌같이 나아간 지아비 기다려 십 년(十年)이 갔다.

지아비는 돌아오지 않고

어린 딸은 도라지꽃이 좋아 돌무덤으로 갔다.

산꿩도 설피 울은 슬픈 날이 있었다.

산(山)절의 마당귀에 여인(女人)의 머리오리가 눈물 방울과 같이

떨어진 날이 있었다.

시주함 앞에 선 여승의 머리 위로 웬 새가 날아와 앉는다. 신기해서 한참을 쳐다본다. 스님 미모가 보통이 넘는다. 시주를 좀 해야겠다. 지갑을 뒤져보니 만 원짜리밖에 없다. 앞서 가던 여자회원 한 분을 불러 세운다.

"돈 좀 빌려줘!"

"돈?"

"어, 시주 좀 하게!"

"얼마?"

"이천 원!"

시주함에 돈을 넣고는 여승에게 말을 걸어본다. 여승은 합장하고 절을 했다. 가지취의 내음새가 나지는 않았다. 무슨 향수 냄새가 나는 듯하다.

"스님 머리 위에 웬 새가?"

"아, 제가 며칠 동안 여기서 있다 보니 얘들과 친해져서요!"

"아하. 그래요? 신기하네. 새가 온갖 잡새는 아닌 듯하고. 새 이름이 뭐지요?"

"글쎄요."

"스님은 어느 절에 계시는지요?"

"저 아래 토굴에 공부하러 왔다가."

나는 저 아래 절이라 해서 미래사로 단정 지었다.

"미래사에 갔더니 석두 스님도 안 계시고 효봉 스님도 안 계시고 법정 스님도 안 계시던데 다들 어디 가셨는가요?"

싱거운 농담을 던져본다. 여승이 고개를 들어 빙긋이 웃는다.

"스님은 인물도 고우신데 우예 그리 어려운 공부를 하시려고?"

"……."

내가 수작을 부리고 있다고 생각하는지 쳐다보고 있던 등산객들의 눈길이 좋지 못하다. 몇몇 사내들이 경쟁하듯이 만 원짜리를 시주함에 넣고 여승과 눈을 마주치며 합장을 한다. 고작 천 원짜리 두 장을 넣고 수작을 부리는 내가 좀 한심하다는 생각이 든다. 왠지 절문마다 있는 사천왕 같이 생긴 험상궂은 사내가 주변에서 감시하고 있는 것 같다. 서둘러 합장을 하며 인사를 건넨다.

"성불하십시오!"

미륵산 정상에서 내려다보는 호쾌한 전망이 압권이다. 그래서 우리에게 익숙한 〈향수〉란 노래로 잘 알려진 시인 정지용이 통영을 방문해서 청마 유치환 선생의 안내로 미륵산에 올라 이렇게 적었는지도 모르겠다.

"통영과 한산도 일대의 풍경 자연미를 나는 문필로 묘사할 능력이 없다. 더욱이 한산섬을 중심으로 하여 한려수도 일대의 충무공 대소 전첩기를 이제 새삼스럽게 내가 기록해야 할만치 문헌이 부족한 것도 아니다. 우리가 미륵도 미륵산 상봉에 올라 한려수도 일대를 부감할 때 특별히 통영포구와 한산도 일폭의 천연미는 다시 있을 수 없는 것이라 단언할 뿐이다. 이것은 만중운산 속의 천고절미한 호수라고 보여진다."(정지용의 〈통영 5〉 중에서)

어찌된 영문인지 같이 간 친구들이 이번 코스를 잡은 친구를 치하하면서 경치에 감탄하는 동안 내 머릿속은 온통 새로운 여성 대통령이 강조하신다는 '창조경제' 생각밖에 들지 않았다.

"정년도 다 되어 가는데 저 아래 여승같이 예쁜 여자들 몇 명 머리 깎여가지고 전국 경치 좋은 데 데리고 다니며 탁발시키고 5:5로 나누면 수입이 꽤 되겠는데? 창조경제가 뭐 별거 있겠나? 좋은 아이디어 내서 일자리 창출하면 되는 거지! 시주함에 보니까 돈이 가득 있던데?"

"퇴직하고 할 짓도 없는데 종교사업 노하우 공부 좀 해야겠다. 지금부터라도 시간이 날 때마다 『천수경』, 『금강경』 등 독경하는 CD 사서 차 오디오에 꽂아두고 짬짬이 독경 연습해야겠다."

"가방끈 짧은 아지매들은 해볼만한데 칼 같은 아재들한테 걸리면

X 되는 수가 있으니 조심해야 할 테고."

혹시 미륵산을 방문하실 계획이 있으면 여승에게 시주를 듬뿍 하시면 좋을 듯하다. 뒤에 알고 보니 이 스님이 그림도 잘 그려서 통영에 있는 내 친구는 새우 그림 그려진 부채 하나도 선물 받고 했던 모양이다.

그런데 내려오면서 생각해보니 창조경제 한답시고 예쁜 아지매 몇 명 엮어 시주 시키려다가는 스카우트비(scout費)로 내 퇴직금 다 털어먹고 패가망신할 수 있겠다는 생각이 든다. 그냥 이십 수년간 착실히 넣어둔 국민연금이나 타 먹으면서 조강지처와 조물조물 사는 것이 좋을 것 같다.

퇴직 후 돈이 없으면 통영을 자주 올 수 있을까? 백석 시인이 그토록 사랑했다던 '난'은 어찌 만나고, 내 고향 규수시인을 그토록 사모했다던 청마 선생은 또 어찌 만날까? '김약국의 딸들'은 또 어떡하고?

철없던 학창 시절, 통영 새섬(학림도)에서 일주일씩이나 민박하고 빠삐용마냥 섬을 몰래 탈출하면서 주인 아지매에게 빚진 돈은 또 무슨 돈으로 갚을꼬? 그나저나 외상값은 빨리 갚아야 할 텐데.

"바보야, 문제는 경제야(It's the economy, stupid)!"

1992년 미국 대선에서 미국의 빌 클린턴이 현직 대통령 조지 허버트 워커 부시를 이길 때 썼던 어구가 생각난다.

It's the money, Stupid!

04 Spring
혼자 떠난 밀양 여행

　조용한 토요일이다. 오늘은 내암 정인홍 선생을 만나러 경남 합천의 부음정을 다녀오리라 내심 별렀지만, 아내가 극구 말린다.

"눈 수술한 지 얼마 된다고 운전을 해?"

　나라의 주변 정세가 좀 어수선해서 김성한 선생의 역사소설 『임진왜란』과 명지대 한명기 교수의 『광해군』을 다시 꺼내 읽었다. 좀 무리를 했는지 눈에 안개가 좀 끼었다. 안개를 걷어내었다.

　만나고 싶은 사람들이 많아졌다. 선조임금과 광해군 그리고 인조임금. 이순신 장군과 곽재우 장군, 정인홍 장군 등 수많은 전쟁영웅들……. 모두 말년에 피를 봤다. 그렇지만 이름은 남았다. 좋게 혹은 나쁘게. 가보고 싶은 곳이 많아 졌다. 남해안 일대의 수많은 전적지들과 서울의 여러 궁궐들 그리고 강화도, 남한산성, 광해군의 제주도 유배길 등을 둘러보려고 올 초부터 별러왔건만 결국 연기된다.

　내가 나서서 유적지를 둘러보고 멍하니 앉아 있다고 변할 것은 사실 아무것도 없다.

꿩 대신 닭이다. 나라 걱정은 지도자들이 하고 나는 그냥 운전하지 않아도 되는 밀양으로 놀러나 가자. 인사치레로 마누라에게 기차여행을 권했지만 혼자 갔다 오라고 한다.

지하철역사에서 구포역으로 내려가는 엘리베이터 건물이 볼수록 맘에 들지 않는다. 김영삼 정권 때 철거된 중앙청(옛 조선 총독부)건물이 하늘에서 내려다 보면 日本의 日자 모양이었다는데 이 엘리베이터 건물 위의 장식은 왜구들의 투구 모양을 연상 시킨다. 이곳이 그 옛날에는 구포나루였고 인근의 구포 왜성을 무시로 드나들었을 왜군들을 생각해 보면 더욱 그렇다.

역사에 들어서니 운동화를 신은 하관이 날렵한 한 사내가 신분증을 좀 보여 달라고 한다. 인상 더러운 놈은 어디 가도 문제다. 자기가 무슨 심형래도 아니고 남의 민증을 왜 보자고 그래? 선글라스를 벗었다.

"뭘 일 있어요? 내가 인상이 더러워서 일부러 선글라스 끼고 있구만! 인상 더러운 넘은 이거 살 수가 있나?"

"검문 많이 받아봤습니까?"

조금 미안한지 말투가 부드럽다.

"많이 받아봤지. 인상이 더러워서!"

부산에서 무슨 장관회의를 한다고 한다. 핸드폰에 내 주민등록번호를 입력해보더니 그냥 가란다.

밀양으로 가는 무궁화호 열차는 토요일이어서인지 빈자리가 없다. 입석이다. 30분이면 도착할 것이다. 밀양에 도착하면 오늘은 밀양팔경 중의 세 곳, 부북면의 위양지와 밀양강 가의 월연정, 영남루를 돌아볼 것이다.

월연정, 영남루는 시내버스가 다닐 것이고, 위양지는 택시를 타든지, 경운기를 얻어 타든지, 아니면 히치하이킹을 하든지 해야 할 것이다. 혼자서 떠나는 여행이라고 외로울 것은 없다. 배고픈 늑대는 혼자서도 사냥을 익숙하게 하는 법이다.

기차가 삼랑진역을 지날 무렵, 어릴 적 생각이 난다. 내가 여섯 살 먹었을 적에 아버님과 어머님은 핏덩이 어린 내 여동생을 업고 고향 청도의 남성현 고개를 넘었다. 고개 아래에는 엿가락처럼 휘어진 남쪽으로 가는 철길이 있었다. 고갯마루에 서서 어머님은 서럽게 우셨다고 하셨다. 해질녘에 집으로 돌아와 어미를 찾을 불쌍한 새끼를 생각하면서.

방학 때, 먹고 살기 위해 부산으로 떠난 부모님을 만나러 남성현역 고개를 넘을 때면 할머니는 나에게 기차역 이름을 외워보라고 하셨다. 청도, 밀양, 삼랑진, 물금, 원동, 구포……

그 시절, 야시갱이 꽃 필 무렵에는 언제나 배가 고팠다. 부산으로 전학을 오니 부모님은 방 한 칸, 부엌 한 칸, 기찻길 옆 판잣집에 세를 들어 있었다. 그래도 쌀밥은 먹을 수 있었지만 "쌀밥 먹어 좋다."는 말은 한 번도 하지 않고 몇 날 며칠을 심술만 부렸다. 세월이 많이 흘렀다. 세월이 많이 좋아졌다.

역전의 밀양 종합 관광안내소에 들러 아가씨에게 안내도를 얻고 교통편을 알아보았다. 월연정으로 먼저 가자! 긴늪까지 가는 버스를 타기로 하고 가게에서 김밥 두 줄과 삼다수 생수를 샀다. 친한 친구가 구청장에게 깨진 이야기가 생각나서 헛웃음이 났다.

새로 선출된 청장이 생수 중에 '삼다수'를 좋아하는데 무슨 행사 당일 하필 가게에 삼다수가 없었던 모양이다. 연단 위에 다른 생수를 준비했다가 한동안 찍혀서 고생했다는 이야기를 술 먹으면서 하소연했다. 하여튼 완장이란 참…… 지방 소통령!

긴늪 버스정류소에 도착하여 강변길을 따라 30분을 걸었다. 월연정에 도착하니 은행나무 그늘에서 바둑을 두고 있던 촌로들이 "오늘 공사 할 텐데?" 하면서 걱정을 해준다. 공사를 해도 나는 구경하고 가야겠다. 정자 안에 들어서니 아주머니들이 기둥에 니스 칠을 하고 있다. 월연정 대청마루에 걸터앉아 아주머니에게 사진 한 컷을 부탁했다. 사진을 보니 나도 많이 늙었다.

"강호에 병이 깊어 죽림에 누웠더니."

당분간 직사광선 보지 말고, 세수하지 말고, 술 먹지 막고, 눈 튀어나오는 짓 하지 말라고 했지? '눈 튀어나오는 짓?' 하고 물어보았더니 의사선생께서 빙긋이 웃기만 했었다. 월연정 마루에 앉아 김밥을 먹었다. 김밥천국, 불신지옥!

월연정 아래 수풀 사이로 꼭 뱀이 기어 다닐 것 같다. 촌에서 자랄 때 정자 앞 저런 수풀에는 항상 뱀이 많았다. 혀를 날름거리며…….

화사(花蛇)

-서정주-

사향 박하의 뒤안길이다.

아름다운 배암……

얼마나 커다란 슬픔으로 태어났기에

저리도 징그러운 몸뚱아리냐.

꽃대님 같다.

너의 할아버지가 이브를 꼬여 내던

달변(達辯)의 혓바닥이

소리 잃은 채 낼름거리는 붉은 아가리로

푸른 하늘이다…… 물어뜯어라. 원통히 물어뜯어,

달아 나거라, 저놈의 대가리

돌팔매를 쏘면서, 쏘면서, 사향 방초(芳草)길

저놈의 뒤를 따르는 것은

우리 할아버지의 아내가 이브라서 그러는 게 아니라

석유 먹은 듯…… 석유 먹은 듯…… 가쁜 숨결이야.

바늘에 꼬여 두를까 부다. 꽃대님보다도 아름다운 빛……

클레오파트라의 피 먹은 양 붉게 타오르는

고운 입술이다…… 스며라, 배암

우리 순네는 스물 난 색시, 고양이같이 고운 입술……

스며라, 배암.

월연정에는 수백 년 되었다는 백송이 있는데 이 백송을 보러 많이 온다고 한다.

나에게 촌로들이 던진 첫마디도 "어디서 오셨소? 백송 보러 오셨소?"였다.

정자 뒤편에 서 있는 백송이 아름답다. 내가 나무장사가 아니기에 왜 월연정 백송이 유명한지는 모르겠다. 백송을 보고 누각 아래 돌담을 따라 강으로 내려가 보았다. 담쟁이덩굴이 덮인 돌담 사이로 먹구렁이도 기어 다닐 듯했지만 보지는 못했다. 과연 경승지다. 인간이 경치 좋은 곳을 좋아하는 것은 예나 지금이나 마찬가지다. 으슥한 풀숲 뒤 안길을 혼자 들어가는 게 섬뜩해서 그냥 멀리서 사진 몇 컷을 찍었다.

택시를 불러 위양지로 향했다. 거리가 얼마 되지 않는다. 밀양시 부북면 위양리. 사진작가들이 즐겨 찾는 장소라고 한다. 저수지 안에 다섯 개의 섬이 있다. 섬마다 정자가 있다. 비 오는 날 위양지의 풍경이 그리 아름다울 수 없다고 하는데 비는 내리지 않는다.

비록 비 오는 날은 아니지만, 경치가 좋다. 어느 회사 사장님이 직접 출연하여 "남자한테 좋은데~ 참 좋은데, 어떻게 설명할 방법이 없네." 하던 광고가 생각난다.

　김기덕 감독이 청송 주산지에서 찍은 〈봄, 여름, 가을, 겨울 그리고 봄〉이란 영화의 그림이 이 위양지에서도 나올 것 같다. 아담한 저수지의 둘레가 웬만한 학교 트랙 한 바퀴 정도에 지나지 않을 듯하다. 수백 년은 족히 되었을 이팝나무, 수양버들, 개암나무 등이 호수, 정자와 어우러져 만들어내는 풍경이 좋다. 정자에는 벼슬을 마다하고 낙향하여 은거생활을 하는 현인이 계실 것 같아 찾아뵙고자 했으나 커다란 자물쇠가 채워져 있다.

　여행지에는 항상 사람이 있다. 남자 한 분과 여자 두 분이 말을 건넨다.

　"어디서 오셨소?"

　경남 창원에서 오셨다는 남자 분은 공무원이자 시인이다. 나중에 헤어질 때 시집을 한 권 주시면서 꼭 연락하라고 하셨다. 아줌마들이 조금 안면이 트이자 "한참 동생뻘 되겠네." 하면서 먼저 수작을 건다. 알고 보니 동갑이다. 남자와 여자들의 관계는 잘 모르겠다. 알 필요도 없다. 좌우간 남자 분이 상당히 유머가 있고 박식하다. 한량이다.

시인 아저씨와 아줌마들이 주남저수지에 들렀다가 뽕밭에서 오디 따 먹던 이야기를 한다. 뽕 이야기를 하면서 좀 질펀한 이야기가 오간다. 영화배우 이미숙 씨가 주연한 〈뽕〉이라는 영화를 보았는데 사실은 상당히 아름답고 예술적인 영화이다. 여자들이 벌써 계 모아서 같이 놀러 다니자는 이야기까지 한다. 내가 조금 손해일 것 같다. 연못 둑을 같이 걸었다. 연못의 주위에는 감자밭이 있다.

김동인의 『감자』가 생각난다. 평양의 어느 성 밖에 사는 '복녀'가 어쩌고저쩌고. 『뽕』이나 『감자』나 이야기는 비슷하다. 단지 하나는 비극으로 끝나고 하나는 아니고의 차이다. 좌우간 여행을 자주 다니면 뽕도 따고 임도 만들 수 있을 것 같다.

위양지 건너편으로 화악산으로 보이는 높다란 산이 있다. 저 산을 넘으면 내 고향 청도가 있다. 비파강이 흐르는 유천과 미나리로 유명한 한재가 나올 것이다. 내가 청도에 근무할 때 화악산 꼭대기까지 산 아래 마을 이장님과 국화석을 캐러 자주 올랐었다. 참으로 후덕하신 분이었는데 재작년에 돌아가셨다는 이야기를 들었다.

호수에 비친 산 그림자가 아름답다. 사진을 찍어본다. 사진작가들에게는 예술이 되겠지만 내가 찍어보니 좀체 그림이 안 된다. 천 년을 견뎌온 저수지답게 온갖 이름 모를 나무들이 어우러져 멋진 풍광을 이룬다. 꽃잎은 바람에 날리어 떨어지고, 나무는 바람을 견디며 힘겹게 기울어져 있다. 한 바퀴 호수를 도는 동안에 쾌활한 아줌마들의 깔깔거림이 상쾌하고, 해박한 시인의 설명이 정겹다.

정자에 다다르자 시인은 대금을 연주한다. 내가 잘 모르는 노래들이다. 날은 저물어가고 대금소리는 은은히 호수를 적신다. 아줌마들이 준비해온 도너츠와 커피를 나눠 먹었다. 고맙게도 밀양역까지 태워준단다. 미리 매표해둔 저녁 8시 4분 밀양발 구포행 무궁화호 열차 시간까지는 시간이 넉넉히 남아 있다.

차가 시내를 거쳐 삼문동에 이른다. 밀양강이 흐른다. 이문열 씨의 소설 『변경』과 『우리들의 일그러진 영웅』의 무대도 바로 이 동네다. 참여정부에서 문광부 장관을 지낸 이창동 감독이 연출한 〈밀양〉이란 영화도 이 주변에서 많이 찍었다. 같은 완장을 차도 사람마다 차이가 크다. 품격이 있는 사람, 택도 없는 사람!

밀양은 아름다운 고장이다. 영남루 앞에 내렸다. 누각은 밀양 강가의 언덕 위에 자리 잡아 강을 내려다보고 있다. 누각 아래 강물은 천년을 한결같이 흐른다.

영남루!

한국의 3대 누각이 평양에 하나 있고, 진주에 하나 있고, 밀양에 하나 있다고 하는데 밀양의 누각이 바로 영남제일루다. 아랑 낭자의 전설이 전해 내려온다. 아랑각을 둘러보고 강변을 혼자 거닐었다. 아직 시간이 넉넉히 남았다. 비가 조금씩 내리기 시작한다. 누각에 올라가서 멍하니 강물을 바라보고 있자니 누군가가 어깨를 두드린다. 흠칫 놀라 돌아보니 후줄근한 몸빼 차림의 여자다. 머리는 비에 젖어 헝클어져 있다. 백치 아다다같이 내 손을 잡아끌더니 무언가를 한 줌 쥐어준다. 비닐 껍질에 싸인 사탕 몇 알이다. 고맙다고 웃어보였더니 손으로 어서 먹으라는 시늉을 하고는 저편으로 뛰어 도망간다. 말 못하는 떠돌이 여인인 듯하다.

얼마 전 통영에 놀러가서 청마 유치환 선생의 생가에 들렀을 때 서울에서 온 시인들을 만났다. 그중 한 분이 격월간 〈좋은 문학〉 두 권을 보내와서 요즘 읽고 있다. 그 책에 미술사학자이신 최순우 선생의 수필이 나온다. 〈부석사 무량수전 배흘림기둥에 기대서서〉다. "소백산 기슭 부석사의 한낮, 스님도 마을 사람도 인기척도 끊어진 마당에는 오색낙엽이 그림처럼 깔려 초겨울 안개비에 촉촉이 젖고 있다. 무량수전 배흘림기둥에 기대서서 사무치는 고마움으로 이 아름다움의 뜻을 몇 번이고 자문자답했다."고 하는.

나 역시 영남루에 올라 비 떨어지는 밀양강을 바라보며 '내가 아직 볼 수 있음에 대한 고마움과 무언가에 대한 그리움'을 생각하면서 시간을 죽였다.

05 Spring

원동 가는 길

　청명한 봄날이다. 늦게 일어나 밥을 먹는 둥 마는 둥 하고 소파에 앉아 TV 채널을 이리저리 돌리고 있자니 옷걸이에 걸어놓은 바지 주머니 속에서 진동이 울린다. 동생이다.

　"형님, 바람이나 쐬러 갑시더!"

　"어데로?"

　"원동 한번 갔다 오입시더."

　"거기는 뭐하러?"

　"아따 형님, 그쪽에 뭐 볼 게 있습니까? 그냥 땅 보러 가는 거지!"

　매사가 이런 식이다. 원동 순매원 매화축제엘 가려나? 매화를 보고 어머님이 좋아하시는 다슬기를 잡으러 갈 것이다. 양치질과 면도를 하고 머리는 감지 않는다. 대신 벙거지 모자를 쓰고 선글라스를 걸친다. 주차장으로 내려가니 동생 내외가 어머님과 함께 벌써 도착해 있다.

　"형수님은요?"

"느그 형수는 바쁘시단다!"

만덕터널을 지나 화명동을 거쳐 호포를 지난다. 지하철 호포역 맞은편의 꽃가게들에는 화초들을 사러 온 사람들로 붐빈다.

"저런 곳에 할미꽃도 팔려나? 나는 할미꽃이 제일 좋던데."

갑자기 할미꽃이 생각난다. 슬픈 추억과도 같은 할미꽃. 기다란 목줄기에 흰 털을 뽀송하게 단 채 언제나 머리를 숙여 자주색 꽃술을 잘 보여주지 않던 할미꽃. 목을 건드려도 결코 대들듯이 올려다보는 법은 없었다. 어린 시절, 뒷산에 나무하러 가는 할아버지를 따라가면 누군가의 양지바른 무덤가에 피어 있곤 했었지?

"아주버님, 할미꽃은 저런 곳에서 팔지 않을 걸요? 꽃집에서는 한 번도 본 적이 없는 것 같은데."

항상 다소곳하면서도 야무진 제수씨가 위로하듯 한마디 한다.

"할미꽃 보고 싶나? 할미꽃 보려면 다음 주 쯤에 가게 옥상으로 와 봐라!"

뒷좌석에 앉아 있던 어머니가 한마디 거드신다.

"에이, 할미꽃은 변종이 많아서 전부 가짭디더. 전에 연산로터리에서 할미꽃이라 해서 화분 하나 샀더니만 아입디더."

"야가 무슨 소리 하노? 느그 아부지가 작년에 촌에서 직접 캐 와서 심어 어제 올라가보니 꽃봉오리가 네 개나 올라오던데. 할미꽃 맞다!"

동생가게 창고 옥상에 꾸며놓은 자그마한 채소밭에 부지런하게도 내가 좋아하는 할미꽃을 심어둔 모양이다. 다음 주 쯤에 소주 한 병

들고 올라가 봐야겠다.

원동으로 가는 낙동강 변에는 트럭들이 분주히 다닌다.

"멀쩡하게 잘 흐르는 강을 왜 건드려 저 짓을 하고 있는지 몰라. 이쪽은 공사 후에 관리비도 엄청 들 텐데?"

"그러게 말이에요! 아무리 치산치수가 중요하다 해도 너무 서둘러서 하는 것 같아요."

4대강 사업에 다소 비판적인 동생 부부가 한마디씩 한다. 아마 대화 속에는 그들 생각에 동조해줄 것이라는 은근한 기대가 포함된 듯하다. 나도 전적으로 그들에게 동의하지만, 말은 그렇게 하지 않는다.

"나라에서 다 필요하니까 하는 거겠지? 그런 이야기는 그렇고 오늘은 꽃구경만 합시다."

원동 가는 산길로 올라서니 지천으로 매화꽃잎이 날린다. 내가 좋아하는 만화가 방학기 원작의 드라마 〈다모〉가 생각난다. 나는 '다모폐인'이었다.

좌포청 종사관 '윤'이 자리를 비운 사이 '채옥'은 우포청 식솔들과 싸운다. 우포청 종사관이 윤을 끌어내릴 구실로 삼으려 한다. 채옥은 자신의 오른팔을 내놓는다. 우포청 종사관이 채옥의 팔을 스쳐 벤다. 매화꽃비가 흩뿌려진다.

"아프냐?"

"예."

"나도 아프다."

"너는 내 수하이기 이전에 누이나 다름없다. 나를 아프게 하지 마라."

"나으리. 소녀, 일곱 살 나이부터 나으리 곁을 지켜왔습니다. 앞길에 목을 바칠 수는 있어도 걸림돌이 되고 싶지는 않습니다. 나으리를 모신 지 15년입니다. 지나오신 고통의 길을 누구보다 잘 알고 있습니다. 저 때문에 나으리의 꿈이 물거품이 되는 건 볼 수 없습니다."

"너를 희생시키면서까지 내 꿈을 이루고 싶은 마음 없다."

그러나 채옥은 결국 떠난다.

"이년 육신, 나무그늘에 숨긴다한들 이미 떠난 마음 무엇으로 가리겠습니까?"

멋지다. 거의 외우다시피 한다.

십수 년 전, 시골의 읍 단위 파출소. 친구가 노래방 영업을 하다가 풍속법 위반으로 파출소에 달려 들어갔다. 노래방에 미성년자를 들여 미풍약속을 해쳤다는 죄목이다.

"좀 봐주쇼!"

"좀 봐주면? 내가 조서 새로 꾸미라고? 내 볼펜은 원래 빠꾸가 안 돼. 귀찮아서."

촌구석의 권력자인 소장은 장사하는 친구가 인사를 성실히 안 한다고 벼르고 있었던 모양이다. 부소장을 시켜 가게 앞에 대놓은 차를 보고 역주차 하면 안 된다고 경고할 때 눈치를 챘어야 했다.

"그래요? 그러면 알아서 하시든지."

친구의 배짱이 놀라웠다. 문을 박차고 나가는 친구를 잡았지만 단호했다. 이미 마음이 떠난 듯했다. ○○○신문 창간할 때 주식 값으로 당시로서는 거액인 500만 원을 밀어 넣은 외골수다. 친구의 반격은 매서웠다.

'심판의 날이 머지않으리니.'

근무 중 다방 골방에서 애인과 함께 팬티 바람으로 사흘 밤낮을 새며 노름하던 소장을 들이닥친 것은 인근 시의 검찰청 직원들이었다. 소장은 울릉도로 발령이 났다가 얼마 지나지 않아 옷을 벗었다. 나에게조차 자신이 제보했다는 이야기를 절대 하지는 않았지만 나는 알수 있었다. 그 친구도 가게를 정리하고 과수 농사일로 돌아갔음은 물론이다. 벼슬도 아닌 벼슬로 깝치지 마라. 화무십일홍이다. 인생무상이다. 헛되이 꿈꾸지 말고 솔잎을 먹어라.

고개 넘어 산길은 온통 매화 천지다. 내가 보고 싶은 것은 바람에 날려 나방처럼 흩어지는 하얀 낙화이다. 아직 때가 이르다. 취수장에 도착하자 어머님은 옷을 주섬주섬 갈아입으시더니 아직은 차가울 물속으로 들어가신다. 팔십이 다 되어가는 노인이지만 대단하시다. 다슬기를 잡으실 모양이다. 닥스 평상복만 고집하시는 분이지만 취미는 소박하다. 생산 나지 않는 활동은 재미가 없으시다니. 대전에 있는 여동생도 옥천에 사놓은 콩밭을 매는 일보다 더 재미있는 일이 없다 하니 '모전여전'이란 말이 괜히 생긴 것은 아닌 듯하다. 공직에 있는 제매가 계급이 높아 부하직원들 마누라 끌고 다니면서 유세를 좀 해도 될 텐데.

제수씨도 보조를 맞춰 강둑에서 쑥을 캔다. 어머님의 작업시간이 대충 2시간은 걸릴 것이라는 사실은 경험적으로 안다. 다슬기 한 됫박을 건지려면 한 시간이 걸리고, 두 됫박쯤 건져 하루 여행경비 5만 원은 세이브 해야 하기에. 그동안에 나는 할 일이 없다.

지나가는 기차도 찍어보고 기찻길 옆 개나리를 보니 옛 생각이 난다. 지금은 교사로 있는 친구와 소싯적에 대구에 놀러 갔다가 우연히 기차 안에서 만난 춤쟁이가 생각이 난다. 부산역 화장실에서 나란히 소변기 앞에 서서 "개나리 우물가에 사랑 찾는 개나리 소녀~~" 하면서 스텝을 밟던. 강가 버드나무도 물이 많이 올랐다. 시간이 흐르자 배가 고프다. 낚시 구경을 하고 있는 동생을 부른다.

"어이, 밥은 우짜노? 밥 먹으러 가야지!"

"형님, 밥은 싸가지고 왔심더. 좀 있다 라면 끓여서 여기서 먹읍시더!"

예상대로 다슬기 두 되 건지는 데 2시간쯤 걸렸다. 길 위에 신문지를 깔고 라면을 끓인다. 김밥이 나온다.

"형님, 내가 이 김밥 싼다고 6시에 일어났심더."

"아주버님, 얘 아빠가 음식 솜씨가 있는지 맛이 제법 괜찮던데 함 드셔보세요!"

몇 개를 집어 먹어보니 맛이 제법 괜찮다.

"야, 천국김밥보다 훨 낫네."

"그래 보여도 재료가 제법 들어갔심더. 맛이 괜찮지요?"

"얌마, 재료 많이 들어가고 맛없으면 안 되지. 원래 명품 김밥은 재료가 많이 안 들어가도 희한하게 맛이 있어야 하는 것이지. 재료 많이 넣고 맛있게 하는 것은 나도 하겠다."

"아니에요, 아주버님. 애 아빠가 음식 솜씨는 있는 것 같아요. 애들이 아빠가 하는 음식은 다 맛있다 하는데요."

그건 그렇다. 음식솜씨는 타고나야 한다. 확실히 손맛이란 게 있다. 아침에 어떤 케이블 방송을 보니까 특집 프로그램으로 〈그레이트 셰프〉란 방송을 했다. 한국계로 세계적으로 유명한 셰프 네 명에 관한 특집 프로다. 오늘은 '김소희'라는 부산사투리를 쓰는 분 이야기를 방영했다. 디자인공부를 하다가 자신의 재능을 발견하고 요리공부를 하여 오스트리아를 무대로 세계적인 셰프가 되었다. 그 양반이 분명히 이 얘기를 했다.

"다른 건 몰라도 요리는 타고난 재능이 있어야 한다."

동생 녀석이 갑자기 무슨 생각이 났는지 뜬금없는 이야기를 한다.

"형님, 구○○이란 사람이 청도 사람이데요."

"아, 그 요리 대가 구○○ 말이야?"

"예, 언제 텔레비전에 한번 나와서 이야기했는데, '청도의 인물' 해서 네이버 검색을 해보니 짜자리한 장관 몇 명하고 이분이 턱 올라 있데요. 우리 고향에 구 씨들 집성촌이 몇 개 있는데 그 동네 사람이 아닌가 모르겠어요!"

"그 동네가 아마 고치미일 거다."

어머니가 갑자기 끼어든다.

"아니, 어머님이 우째?"

"그 사람이 아마 큰아 니하고 나이가 비슷할 건데 그 집 어른이 너희 아버지하고 계원이다. 그 집안이 원래 옛날부터 부자인데 공장을 하다가 큰불 나고 집안이 내리막이었는데 구○○ 그 사람이 크게 성공해서 집안 살림을 다 책임지는 갑더라."

구씨 집성촌 마을이면 같은 초등학교를 졸업하지는 않았겠지만, 같은 면이라 고향의 갑장 친구들에게 물어보면 금방 확인은 될 듯하다.

"그래요? 그러면 고향 동기쯤 되는데. 나도 퇴직하면 국숫집 하려는데 좀 배우러 가야겠네!"

"야가 별소리를 다 하네? 직장 다니는 놈이!"

외식업 관련 사업을 하는 동생이 한마디 한다.

"형님, 식당 하려면 단가가 좀 큰 거 해야 됩니다. 국수 그거 좀 팔아서 돈도 안 됩니다."

"얌마, 됐다. 누가 모리나? 아이들 학교 졸업만 하면 돈 들어갈 데도 없는데 하루 국수 열댓 그릇 팔아 기름값만 벌어 놀러나 다니지 뭐 하러 신경 써서 돈 버노?"

원동 순매원 매화마을 주변은 매화를 보러 온 사람들로 붐빈다. 가까스로 차를 주차한 후 언덕 아래 매화밭을 내려다본다. 내가 보고 싶은 풍경은 아니다. 가와바타 야스나리의 소설 『설국』에 나오는 료칸의 창밖으로 흩어지는 나방 같은 하얀 꽃비는 한두 주쯤 후에라야 볼 수 있을까? 옆에서 담배를 피우면서 언덕 아래를 내려다보는 동생을 보고 당부한다.

"어이, 동생 봐라. 너 요새 사업 제법 잘하는 모양인데 어머님이 너한테 고맙다 하시더라. 사업 잘해서 부모님 용돈 좀 많이 챙겨 드려라. 나는 월급쟁이니까 할 수 없고. 대신 형한테 차 안 뽑아줘도 된다. 아직 쓸 만하다. 세상 별거 없다. 챙길 사람 한 스무 명만 챙기면서 살면 되는 거지. 믿을 것은 가족밖에 없다. 나이 들어보니 출세한 놈이나 못한 놈이나 다 그게 그거더라. 내가 은퇴하면 차에 좀 얹어 데리고 다녀다오. 내가 좀 얹혀 다닌다고 기름값 두 배 드는 것도 아니니까. 그렇다고 경비를 나누기 2는 못해도 곱하기 2는 안 시키꾸마!"

06 Spring

영월에서 만난 김삿갓 어른

　여산 회원들과 삿갓 어른을 만나러 강원도 영월 땅 김삿갓 계곡엘 가게 되었다. 첩첩산중을 헤매다 겨우 계곡 옆 산장에 도착했을 때는 어느덧 밤이 깊었다. 쏟아지는 폭우로 계곡의 물이 불어 어른의 무덤에 술을 한잔 올리지 못했다.

십여 년 전, 직장의 '문화유산답사반' 회원들과 방문했을 때는 계곡 앞 식당의 종업원 아지매들과 어른의 묘소 앞에 돗자리를 깔고 밤새 술을 마셨다.

다음 날 아침, 날씨가 쾌청하여 계곡에 난 다리를 건너 묘소에 올라갔다.

"아이고…… 아이고."

술을 한잔 따른 후 회원들을 엎드리게 하고 무덤 앞에 엎드려 한참 동안 곡을 했다.

"어허, 웬 놈들이 아침부터 시끄럽게 곡소리를 내고 있느냐?"고 고함을 지르면서 삿갓 어른께서 홀연히 현신하셨다.

"아니 삿갓 어른! 어찌?"

"니 곡소리가 하도 구슬퍼 산 너머 있다가 축지법을 써서 아홉 개 도를 넘어 달려왔느니라. 자네가 곡소리를 내는 연유가 무엇인고?"

"……그냥 평소 삿갓 어른을 흠모하는 사람으로 진즉에 찾아뵙지 못해 죄스러운 마음에."

"요새 상것들은 예법을 몰라 술도 제대로 한잔 치는 놈이 없는데. 그래, 니놈이 곡을 하는 걸 보니 그래도 예법을 제대로 아는 놈이구나. 잘 왔다."

"아니 저는 니놈이 아니고 '그놈'인데요!"

신통력이 있는지 내 인터넷 닉네임(그놈, gnome)을 비슷하게 알아

맞힌다. 내 닉네임은 '그놈' '어리한' 등이다.

"그놈이나 니놈이나 그놈이 그놈 아니겠느냐? 보아하니 니놈도 동가식서가숙 좋아하고 역마살이 낀 개털이겠구나?"

"개털까지는 아니고."

"동행한 분들은 누구신고?"

"우리 여산 클럽의 회원들입니다."

"여자들과 등산 다니는 클럽?"

"아니, 여행등산 클럽입니다."

"보아하니 여자들이 돈들은 좀 있어 보이는구나. 복부인들?"

"예, 복부인들도 있고 전주들도 있고!"

"자네는 돈도 없이 보이는데 같이 어울리는 연유는?"

"같이 다니면 돈이 좀 적게 들기에."

"그래, 돈 있는 사람에게 붙어서 찌꺼기 술이나 고기 부스러기를 얻어먹으려고 온갖 아첨을 떨고 다닌다는 말이지?"

"그거는 아니고."

"아서라, 이놈아!"

"어르신, 저도 이 세상에 지은 죄가 많습니다. 속세를 등지고 삿갓 어른같이 살고 싶습니다. 거두어주십시오!"

"택도 없다, 이놈아. 다음에 올 때는 복부인들 말고 들병이나 두어 명 데리고 오너라. 천지 몹쓸 것들이 복부인들이니라. 기왕이면 저녁 무렵 이곳으로 오너라. 밤새 술이나 마시게."

그리하여 삿갓 어른은 홀연히 떠나고 우리도 집으로 왔다. 달라진 것은 아무것도 없었다.

"천리를 지팡이 하나로 의지한 채 떠돌다 보니

남은 돈 엽전 일곱 푼이 아직도 많은 것이니

그래도 너만은 주머니 속 깊이 간직하려 했건만

황혼에 술집 앞에 이르니 이를 어이 할거나."

07 Spring

포항 내연산 보경사의 추억

외로우면 기도하고, 외로우면 염불하고, 조용하면 독경·참선하라.

지난 일요일, 꿈이 이루어진다는 포항 보경사의 내연산 계곡을 이십 수 년 만에 가보았다.

오늘 사무실에 앉아 일을 열심히 하는 척하고 있는데 대학교 동기에게서 전화가 온다. 가끔씩 안부전화나 해오고 경조사 때나 만나 소주 한 잔 하는 사이인데 뭘 좀 알아봐 달라고 한다.

동생이 옛날에 상대방을 다치게 하는 큰 사고를 쳤는데 치료비를 공단에서 구상권 행사하는 바람에 천만 원 가까운 돈을 납부해야 할 형편인 모양이다.

전산이력을 보니 시효가 몇 번이나 연장되면서 지연이자가 붙어 금액이 자꾸 불어나고 있다. 나로서는 어찌할 방법이 없다. 김 형은 나이가 나보다 두 살 많다.

보험회사 소장인가 뭔가 그런데 아직 직장에 다닌다.

"김 형, 뭐 어찌할 방법이 없네요. 빨리 내는 수밖에!"

"아, 그래요? 녀석이 봉급 압류될까 봐 자기 이름으로 계좌도 못 만들었는데 내년부터는 법이 바뀌어 실명이 아니면 취직을 못한다네요. 내가 대신 갚아줘야 하나 하고 생각하고 있는데. 어쨌든 고맙소! 언제 소주나 한잔 합시다."

"그나저나 요새 녀석들은 연락도 없고 다들 뭐하고 사는지?"

"글쎄 말이지요. ○○는 잘 다니고 있는가?"

은행 지점장을 하던 친구에 대해 묻는 모양이다.

"올해 말에 그만둔다는데? 남은 봉급 80프로 보상받고."

녀석은 주말부부라 금요일 저녁에 부산에 도착하면 늘상 나에게 전화해서 술을 마시자고 했다. 내가 놀아주는 입장이니까 나는 당연히 합의를 보았다.

"니가 먼저 전화해서 내가 놀아주는 입장이니까 술값은 니가 내야 되겠제?"

하여 만나면 밥값 정도만 내가 내고 지가 노상 술을 사는데.

"녀석이 그만두면 술값은 누가 내야 하나?"

초등학교 때 전교회장을 했다고 하도 자랑해서 확인하러 부부간에 녀석의 고향에 갔더니 전교생이 50명도 안 되는 통영의 어느 섬 분교여서 웃기도 했는데. 이제는 세월에 밀려 직장을 그만두는 모양이다. 녀석 말고도 같이 졸업한 당시 친구들 이야기가 오간다.

안 그래도 지난 주말 보경사로 놀러갔다가 녀석들 생각을 했다. 졸업하는 그해 여름에 친한 네 명이 보경사에 놀러 갔다가 계곡에 들

어가서 1박 2일 동안 삼겹살을 굽고 소주만 실컷 마시고 돌아왔다.

내연산 열두 폭포 중에 제1폭포인 보경사에서 제일 가까운 상생폭포. 기억을 더듬어보면 당시 사진을 찍기 위해 서 있는 이 자리에 텐트를 친 것 같다. 대낮부터 고기 구워 술 먹고 찌개 만들어 또 술 먹고. 노래 부르다 떡을 감고는 텐트 안에서 곯아떨어졌다. 그렇지만 술이 세고 한뎃잠을 잘 못 자는 나만 폭포 주위를 맴돌고 있었는데.

휘영청 달이 밝은 밤이었다. 어디에서 한 무리의 사람들이 어스레한 달빛을 뚫고 갑자기 폭포 앞에 나타났다. 무슨 행사를 하나 하고 바위 뒤에 숨어 보고 있으려니 가사적삼을 두른 스님을 중심으로 여인들은 한참 동안 방생행사를 하더니 이내 스님 일행은 자리를 떴다.

술이 취해 비몽사몽 바위 뒤에 앉아 있으려니 눈앞에 거짓말 같은 장관이 펼쳐지는 것이 아닌가? 한동안 삼삼오오 앉아 잡담하던 여인들이 일제히 옷을 벗고 피둥피둥한 나신을 드러낸 채 일제히 물에 몸을 담그는 것이었다.

서양 중세의 화가 루벤스의 그림에나 등장할 법한 풍만한 여인들이 조선의 풍속화가 신윤복의 〈단오풍정〉에 들어온 듯, 산속의 개울가에서 나체로 목욕하는 여인들을 몰래 훔쳐보는 기분이라니.

〈단오풍정〉에서 목욕하는 여인들을 바위틈에서 훔쳐보는 동자승이나 전래동화 〈선녀와 나무꾼〉에서와 같이 목욕하는 선녀들을 훔쳐보는 나무꾼 같은 묘한 기분이 들었다.

친구들을 깨웠다. 그때 나와 같이 여인들을 훔쳐보던 친구들. 통영

촌놈은 이제 퇴직을 준비하고 있고. K고를 졸업했다고 늘 자랑하던 한 친구. 한국 굴지의 제약회사에 취직하여 자신의 고등학교 선배가 대통령을 하던 시절 젊은 나이에 기획실장을 지냈다. 잘나가던 시절에 투자해둔 강남의 재개발 아파트 값이 올라 지금은 골프로 소일하면서 잘살고 있다는 소문이 들려온다.

하숙비가 없어 늘 쩔쩔매던 문경 촌놈 한 친구는 나하고 둘이 시험 치러 가서 자기 혼자만 합격한 D그룹이 해체되고 난 뒤에도 자회사에 살아남아 중국의 무슨 지사장을 지냈다는 소문만 있을 뿐인데 지금은 연락이 끊겼다.

그때 훔쳐보던 그 촌놈은 이렇게 허접한 글이나 쓰면서 인생을 낭비하고 있는 중이다.

외로운 사람들이여, 보경사로 가시라. 꿈이 이루어질 것이다. 어쩌면 이제는 나이든 당신보다 훨씬 어린 여인네들이 달빛 아래 백옥 같은 살결을 드러낸 채 폭포수 아래에서 당신을 바라보면서 군무를 추는 모습을 볼 수 있을지도 모를 일 아니겠는가?

08 Spring

통도사 홍매화를 찾아서

　삼월 들어 갑자기 일이 많아졌다. 뒷골이 당긴다. 일이 밀리지만 쉬어가며 해야 한다. 건강 잃어 직장에서 쫓겨나면 '자전거 도둑'밖에 할 것이 없다. 비토리오 데 시카 감독의 〈자전거 도둑〉! 우리나라의 해방 후 시절과 비슷한 2차 대전 직후의 로마의 거리. 주인공은 벽보 붙이는 일자리를 구하는데 자전거가 필요하다. 아내가 혼수로 가져온 침대의 시트를 전당포에 잡히고 자전거를 구해준다. 어느 놈이 자전거를 훔쳐 간다. 주인공 부자는 자전거를 못찾게 되자 서로 다투고 아들에게 손찌검까지 하게 된다. 도둑을 잡고 보니 주인공보다도 더 불쌍한 놈이다. 게다가 자전거는 없다. 그도 자전거를 훔친다. 주인에게 잡혀서 개피를 보고 풀려난다. 해지는 로마 거리를 주인공 부자가 터벅 터벅 걸어 간다. 대책이 없다.

　나도 아직 학교 다니는 아이들이 있다. 뒷골 땡겨 넘어지면 주인공 같이 아이들과 싸울 수도 있을 것이다. 월급을 갖다 바치는 동안은 마누라도 나긋할 것이다. 좋은 것이 좋은 것이다. 조금 쉬어서 가자. 직장의 '신통방통 자유게시판'에는 진사들이 찍어 올린 홍매화 사진이 있다.

날씨가 좋다. 갑자기 홍매화를 보고 싶다. 여산 회원 몇 명과 어울려 통도사로 달린다. 가는 도중에 양산 내원사 근처의 어느 산기슭에 정착한 한 친구의 집에 들렀다. 벌써 축담 밑에는 노란 난초가 올라온다. 어릴 적 이맘때면 뒷밭에도 노란 싹이 올라 왔었다. 친구가 할미꽃이라고 보여주는데 무덤가에 피는 그 할미꽃은 아닌 듯하다. 꼬부라진 할미꽃이 보고 싶어 불원천리 강원도 동강 주변의 폐교까지도 갔었다.

꽃도 구경하고 밥도 얻어먹었다. 번개탄에 구운 삼겹살이 맛있다.

삼겹살에 소주를 더해 간단하게 요기를 하고 통도사로 출발한다. 차 창 밖으로 쑥이랑 달래를 캐는 아낙들이 보인다. 향긋한 쑥에 냉이를 넣어 끓인 된장국이 먹고 싶다.

차가 통도사 입구에 도착하니 여자 회원 한 명과 양산 친구는 무 슨 증명서를 꺼낸다. '신도증과 주민등록증'이다. 돈을 빼준다. 본절의 주차장에 차를 세우고 구름다리를 건넜다.

일주문에 '영축산 통도사'란 현판이 걸려 있다. 홍선대원군이 썼다 는 설명이 붙어 있다. 홍선대원군이 민비에게 밀려 권력을 잃고 '상가 의 개[喪家之狗]'처럼 떠돌아다닐 때 현판을 써주었을 것이라고 상상 해본다.

독실한 천주교 신자인 최인호 작가가 『길 없는 길』이란 4권짜리 불교 소설을 썼다. 『별들의 고향』 시절부터 팬이었기에 당연히 사 서 읽었다. 읽은 것이 10년 전쯤인지 20년이 되었는지 가물가물하다.

책에 성철 스님의 스승의 스승쯤 되는 구한말의 대선사 경허 스님 과 대원군의 이야기가 나온다. 둘이 곡차를 마시던 중 대원군이 경허 스님의 백팔염주를 탐냈다.

"택도 없는 소리지요. 오는 것이 있어야 가는 것도 있는 법이지요?"

스님의 일갈에 대원군이 궁에서 거문고 하나를 슬쩍 들고 나온 모 양이다.

"이 정도면 되겠지요? 한 500년 된 거문고인데 과르네리나 스트라디 바리우스보다 희소성도 있고 소리가 훨 나을 거요."

고려 공민왕이 노국공주를 지극히 사랑하여 궁궐의 오동나무를 베어서 만들었다는 전설의 거문고이다. 지금은 공주 동학사의 말사인 갑사에 보관되어 있다고 적혀 있던 것 같다.

이 경허 스님이 열반하시면서 열반송을 남기신 모양이다. 성철스님이 말씀하신 "산은 산이요, 물은 물이다" 같은 것이다. 원문은 어려워서 기억이 안 난다.

열반송이니 게송은 이해가 좀 어려운 법인데, 머리 좋은 최인호 작가는 나름 해석을 해서 책에 적어놓았다. 둔한 나는 작가가 해석해놓은 글도 이해가 안 되어 내 나름대로 해석했다.

"사내대장부는 태어나서 '법도'나 '왕도'의 두 가지 길 중에 한 길은 가야 한다!"

왕도는 뭐여?

"박통이나 정주영 왕회장같이 권력을 잡거나 기업을 일으켜 배고픈 중생들을 왕창 구제해버리는 것은 왕도이고."

그러면 법도는 뭔데?

"이태석 신부나 장기려 박사같이 성직자나 의사, 우리 직원들 같이 남을 위해 봉사하는 그런 일을 하는 것을 말하는 것이다."

내가 현재 가는 길은 왕도인가 법도인가? 아니면 아무것도 아닌 것인가?

산사에 들어서려니 쓸데없는 이야기들이 많이 생각난다. 불교에서는 세 가지 보배가 있는 모양이다. 불보, 법보, 승보라 한다. 부처님의 진신사리가 봉안되어 있는 통도사는 불보사찰, 팔만대장경이 있는 해인사는 법보사찰, 걸출한 고승들을 많이 배출한 순천 송광사는 승보사찰이라 흔히 일컬어진다.

사천왕상을 지나서 부처님의 진신사리와 가사 한 벌이 모셔져 있다는 금강계단을 구경했다.

통도사 대웅전에는 따로 불상이 없다. 대웅전 법당 안에서 정면으로 바로 사리를 모신 보궁이 보이게 되어 있어 그렇다고 한다.

나하고 절친했던 우리 직장의 부장님 한 분이 통도사의 신자이신데 술을 한잔 드실 때면 몇 번이나 그 이야기를 해주셨다. 참 파란만장하신 분이다.

10여년 전에 회사 구조조정하면서 "그랜저 이상 타면 구조조정 1순위다."라는 헛소문이 갑자기 돌았다. 다음날 출근할 때 딸내미 티코를 타고 출근했는데 누군가가 찔렀다. "회사의 정책에 항명한다."라고 소문이 나서 10년 동안 발령을 열 몇 번을 받아 전국을 떠돌아다녀야 했다. 계급도 강등되는 수모도 당해 직원들에게 그림자 취급도 당했다. 그걸 본부에 찌른 ○○가 어느 ○○인지 아직도 궁금하다. × 자식! 안 좋은 일은 겹쳐서 온다[禍不單行]고 하는데, 빵빵한 재산가였던 부장님이 보증을 잘못 서서 경제적으로 어려운 형편이었던 때라 그만두지도 못했다는 이야기를 들었다. 퇴직 하신 후 잘 계시는지 모르겠다.

서운암의 장독대, 금와보살이 있는 자장암과 함께 여러 가지 카메

라에 담을만한 피사체가 많아 사진작가들에게 인기가 있다는 통도
사! 그중에 통도사 홍매화도 진사들에게는 꽤 인기가 있다. 가끔씩은
설중매도 카메라에 담을 수 있다고 한다. 나는 카메라에는 문외한이
니까 그냥 캐논 똑딱이 디카로 사진을 찍는 사진작가들을 찍어볼 뿐
이다. 오히려 매화보다 매화를 찍는 사람들의 흥중을 상상해보는 것
이 더 적성에 맞을 듯하다. 꽃은 너무 자세히 들여다보면 신비감이 없
어지기에 그냥 멀리서 감상했다.

절구경을 마땅찮아 하던 한 회원도 절을 둘러 보고는 감탄을 연발
한다.

"친구야, 통도사는 처음 와보는데 진짜 좋다!"

내친 김에 친구들이 추천하는 암자 두 군데를 올라가 보기로 했다.

통도사에는 암자가 열아홉 개 있다. 암자들이 웬만한 절보다 크다. 암자 중에서 제일 높은 곳에 위치하고 있는 백운암에 올라가면서 땀도 좀 흘리고 흰 구름 구경도 좀 하고 뜬구름도 좀 잡아봐야겠다.

백운암 아래 주차장에 차를 대고 산죽으로 쌓인 돌계단을 오르다 보니 백운암까지 600미터가 남았다는 이정표가 나온다. 아직 술이 덜 깨어 경사가 급한 600미터를 올라갈 수 있을지 모르겠다. 산길을 걷다보면 낯선 여자의 땀 냄새를 자주 맡는 수도 있다.

"백운암이 얼마나 남았나요? 헥헥."

언제나 대답은 비슷하다.

"이제 다 왔어요!"

너무 믿으면 안 되겠다. 산의 8부 능선쯤에 백운암이 있다. 스님들이 수행정진 중인 암자에는 들어가지 못한다. 스님들이 동안거나 하안거 들어가서 용맹정진, 묵언수행하는 암자가 있다. 경허 스님도 이 백운암에서 수도를 하고 깨우쳤을 것이다.

암자 앞마당에는 강아지 한 마리가 한가롭게 서 있다. 통도사에는 '호혈석(虎血石)'이라는 돌이 있어 이야기가 전해져 오는데, 내가 이야기를 덧붙여 회원들에게 설명해 준다.

옛날에 봄나물을 캐러 온 처

녀가 통도사의 잘생긴 젊은 스님에게 첫눈에 반해 상사병을 앓았다. 부모가 스님을 찾아가 딸을 한 번만 만나 달라고 간청했지만 스님은 이를 거절했고 처녀는 끝내 자살했다. 세월이 흘러 이곳 영축산에 버금가는 호거산의 암호랑이가 절을 찾아와 중년이 된 스님의 장삼을 당기며 한마디 한다.

"니, 내 생각나제?"

스님은 호랑이를 따라나섰고, 며칠 뒤 이 백운암 근처에서 숨진 채 발견됐는데 남성의 성기가 잘린 채였다고 한다. 왜 호랑이는 남성의 성기를 물어뜯었을까? 이해가 잘 안 간다. 호랑이가 스님을 호랑이(범)해버린 모양이다.

그 이후로도 이 호랑이가 이 백운암에 자주 나타나 암자에서 수행하는 스님들을 자꾸 범해 버린 모양이다. 수도승들이 쪼려 있는데 큰스님이 이 암자를 지나다가 이야기를 듣고는 탄식한다.

"아이구, 이 등신들아. 십 년 공부 나무아미타불이라더니 면벽수행 백 날 하면 뭐하노? 기본이 안 되어 있는데."하면서 비책을 남기고는 홀연히 떠났다 한다.

스님이 떠난 후 비책을 펼쳐보니 이렇게 적혀 있었다.

"옛말에 하룻강아지 범 무서운 줄 모른다는 말이 있으니 강아지를 한 마리 키워 보거라."

과연 절에 이 강아지를 키우고는 거짓말같이 호거산 호랑이가 나타나지 않았다고 한다. 내 맘대로 '전설 따라 삼천리' 통도사 백운암 편이었다. 믿거나 말거나.

이 이야기를 듣고 있던 한 여자 회원이 반문한다.

"법당 앞에 누워 있는 개는 하룻강아지가 아니고 많이 늙었는데?"

스님, 죄송합니다.

"그런데 개도 불성이 있습니까?"

색즉시공 공즉시색! 세상만물 형태가 있는 것도 결국은 없는 것이요, 세상은 윤회하느니… 잘 모르겠다. 차라리 김기덕 감독의 〈봄, 여름, 가을, 겨울 그리고 봄〉이란 영화를 한번 보시라.

암자를 내려와 금와보살이 계신 자장암으로 간다. 예나 지금이나 절은 아낙들과 가는 것이 제 맛이다.

암자에 올라가니 바랑을 맨 스님이 공양실에 들어가는데 조금 어색해하는 폼이 이 절에 머무는 스님 같지가 않다. 영판 신병훈련소를 갓 출소한 신병이 자대배치 받아 어색해 하는 모습 같다. 사람 사는 곳은 비슷하다.

암자의 뒤편 바위구멍을 들여다보면서 금와보살을 친견하러 했지만 오늘은 나타나지 않으신다. 조금 피곤하신 모양이다. 누구는 바위에 돈을 붙여 복을 빌어본다.

"꼴랑 100원짜리 붙이고 복을 빈다고? 아서라. 내라도 안 들어주겠다. 배추 이파리라도 한 장 턱 붙이면 몰라도!"

고즈넉한 저녁시간이다. 자장암의 툇마루에 나란히 앉아 먼 산을 한참동안이나 바라보았다. 각자 무슨 생각들을 할까? 건너편에는 푸른 산들이 병풍처럼 둘러쳐져 있고 풍경소리와 불경소리만 들려 사위가 고요하다. 이제 산문을 나서야 한다. 아쉽다.

친구가 갑자기 한 여자 친구와 동그란 산문 앞에서 실랑이 장난을 친다.

"여보! 나 뜻한 바 있어 머리 깎고 절에 들어갈란다. 부모님과 아이들을 잘 부탁한다!"

"안 된다. 어디 도망가려 그래! 누구 좋으라고! 택도 없다. 집 등기 넘겨주고 가라."

돌계단을 내려오면서 괴테의 말이 생각나서 괜히 혼자 중얼거렸다.

"여행은 좋은 것이여. 돌아가지 않을 수만 있다면!"

여름
Summer

09 Summer

벌교에서 외서댁을 만나다

내가 어릴 적에 성냥이야기가 인구에 많이 회자되었다.

"제2차 세계대전 패전국인 독일이 라인 강의 기적을 이루었는데 그 럴만한 이유가 있다. 독일 사람들은 담배를 피우려면 세 명 이상이 모여서 성냥 한 개비를 켰다. 세 사람 이상이 불을 붙여야 하니 독일 성냥은 좀 길다. 직접 독일에 가보니 진짜 그렇더라. 사람들이 검소하 고 실용적이다. 역시 패전국인 이탈리아에도 가보았는데 성냥이 우리 나라의 절반 정도밖에 되지 않더라. 담배 하나 피우는데 길 필요가 있나? 역시 생각을 할 줄 아는 국민 아닌가? 사람들이 합리적이다. 우리 한국 사람들도 이런 것은 본받아야 한다. 한국 성냥 봐라. 길이 가 어중간하지 않으냐? 역시 선진국 사람들은 다르지?"

뭐 그런 취지의 이야기들이다.

하지만 어린 내 마음에도 자꾸 의문이 생기는 건 어쩔 수 없었다. 군이 세 명이 모이지 않아도 한국 사람들은 불을 서로 빌려 붙여가며 담배를 잘만 피우던데, 왜 독일에서는 세 사람이나 모여서 성냥을 켜지? 한국 성냥의 길이가 어중간하다고? 귀 후비기에도 딱 적당하고 또 잘 부러져서 밥 먹고 이빨 후비기도 그만인데!

그렇다. 일체유심조(一切唯心造)다. 모든 것은 생각하기 나름이고 팔자는 길들이기 나름 아니겠는가? 지천명이 되도록 아무것도 이루어놓지 못한 나. 요즘 들어 아쉬움이 많이 남는다. 허전하다. 뭔가 해야 한다.

소설 『태백산맥』의 겨울 꼬막 맛 같은 쫄깃한 자궁을 가진 여인 외서댁과 같이 무미한 내 인생에 감칠맛을 더해줄 무언가가 필요하다. 내 인생에도 하나 정도의 방점은 찍어야 한다.

여행을 함으로써 먹고 살기 바쁘다는 핑계로 등한시했던 내 가족과 주변을 챙기고 기록이라도 몇 줄 남겨 이 세상의 단 몇 사람에게라도 읽혀져 즐거움을 줄 수 있다면 하나의 방점이 될까?

'총명불여둔필(聰明不如鈍筆)'이라. 아무리 똑똑하고 기억력이 좋다 하더라도 기록하는 사람에게는 당할 수 없다고 한다. 여행도 혼자만의 흐뭇한 호사로 추억하는 것보다는 비록 둔필이더라도 기록을 남기는 것이 보람된 일일 것이다. 그래서 가족들, 친구들과 여행을 다니고 기록을 남기기로 했다. 첫 번째 여행지로 소설 『태백산맥』의 무대 순천, 벌교를 택했다.

토요일, 아내와 아이들을 차에 태워 남해고속도로를 달렸다. 3시간쯤을 달려 순천 톨게이트로 빠지니 바로 시내로 접어든다. 생각보다

도시가 크다. 아내에게 "순천에 와서는 인물 자랑 말라던데 정말 그런지 확인해보라."고 했더니 "길거리 남자들이 다 귀티 나게 잘생겼다."며 정말 그렇다고 한다. 남남북녀라. 남남북녀! 남한 순천에는 미남이 많고 북한 강계에는 미인들이 많다는데 언제 통일이 되려나?

　드라마 오픈 세트장을 먼저 들렀다. 〈사랑과 야망〉, 〈에덴의 동쪽〉 등 많은 TV 드라마와 영화들이 촬영된 모양이다. 오래전에 TV에서 방영되어 공전의 히트를 친 〈사랑과 야망〉의 작가가 김수현 씨다. '언어의 마술사'라 불리면서 그분의 드라마 없이는 한국의 드라마 역사를 논할 수 없을 정도라고 한다. 내가 특별히 그분을 기억하는 이유는 시골에서 내려와 부산의 달동네 우리 집 단칸방에서 몇 년간

같이 살았던 우리 막내고모와 방바닥에 배를 깔고 나란히 누워 작가의 데뷔작인 〈저 눈밭에 사슴이〉란 연속극을 호기심 가득히 라디오로 들었던 기억이 아직도 나기 때문이리라.

군부대를 철거하면서 팔십여 억 원을 들여 지었다는 세트장에는 60~70년대의 서울거리와 순천 시내 거리가 조성되어 있다. 그리고 언덕 위에는 부산에서는 아직도 볼 수 있는 당시의 산동네가 그대로 재현되어 있다. 내가 자란 거제리 우리 동네와 너무 흡사하다. 연속극을 본 적은 없지만 〈사랑과 야망〉의 주인공들도 아마 개천에서 용 난 사람들일 것이 틀림없다. 산동네에서 어린 시절을 같이 보냈던 우리 친구들같이.

나와 같이 산동네에서 자랐던 친구들도 누구는 통신회사 상무가 되었고, 누구는 사업이 크게 성공해서 시청 근처 10층짜리 빌딩도 사고 큰 교회의 장로로 있으면서 지역사회에서 존경을 받고 있고, 어떤 친구는 한의사가 되어 우리가 살던 산동네에 개업을 해서 명망이 자자하다.

세트장과 흡사한 산동네서 자란 나와는 달리 시내의 부잣집에서 고이 자란 아내는 별 흥미가 없는지 입장료가 비싸다고 투덜거렸지만, 산동네 아래의 시내 세트장을 둘러 보면서 어릴 적 생각이 나는지 신기해한다. 60년대식으로 꾸며진 상점에서 아이스크림을 하나씩 사서 먹고 세트장 구석구석을 구경했다. 우리 아이들에게는 전혀 감흥이 없었겠지만 남문전자, 중앙전당포, 부라더미싱, 텍사스 비어홀

등이 있는 거리를 둘러보니 감회가 새롭다.

내가 보고 싶었던 순천만 개펄은 순천시 외곽에 자리 잡고 있다. 벌교로 가는 길 좌측 농로를 따라 김승옥 작가의 『무진기행(霧津紀行)』 첫머리에 나오는 버스길을 달렸다.

지금의 직장에 취직 후 첫 월급날을 용케 알고 찾아온 친척 형님으로부터 산 문학전집에서 이 순천만 개펄을 알았다. 소설 『무진기행』에서 노란색 양산을 쓴 '하인숙 선생'이 아직도 있을 것란 상상을 하곤 했다. 지금은 개펄 자체가 큰 명산물이겠지만 책에는 이곳의 명산물이 '안개'뿐이라고 적었다.

버스길 끝의 대대포구에 차를 멈추고 카메라 배터리를 사기 위해 편의점에 들렀다. 주인에게 맛있는 식당이 어디냐고 물었더니 제일 곤란한 질문이라고 손사래를 친다. 편의점과 붙어 있는 식당에 들러 이곳 명산물인 '짱뚱어탕'을 시켰다. 아내와 아이들은 짱뚱어가 징그럽게 생겼다면서 정식을 시킨다.

'바다의 메뚜기'라 불리는 짱뚱어는 정말 못생겼지만, 맛은 좋았다. 음식이 정갈하고 반찬이 깔끔하다. 초등학교 때 부산으로 전학 올 때까지 쌀밥이라고는 먹어보지 못했던 보리 문둥이인 나에게 남도 음식은 너무나도 사치스러운 것 같다.

식사 후 대대포구 선착장에 있는 무진교를 건넜다. 드넓은 갈대밭

사이의 길을 따라 아이들이 나무막대기에 줄을 달아 미끼를 끼워 게
를 잡는다고 정신이 없다.

막대기에 낚싯줄을 달아 돼지비계를 달아 게를 잡고 있는 아이, 갈
대를 꺾어 먹던 뻥튀기를 달아 게를 유혹하는 아이 등. 낚시도구도
다양하다. 연인들은 한가롭게 갈대밭 사이를 거닐고 순천만은 푸른
갈대가 무성하다.

대대포구 선착장에서 탐사선을 타려고 하니 관광객이 없어서 좀 기
다려야 한다고 한다. 이내 관광객이 모이고 전망이 좋은 제일 앞자리
에 자리를 잡자 꽹음을 내면서 탐사선이 출발한다. 검은 개펄 사이로
배가 지나가니 하얀 포말이 달아난다.

포구를 빠져나가자 선장께서 뱃머리를 개펄에 기댄다. 짱뚱어랑 붉은 게가 소리에 놀라 황급히 모습을 감춘다. 선장은 용산전망대에서 바라보는 순천만 개펄이 한국의 11대 절경 중의 하나라고 강변한다.

애국가에 나오는 대한 십경 빼고는 순천만 개펄의 낙조가 제일 아름답단다. 대한 십경? 관동팔경은 들었어도 대한 십경이라? 처음 듣는다. 동해 물 하나, 백두산 둘, 마르고 닳도록? 아니고. 2절, 남산 위의 저 소나무 셋. 천천히 생각해보니 그런 것 같기도 하고.

"뭐, 따질 것까지야 있겠나?"

탐사선은 다시 고흥반도 쪽으로 향한다. 고산 윤선도 선생의 〈어부사시사〉가 생각난다.

"동풍이 건듯 부니 돛 달아라, 돛 달아라.

연잎에 밥 사두고 반찬이랑 장만 마라.

지국총 지국총 어사와."

배가 한 번 더 멈춰선 곳에서는 붉은색의 칠면초 군락이 보인다. 멀리서 보고는 '붉은 게가 저리도 많아?' 하고 생각했는데 뜻밖에도 나무의 일종이다. 초록빛 갈대밭 사이의 붉은 나무군락은 또 다른 풍경을 만들어낸다. 배가 계속 남쪽으로 달려가자 한 무리의 새들을 볼 수 있었다. 흰색 백로들과 갈매기, 도요새 떼다. 아직은 제철이 아니어서 수가 많지 않다.

돌아오면서 용산 쪽을 올려다보니 전망대에 관광객들이 많다. 용산 전망대에 올라가서 '대한민국 11경'을 보기로 했다.

배가 선착장에 도착한 후 나는 포구에서 2킬로미터 가량 떨어진 용산전망대로 가기로 하고 아내는 아이들과 무진(霧津)길을 따라 자전거 하이킹을 하기로 했다. 용산에 있는 전망대까지는 약 30분 거리다.

"여러분, 저기 저 산을 용산이라 하는데 용같이 생겼어요? 안 생겼죠? 그런데 왜 용산이라 할까요? 그것은 용산전망대에서 바라보는 순천만 갯벌의 갈대숲이 용의 먹이인 연꽃같이 생겨서 용산이라 불린답니다."라고 자연학습 나온 교사가 아이들에게 하는 이야기를 들었다.

숲길을 따라 올라가다 숨이 찰 무렵 길에서 쉬던 아줌마들에게 전망대까지 얼마나 남았는지 물으니 웃음을 지으며 "얼마 남지 않았어요."라고 하는데 좀 미심쩍다. 예전에 밀양 재약산 등산을 가면서 중턱에서 앉아 쉬던 아줌마들에게 고사리 마을이 얼마나 남았느냐고 물었을 때도 같은 웃음을 지으면서 "이제 다 왔다."고 하지 않았던가? "진짜 얼마 안 남았느냐?"고 물으니 또 웃으며 "진짜 얼마 안 남았다." 고 한다. 나는 왜 등산을 가서 길을 물으면 한결같이 "이제 다 왔다." 고 하면서 웃는지 모르겠다.

과연 짐작대로 만만찮은 거리다. 전망대에 도착하니 탁 트인 전경이 눈앞에 펼쳐진다. 저 멀리 고흥반도 너머로 꼬막 잡는 여인네들이 보이는 듯하다. 검은 개펄과 초록빛 갈대숲을 바라보니 세상 온갖 시름을 다 잊을 수 있을 것도 같다. 낙조를 보려면 아직 시간이 한참

멀었다. 느긋하게 기다리기로 했다. 그러나 여유도 잠시 핸드폰이 울린다. 비포장 길에 자전거를 타서 좀 씻어야 한다고 빨리 내려오라고 한다.

하기야 아내가 무진을 알 리가 없고 '노란 우산을 쓴 하인숙'이 누군지 알 턱이 없으니 우선 온천물에 몸 담그는 것에 더 관심을 가지는 것은 어쩔 수 없다.

지리산 온천호텔에 가족들을 내려주고 벌교로 다시 나와야 한다. 여행 전에 통영에서 아이들을 가르치고 있는 최 선생에게 미리 연락되어 있었던 터였다. 17번 국도를 달려 지리산 온천호텔에 짐을 올리고 다시 벌교로 향했다. 이제 자유다. 오늘 밤은 술도 한잔 마시고.

『태백산맥』 소설 첫머리에 나오는 진트재에 도착하니 먼저 도착한 최 선생이 뭐가 이상하다는 듯이 고개를 갸웃거리고 있었다. 틀림없이 책에는 '진트재'라고 되어 있는데 바위에 새긴 이정표에는 '진토재'라고 되어 있단다. 역시 생물학도답다. 진트재 마루의 바로 아래에는 터널이 있다. 소설에서 빨치산들이 순천행 군용열차를 기습하고 군수품과 무기를 탈취해 조계산으로 옮기는 내용이 묘사되고 있는 곳이다.

진트재를 내려서서 우회전해서 들어가니 산기슭에 소설 속에서는 외서댁이 살았던 것으로 그려진 회정리가 있다. 외서댁. 남다른 미모 때문에 염상구의 눈에 띄게 되어 결국 빨치산 남편을 죽게 하고 자신은 빨치산이 되어 산으로 들어가는 기구한 팔자의 당찬 여인이다. 남자와 사랑을 할 때는 쫄깃쫄깃한 겨울 꼬막 같은 자궁을 가진 여인.

소설에 등장하는 현부자 집에 들르니 안에 사람이 살고 있는데 문은 개방해두었다. 옛날 부잣집치고는 좀 초라하다. 소화의 집과 조정래 기념관을 둘러보았다.

곧 해가 질 모양이다. 읍내로 나오니 재래시장이 참으로 정겹다. 갈치며 낙지며 멍게 해삼이며 꼬막을 좌판에 펼쳐놓은 아주머니들이 정겨운 사투리로 물건을 사라고 한다. 아주머니에게 맛있는 식당을 물으니 누가 들을세라 저쪽 우체국 옆에 있는 제일회관이 제일 맛있다고 한다.

텔레비전에 한번 출연했는지 화면을 캡처해서 간판과 외벽에 붙여놓았다. 좁고 허름하다. 꼬막 정식을 시켰다. 조금 비싼 듯했지만, 남도음식을 맛보는데 그 정도야 투자해야 한다.

자리에 앉으니 주인 할머니가 꼬막 한 바가지와 소주를 먼저 내온다. 초장이 없어 의아해 했지만 그냥 먹는 거라 한다. 소주 이름은 잎새주다. 잎새주? 옛날에 소주를 쇠주라고 부르긴 했지만. 잎쇠주도 아니고 잎새주라? 이름이 예쁘고 정겹다. 남도 사람들은 소주 이름 하나 짓는데도 멋과 낭만이 있는 것 같다.

빈속에 부어 넣는 소주가 짜릿하게 식도를 자극한다. 삶은 꼬막을 안주로 먹기 위해 손톱으로 껍질을 까려고 하니 여간 힘든 게 아니다. "할머니, 꼬막 이거 어떻게 까서 먹나요?" 하니 물으니 할머니가 친절하게 꼬막 뒷부분에 젓가락을 대고 제치면 쉽게 까진다고 시범을 보이고 설명해 준다.

최 선생과 내가 꼬막 하나씩을 들고 젓가락으로 까니 뒷부분이 부서지면서 잘 까지지 않는다. 부서진 구멍으로 젓가락을 집어넣어 지렛대의 원리가 어쩌니 하면서 끙끙대고 있는데 옆 테이블에 앉아서 밥을 먹고 있던 여인네들이 킥킥 웃는다.

"제가 여기 사람이라 꼬막은 좀 아는데, 좀 까드릴까요?" 하는데 그렇게 고마울 수 없다. 다른 일행 여자에게 술을 한 잔 권하며 소화다리가 여기서 걸어서 갈 수 있는지 등 이야기를 나누는 사이에 여인네가 "다 깠는데요." 하면서 슬며시 바가지를 밀어주는데 속도가 놀랍다. 요새 텔레비전에 무슨 달인 프로그램이 있던데 뭐 조개 까는 달인인가 싶다. 5분도 채 안 걸린 것 같다. 하도 신기해서 꼬막을 헤아려보니 근 60마리는 되는 것 같다.

손을 쳐다보니 손톱에 매니큐어도 칠하고 의외로 옷매무새와는 달리 매력이 있다.

"이 지방 사람이면 혹시 외서댁은 아니실 테고?" 하니 맞은편에 앉았던 최 선생이 눈치를 주면서 발로 무릎을 찬다. 여성스럽고 섬세했지만 당찬 여인, 외서댁!

꼬막을 까준 그녀에게서 외서댁을 보는 것 같다. 음식은 그야말로 진수성찬에 반찬만 족히 스무 가지는 될 듯하다. 평소 '걸인의 반찬, 임금의 밥'에 단련된 위장이 놀라지 싶다.

식사를 마치고 일어서니 여인들이 벌교역과 소화다리까지 안내해

주겠다고 한다. 참으로 다정한 여인들이다. 벌교역에 가니 꼬막과 짱
뚱어, 꼬막 잡는 장비와 사진들이 역사 안에 걸려 있다. 역시 짱뚱어
와 꼬막의 고장답다.

　방죽을 따라 한참 올라가니 소화다리가 나온다. 다리위에서 만난
보성학교를 다니셨다는 어르신 한분이 소화다리에 대한 이야기를 해
주신다. 볼품없는 시멘트 다리다. 이 다리가 여순반란사건부터 한국
전쟁에 이르기까지 우리 민족의 비극을 고스란히 겪어낸 그 소화다
리란 말인가? 피비린내로 범벅되었던 아픈 과거들, 인간들이 만들어
낸 이데올로기 때문에 이 다리에서 얼마나 많은 사람이 죽창에 찔려
서 개펄에 버려졌겠는가? 이제는 늙고 쇠약해진 모습으로 명맥만 유
지하고 있는 소화다리를 보니 이데올로기의 종말을 보는 것 같아 오
히려 마음이 가볍다.

방죽을 따라 젊은 대학생으로 보이는 사람들이 길을 거닌다. 날씨도 선선해서 방죽 옆에 지어진 정자에 올라 버드와이저를 마셨다. 참 아름다운 고장이다.

요즘 정부와 삼성전자 등 국내 굴지의 기업들에서 미래 먹을거리와 고용창출을 위해 동분서주하는 모양인데 벌교는 아마 조정래라는 걸출한 소설가가 쓴 『태백산맥』으로 앞으로 100년 미래 먹을거리와 고용을 미리 확보해두지 않았나 하는 생각도 든다.

산 높고 물 맑은 남도는 정말로 오염되지 않은 관광명소인 것 같다. 요즘 신문 기사들에서 앞으로의 고용창출을 위해서는 관광서비스업을 키워야 한다는 이야기도 많이 하는데. 남도는 개발이 덜 되어 오히려 기회의 땅이 아닌가 하는 생각도 든다. 영국 사람들은 "셰익스피어를 인도하고도 안 바꾼다."고 한다는데 남도 사람들은 "조정래 선생은 삼성전자와도 안 바꾼다."고 해야 할 듯하다.

다음날 일정 때문에 벌교를 속속들이 보지 못하고 떠나야 했지만, 다시 한 번 남도를 방문해서 해방구 율어도 가보고, 중도방죽도 구경하고, 시간이 되면 남부군 본부가 있었다는 회문산도 둘러봐야 할 것이다.

남도는 내 인생에 감칠맛을 더해줄 외서댁이 될지도 모를 일이고, 여행과 기록은 나의 미래 먹거리일지도 모르겠다.

10 Summer

운문사의 여승

　요즘 국수장사를 하고 싶다. 어린 시절, 어느 여름날 내가 다니던 시골초등학교에 떠돌이 마술단이 왔었다. 마술사가 나와서 얇은 습자지를 쭉쭉 찢어서 사발에 넣고는 주전자로 물을 부어 넣더니 젓가락으로 휙휙 건져내어 먹는데 보니 바로 국수가 아닌가? 마른버짐이 핀 배고픈 촌아이에게 그 광경은 참으로 '경외스러움' 그 자체였다.

　그때부터인지는 모르겠지만 내 인생목표는 자그마한 국수집 사장이 되는 것이다. 몇 년 전에 KBS 방송국에서 〈Noodle Road〉란 6부작 다큐멘터리를 방영하였다.

　BBC의 음식 프로그램 진행자 출신의 켄 홈(Ken Hom)이란 중국계 미국인 대머리 요리사가 진행을 맡았는데, 프로그램을 다운받아 밤을 새워가면서 계속 돌려본 것은 물론이다.

　"국수는 영혼을 담은 음식이에요."

　그 프로그램에 운문사의 들깨국수 이야기가 나온다. 금요일 오후에 예상치 못했던 반나절 휴가가 생겼다. 운문사를 방문했다. 운문사 경내로 들어가는 차도 옆에는 '솔바람길'이란 멋진 길이 잘 정비되어 있다.

솔바람길을 벗어나 계곡의 물고기를 구경하면서 다다른 곳은 절 앞의 채전밭이다. 그곳에는 바로 다큐에서와 같이 스님들이 채소를 가꾸고 있다.

한참을 서서 스님들의 일하는 모습을 바라보다가 운문사 범종루를 들어서니 우리나라 나무 중에서 유일하게 간접세를 해마다 낸다는 '처진 소나무'가 보인다. 사실 운문사는 연중 몇 번씩 방문하는 곳이라 절을 둘러보는 것은 그렇게 흥미로운 일이 못된다.

장미넝쿨 아래 앉아 몰래 담배를 피우고 쉬다가 대웅전 뒤의 꽃밭을 둘러본다.

새로 조성된 듯한 화원이 잘 꾸며져 있다. 꽃구경을 하다 목이 말라 감로수로 목을 축이고 있으려니 스님 한 분이 쪼그려 앉아 풀을 메고 있는 모습이 보인다. 왠지 쓸쓸하고 외로워 보인다. 내가 위로해주어야 할 것 같다. 꽉꽉한 현실에 국수장사로의 전업을 심각하게 고려중인 나로서도 스님과의 대화에서 뭔가 구원이 찾아질지도 모를 터.

"스님, 더운 날씨에 수고가 많으시네요! 감로수라도 한잔 떠다드릴까요?"

밀짚모자 아래의 어깨선이 예쁘다. 뽀얀 피부의 상당한 미인일 듯하다. 대답이 없다.

"스님, 저 뒤에 화단은 전에 없었는데 근래에 조성한 것인가요?"

묵묵히 호미질을 하면서 풀을 뽑던 스님이 대답한다. 의외로 서울 억양이다.

"네, 담을 한 이십 미터 뒤로 밀어내고 이삼 년 전부터 스님들이 짬짬이 꽃밭을 가꾸었어요!"

"아, 그래요? 저리 꾸며놓으니 참 좋네! 오늘 보니 채전밭과 절 마당에 스님들이 분주히 많이 움직이던데 혹 주말 관광객 의식해서 평일에 일을 집중적으로 합니까?"

"그런 것은 없는데?"

"유달리 오늘은 스님들이 많이 보이네요. 저쪽 불이문 안에 스님 한 분은 내가 카메라 들이대니까 획 돌아서 가 버리던데 사진 찍으면 실례가 되나요?"

"……."

눌러 쓴 밀짚모자 때문에 얼굴을 볼 수 없다. 밭에서 갓 뽑아 올린 무 같은 시원한 목선만 모시적삼의 동정 사이로 보일 뿐이다.

"스님, 여기가 말하자면 스님들 대학이지요? 스님은 여기 오신 지 얼마나 되었나요?"

또 대답이 없다.

"절 마당에 풀이 조금씩 있으면 오히려 정취가 더 있을 듯한데?"

"이 작은 풀도 내버려두면 많이 번져요."

스님은 엎드려 묵묵히 호미질을 해서 풀을 캐낸다. 얼굴을 보여주지 않는다. 얼굴을 보고 싶다.

"여기 졸업하면 내원사 같은 곳에 갑니까?"

대답이 없다.

"스님, 오늘 여기 담벼락 밑의 풀을 다 못 뽑으면 밥 안 주지요?"

나의 갑작스런 도발에 스님이 고개를 천천히 들어 나를 쓰윽 훑어 보더니 슬쩍 미소를 띤다.

예쁘다. 초연한 눈빛에 온화한 미소. 관세음보살이 현신한 듯하다. 이런 아름다운 여인이 왜 여기 축담 아래에서 풀을 뽑고 있을까?

"아, 스님, 나하고 도망가서 국수장사나 하면서 살까요?"

이 호거산 운문사에 앉아서 일연 스님이 썼다는 『삼국유사』 중 '조신설화'가 생각난다.

신라 때의 승려 조신이 세달사에 있다가 명주(溟州: 강릉)에 있는 절 소유의 장사(莊舍: 농장)의 지장(知莊: 관리인)으로 파견되었는데, 그곳 태수(太守) 김흔(金昕)의 딸(김랑)을 보고 한눈에 반하였다.

얼마 후 그녀가 딴 사람에게 출가해버리자 조신은 울면서 김랑을 못내 그리워하며 지내던 중, 하루는 부처를 원망하다가 깜박 낮잠이 들었다. 그런데 김랑이 꿈에 나타나 말하기를 "부모의 말을 거역하지 못하여 결혼은 하였으나, 당신을 사랑하여 이렇게 돌아왔노라."고 하였다.

조신은 기쁨을 가누지 못한 채 그녀와 더불어 고향으로 돌아가 40여 년을 같이 사는 동안 자식을 다섯이나 두었으나, 살림이 몹시 가난하여

나물죽조차 넉넉지 못하고 입을 옷도 없었으며, 15세 된 큰아이는 굶어죽고 말았다.

　도리 없이 남은 네 자식을 둘씩 서로 나누고 막 헤어지려는 찰나에 꿈을 깨고 보니, 날은 이미 저물어 밤이 이슥히 깊어가고 있었다. 인생의 덧없음을 깨달은 조신은 그 뒤로 김랑에게 반하였던 마음을 깨끗이 씻고 불도(佛道)에만 힘썼다는 이야기이다.　　　　　　　　-네이버 지식검색-

　안 그래도 스트레스를 호소하는 남편이 걱정되어 운문사까지 따라온 아내가 저편 감로천 옆에 앉아 뭔 일인가 하고 걱정스레 바라보는 것이 느껴진다.

　흙탕물에 더럽히지 않는 연꽃과 같이 무소의 뿔처럼 혼자서 가라?

국수장사 한다고 예쁜 색시 데리고 다 튀어버리면 소는 누가 키우나?

가자 집으로!

범종루를 지나 주차장엘 다다르자 이내 법고 두드리는 소리가 들린다. 저녁 예불을 보고 갈 걸 그랬나? 그냥 가자. 모든 것은 꿈이다!

11 Summer

지리산 청학동 자연산장

"현충일? 빨간 날, 노는 날요!"

신문을 보니 초등학생 중 3분의 2가 현충일의 의미를 모른단다. 다행스럽게도 올해 현충일도 노는 날은 맞다. 3일 연휴다.

멀리 통영에 있는 친구에게서 문자가 온다.

"친구야, 주말이고 연휴다. 언뜻 여름 느낌도 나고. 앞산 뻐꾸기 소리가 정겹네. 행복한 주말 되거라."

이 친구가 지금 뻐꾸기 날리는 것인가? 불감청이언정 고소원이지!

뻐꾸기는 낮에도 울지만 밤에도 간혹 우는 새이다. 그러므로 밤에 혹시 뻐꾸기 소리가 들린다 해도 이상한 일은 아닐 것이다. 그래도 밤에는 잘 울지 않는 새이므로 그 소리를 기다리는 사람은 금방 눈치 챌 수 있지만 일상적인 삶에 묻혀 있는 사람들은 대수롭지 않게 흘려들을 소리다. 밤에 담벼락 밑에서 날아오는 뻐꾸기 소리를 기다리는 여자같이 나는 친구의 뻐꾸기를 금방 눈치 채고 곧바로 전화를 한다.

"삼일 연휴인데 남도 여행이나 할까?"

"좋은 계절이다. 꽃도 좋고. 무슨 계획 없으면 같이 여행가자."

"1박 준비해서?"

"당근이지. 숙소하고 식대는 내가 책임 지꾸마! 몸만 오거라."

"알았다. 진주 거기서 2시쯤 보자."

아침에 급히 여장을 꾸리고 출발하려고 하니 집사람이 당부한다.

"최 선생님에게 노상 얻어먹지만 말고 대접도 좀 하고 천천히 머리 식히고 오세요."

현관 앞, 빨간 닥스 장지갑에서 얼마간의 돈을 꺼내어주는 손이 아름답다. 남강 둔치 주차장엘 도착하니 그늘 아래 두 사람이 기다리고 있다. 자칭 '여행가'이자 '작업남'이라 하는 김 형이 동행했다.

한국 굴지의 기업에서 근무하다 '살기 위해' 직장을 그만두고 고향에 정착한 '인간 내비게이션'이다. 두 딸을 서울의 명문대학에 진학시키고 전망 좋은 곳에 포장마차를 열어 집사람과 사이좋게 수입을 반반씩 나누는 자칭 한량이기도 하다. 가게에 남자가 얼씬거리면 손님이 떨어진다나. 작년 남도 여행 때도 동행했다.

모든 일정은 김 형에게 일임하고 남해로 출발했다. 우선 읍내의 재래시장에 들러 먹을 음식과 회, 숯불에 구울 고기를 장만한 후 소주와 맥주를 차에 싣고 느긋하게 남해를 일주하고 적당한 숙소를 찾아 들어가기로 하였다.

길가에 버찌가 알맞게 익어 있다. 공동 어로장에 몰래 들어가서 바위에 붙은 자연산 굴도 좀 따먹고 이순신 장군의 흔적도 더듬었다. 인간 내비게이션이 어느 한적한 어촌 마을로 안내한다. 서포 김만중 선생의 마지막 유배지이자 우리나라 최초의 국문소설 『사씨남정기』를 집필한 곳으로 유명한 노도가 지근거리에 놓여 있다. 300여 년 전의 선생의 집터와 묘터 등을 정비하여 '서포 문학의 섬'으로 활용할 모양이다.

상주해수욕장에 들렀다가 해안도로를 달려 곳곳의 절경을 감상하기를 몇 시간. 뉘엿뉘엿 날이 저물어갈 무렵에 자그마한 마을로 내려갔다. 이름 모를 동네로 들어가서 김 형이 숙소를 알아보는 동안 바닷가를 거닐었다.

고부간으로 보이는 두 여자가 촘촘한 등고선을 그리며 산중턱에 걸

려 있는 가다랭이 마늘밭에서 수확했을 마늘을 해풍에 말리고 있다. 평생을 마늘을 다듬느라 허리가 굽었을 시어머니 옆에서 바다를 쳐다보며 앉아 있는 젊은 며느리는 무슨 생각을 하고 있을까?

김 형이 오더니 이 동네 민박, 펜션이 동이 났다 한다. 차 안에서 우리끼리 한 남해안에 펜션을 너무 지어 매물이 부지기수며 빈방이 수두룩할 것이라는 이야기들도 3일 연휴에는 별 수 없는 모양이다. 섬을 일주하면서 우선 방을 먼저 잡아야 한다. 해안을 달리면서 간판이 걸린 곳마다 전화를 걸어보았지만 빈방이 없단다. 관광지도를 보니 유스호스텔이 있다. 틀림없이 방이 있으리라 믿었지만 오산이었다.

"우리 유스호스텔이 남해에서는 제일 늦게 방이 차는데 오늘 오후에 마감되었으니 남해섬 안에는 방이 없을 것"이라는 아가씨의 친절한 안내가 전화기 저편에서 들려온다.

남해를 떠나야 할 것 같다. 아직 섬의 일주도로를 반밖에 돌지 않았다. 마음이 바빠진다. 밝게 불을 밝히고 고기를 굽는 펜션 안 풍경들이 갑자기 부러워진다. 마치 이노크 아덴이 천신만고 끝에 집에 돌아와 보니 아내가 자기와 제일 친했던 친구와 결혼하여 자신의 아이들과 살면서 행복해하는 모습을 멀리서 쳐다보는 기분이다.

김 형이 느닷없이 지리산 청학동으로 가자고 하면서 길안내를 한다.

"청학동에는 아마 방이 있을 겁니다!"

마음이 불안해진 나는 뒷좌석에 앉아 스마트폰으로 '하동 펜션'을 검색해선 닥치는 대로 전화를 했다. 대답은 한결같다. 잘못하면 산중

외딴집이라도 찾아가서 혼자 사는 과부에게 "지나가는 과객이온데 날은 저물고 배는 고파 어쩌고" 해야 할 판이다. 아무리 그렇다 해도 세상천지에 우리 세 사람 몸뚱어리 눕힐 곳이야 있겠지?

도중에 운전을 하는 최 선생이 교원 전용 콘도 회원권이 있다면서 '지리산 온천호텔'로 연락해보라 한다. 역시 빈방이 없다. 예닐곱 군데 전화를 한 끝에 방이 있다는 곳이 연결되었다. 김형의 말대로 역시 청학동의 어느 산장이다. 20만 원 정도 예상했는데 의외로 4만 원짜리, 5만 원짜리 방이 있단다. 서둘러 예약하고 방을 남겨놓으라고 했다.

내비 양의 "목적지에 도착하였습니다."라는 상냥한 안내를 듣고 차를 세운 곳은 바로 청학동 자연산장 주차장이다. 내비게이션의 예상

시간은 1시간 반 정도였지만 3시간은 족히 달린 듯하다. 평소 운전 스타일을 알기에 평균 시속 40킬로미터로 느긋하게 달리는 최 선생을 나무랄 수는 없었다.

밤 10시가 다 되었다. 여장을 풀고 허겁지겁 상을 차렸다. 점심때 휴게소에서 먹은 우동 한 그릇으로 버티기에는 내 배가 너무 크다. 허기진 배를 채우기 위해 주차장 앞 대나무 평상에 앉아 숭어, 우럭 회를 펼치고 숯불에 고기를 구웠으나 밥이 없다.

한국 사람은 무슨 일이 있어도 밥을 먹어야 한다. 쌀은 있으되 밥을 지을 냄비가 없다. 백숙 한 마리를 시켜 반찬과 곁들여 술을 마시려고 하니 주인양반이 극구 만류한다.

"이리 음식도 많이 사오셨는데 뭐 하러? 밥과 반찬은 그냥 드리리다."

하지만 우리도 남의 장사 집에 와서 밥과 반찬을 공짜로 얻어먹을 만큼 배짱이 있는 사람들은 아니다. 최 선생이 기어이 백숙 한 마리를 주문한다. 숭어와 우럭회 2킬로그램, 숯불에 구운 삼겹살 2만 원어치, 토종닭 백숙 한 마리에 하얀 쌀밥 한 그릇이 저녁 메뉴다. 왕후장상이 부럽지 않다.

반팔차림으로 온 최 선생에게 좀 쌀쌀한 기온이었겠지만 내가 여분으로 가져온 바람막이에 피워놓은 숯불 화덕을 평상 위에 올려놓으니 밤을 새워 이야기해도 될 듯하다. 식도를 짜릿하게 자극하는 소주가 고맙다. 산속의 밤은 깊어가건만 이야기는 그칠 줄 모른다. 가게를 어느 정도 정리한 산장 주인어른을 불렀다.

이런저런 이야기를 하면서 물어보니 나이가 나와 갑장이었다. 바쁠 때에는 직원들을 25명이나 먹여 살리는 청학동 서당 훈장 겸 산장의 사장이다. 명주적삼에 망건을 쓰고 있었지만 동네의 여느 사람들과는 달리 수염을 기르지는 않았다. 술을 권하였더니 술과 담배는 하지 않으신다고 한다.

"훈장님은 어찌 가게를 열어놓으시고 장사 욕심이 없이 그리 선심 쓰듯이 살아가시는지요?"

"찾아오는 손님들을 후하게 대접해 보내라는 것이 우리 선현들의 가르침이지요!"

느릿한 말투에 정감이 묻어난다.

"사모님이 싫어하실 텐데요?"

"아닙니다. 제 내자도 부산에서 시집을 왔는데 여기서 살다보니까 큰 욕심이 없어요! 우리 산장 이름도 자연에 맞춰 살자고 아내가 지은 이름이고."

겸손하면서 상대를 배려하는 마음이 여느 장사꾼들과는 다르다.

"훈장님, 이 청학동이 언제 세상에 알려지게 되었나요?"

"제가 스물한두 살쯤 먹었을 때 국제신문 김화수 기자인가 하는 분이 배낭을 메고 왔다 갔다 하더니만 신문에 기사도 나고."

"당시에는 전기도 안 들어왔지요?"

"한 80년대 초반인가 전기도 들어오고 한 10년쯤 있다 마을버스가 들어왔지요? 아마."

"훈장님, 여기서 하동읍내까지는 몇 리나 되지요?"

"한 90리 되지요?"

90리면 근 40킬로다.

"허, 90리나. 참 골짜기네요. 그러니 옛날부터 청학동을 십승지지라 했겠지요? 그러면 주로 당시 생활권이 하동?"

"주로 하동이긴 한데 50리 떨어진 하동 청암면에 가기도 했고! 요 바로 뒤 삼신봉을 넘어가면 산청군 내대리가 있는데 걸어서 2시간 반 이 걸려요."

낯선 곳에서 낯선 이들과 대화를 나누기 위해 여행을 하는 것은 아닐까?

"그러면 옛날에는 주로 나무를 해다 팔아서 생활했습니까?"

"나뭇짐은 너무 멀어서 지고 내다팔 수 없으니 숯을 구워서 산청으로 보내고!"

"여기 해발이 얼마지요?"

"한 800미터 되나?"

온갖 호기심이 다 발동한다.

"옛날에 이 도인촌 사람들은 뭘 먹고 살았습니까? 둘러보니 논이라 곤 없는데!"

"우리 어릴 적에는 주로 감자와 옥수수를 먹었지요. 그리고 산죽에 서 나는 열매가 있는데 그걸 갈아서 감자에 섞어서 먹기도 하고, 산에서 나는 나물도 먹고."

"아하, 대나무에서 나는 먹을 것이 죽순 말고도 또 있단 말입니까?"

정말 금시초문이다. 옆에서 듣고 있던 김 형이 그런 것이 있다고 한다.

"그래도 쌀밥을 먹지 않았다는 것은 좀 그런데요?"

"화개장터에 나가서 쌀을 팔아서 먹기도 했지요?"

"하동까지 90리면 근 40킬로미터인데 도인들이라 축지법 조금 쓴다 하더라도 예닐곱 시간이 걸릴 텐데 우째?"

"하동엘 나가면 방을 하나 얻어놓고 하루를 묵으면서 일도 보고 다음날 아침 일찍 출발해서 오고."

그도 그럴 것 같다. 여럿이 자는 여관은 우리 고향 장터에도 있었다.

"훈장님은 한학을 하셨나요?"

"그렇지요. 한학, 천자문부터 사서삼경까지 두루 공부 하지요. 한자로 된 교리공부도 하고."

교리공부란 이 도인촌 사람들이 믿는다는 유불선을 통합한'일심교' 를 말하는 듯하다.

훈장님은 『정감록』에서 말한 성지인 이곳 청학동에 살면서 물질문명의 서양이 지배하는 선천시대가 막을 내리면 천지를 개벽하여 새로운 후천시대를 열 생각을 하고 있는지는 모르겠다.

"훈장님도 한학을 하셔서 그런지 신언서판이 확실히 되는 것 같은데요?"

"허허, 그런가요?"

정말 말투가 신중하고 흐트러짐이 없는 분이다.

"이곳 사람들은 병역은 안하지요?"

"군대 말이지요? 우리 때에는 군대도 가지 않았지요. 세금도 없었고. 근래 한 3년 전부터 세금이 많아져서 많이 힘들어요. 사실은!"

장사를 하는 김 형과 세금 이야기가 한참 오간다.

밤이 깊어간다. 대충 소주 8병을 셋이서 비운 것 같다. 공기가 맑아서 그런지 술이 끝없이 들어간다.

"훈장님, 제가 마음에 드는 여자와 이 청학동에 도망 오면 먹고 살수 있을까요?"

"네, 언제든지 오십시요! 허허."

"머리에 든 것은 없어도 산에서 나무하는 것 하고 농사일은 조금할 수 있는데 여자가 이리로 오려고 할려나?"

취중에 잘못하면 실수하겠다. 숙소에 가서 샤워를 하고 누워 있으니 한참 후에 두 사람이 맥주와 접시에 고기를 담아 온다.

"백숙 남은 걸 숯불에 구웠더니 별미다. 한잔 더하자!"

닭 날개 살을 노릇하게 구워 왔다. 나는 더 못 마시겠다.

그렇게 산속의 밤은 깊어갔다.

공기가 맑아서 그런지 다음날 아침 6시쯤 일어나도 숙취가 하나도 없다. 훈장님은 벌써 일어나셨는지 우리가 어질러놓았던 것들을 이미 깨끗이 치워놓았다. 느리게 살아도 부지런하게 살아야 하는 모양이다.

아침에 나온 산채정식에는 고기라고는 한 점 없다.

"어, 내가 추구하는 밥상이네!"라고 김 형이 감탄한다.

취나물, 참나무버섯, 고사리 등 별별 산나물이 다 있다.

훈장님을 불러 물어본다.

"여기서 나는 산나물을 직접 채취하시나요?"

"아닙니다. 마을 사람들이 채취한 나물들을 구입해 가지고."

나물반찬보다는 고기반찬을 즐기는 나지만 정말 맛있다. 시간이 조금 지나자 등산객들이 모여든다. 식당 앞 공용주차장은 훈장님의 개인 소유지만 돈을 받지 않는다고 한다.

식사 후 차를 한잔 마시면서 느긋하게 쉬고 있으려니 시커먼 고급 차를 타고 온 눈썹이 성성한 30대 후반쯤으로 보이는 사내 한 명이 자기보다 키가 큰 여자와 들어오더니 버럭 큰 소리를 친다.

"여기 주인장이 누구요? 손님이 들어왔으면 인사를 해야지. 별로 안 반가운 모양이네!"

참 가소로운 놈이다. 나이도 어린 것이 어른들 말씀 중에 끼어들다니. 훈장님이 웃으면서 대꾸한다.

"아, 오셨습니까? 여기는 주인이 따로 없습니다. 오신 손님이 주인이지요! 저 위 편하신 곳에 앉으시겠습니까?"

차에 짐을 싣고 떠나려고 하니 훈장님이 묻는다.

"혹 명함을 하나 드릴까요?"

"아닙니다, 사모님에게 말씀드려 벌써 챙겼습니다. 지산 훈장님!"

명함에는 청학동 자연산장 지산 서○○으로 되어 있다.

오늘 현충일 아침, 교직에 있는 처형에게서 전화가 온다. 음성이 좀 냉랭하다.

"네, 안녕하시죠, 바꿔드릴까요?"

전화기를 가져다주고 보니 갑자기 생각이 난다. 보름 전부터 집사람이 현충일 연휴에 언니들과 2박 3일 설악산 여행을 갈 예정이니 "약속 잡지 말라"고 했던 이야기가. 부모가 모두 집을 비울 수는 없으니 나보고 어디 가지 말고 집을 좀 지켜 달라는 부탁이었는데. 이건

건망증의 문제가 아니고 내가 참 나쁜 놈이라는 생각이 든다. 거실에 나와 반성하고 앉아 있으려니 오랫동안 통화를 끝낸 아내의 훌쩍이는 소리가 난다.

"여름감기가 들었나?"

12 Summer

해운대 인도음식점 GANGA에서

전 국회의원 강용석이 후배들에게 고깃집에서 우스갯소리로 한마디 했다.

"아나운서 하려면 다 줄 생각해야 하는데 차라리 기자를 하는 게 어떠냐?"

정확하게 어떤 맥락으로 이야기했는지는 모르겠지만 술자리에서 가볍게 한 이야기도 평소 밉보인 사람은 밉게 보이는 법이다. ○○일보가 엄청 씹었다. 강용석이 참여연대 시절에 ○○을 씹었기에.

덕분에 공천탈락하고 재선의원이 되지 못했는데, 전화위복인지 요즘 더 잘나가는 것 같다.

당시 술자리에서 했던 다른 이야기까지 인구에 회자되었다.

민주당의 ○○○ 의원을 지칭한 "×××보다 훨씬 예쁘다. 나이든 국회의원들이 밥 한번 먹자고 줄을 서 있다. ×××은 실제로 보면 별로다."라는 이야기까지.

이들 셋은 다 낙선하여 암중모색 중이다. ○○○를 찾아보니 예쁘긴 예쁘다. 밥 한번 같이 먹고 싶다.

그런데 ○○○보다 밥 한번 먹기가 더 어려운 사람이 있으니 우리 딸이다.

당최 아빠를 무시한다. 밥 한번 같이 먹자고 살살 꼬여 본다. 프랑스, 이탈리아, 태국, 중국, 인도 등 음식이 좋은 나라가 여럿 있다. 매일 용돈 천 원씩 저축해라. 석 달에 한 번씩 여러 나라 음식이나 먹으러 다니자.

어차피 아빠 월급으로 본토에는 못 갈 테니 한국에서 먹자. 오늘은 내가 살 테니 다음에는 니가 사라.

인도음식 중 '탄두리 치킨'이라고 들어봤지? BBQ보다 훨씬 맛있다. '난'이라고 들어봤나? '커리'라고 들어나 봤나? 촌놈들은 '카레'라고도 한다. 인도는 향신료의 나라지. 중세 유럽으로 건너간 인도의 향신료, 후추는 같은 무게의 금값보다 훨씬 비쌌다. 본토 음식 함 먹어볼래? 내가 잘 아는 곳 있다.

힘들게 해운대 입구에 있는 GANGA라는 인도음식점엘 갔다. 퇴근길에 동백역에서 만나 바닷가를 걸어서 식당에 이르니 손님들이 줄을 서서 기다리고 있다. 카운터에 물어보니 30분 기다려야 된다고 한다. 만한전석이라도 줄 서서 먹는 것은 딱 질색이다.

줄을 서는 순간 입장이 역전된다. 주인이 큰소리치고 손님은 주인 눈치, 뒷손님 눈치를 봐야 한다. 쪽 팔린다는 생각이 먼저 들어서 식욕이 확 가시지만 딸내미가 기왕 온 거 먹고 가잔다.

예약 노트에 핸드폰 번호를 적어놓고 메뉴판을 뒤적이며 한참 있으니 이름을 부른다. 안으로 들어가니 외국인도 듬성듬성 보이고 외투를 벗은 민소매 차림의 몸매 쪽 빠진 어린 것들도 좀 보인다.

맞은편 좌석에는 여고 동창생인지 우리 나이 또래의 여자 셋이 자기들끼리는 다 알아본다는 가방을 옆에 두고 웃으며 환담하고 있다. 몸이 좀 굵다.

차림새를 보니 핸드백 안에 돈이 좀 들어 있겠다. 인상도 가방끈이 좀 길어 보인다. 식당 분위기가 영 나와 맞지 않는다. 괜히 온 것 같다. 다들 교양이 있어 보인다.

옆자리에는 금발의 잘 빠진 외국 여자에게 한국 남자 두 사람이 영어로 뭔가를 열심히 설명하고 있다. 마누라가 괜히 무슨 이야기를 하고 있는지 묻는다.

"한국말도 못 알아듣겠는데 뭔?"

영어로 된 메뉴판을 보니 뭐가 뭔지 모르겠다.

"아가씨, 탄두리 치킨하고 커리하고 난하고 밥하고 그리 섞어서 한 3인분 주세요!" 하니 알아서 추천하고 설명한다.

"좌우간 그중 하나는 좀 매운 걸로!"

탄두리 치킨이 먼저 나온다. 과연 맛은 있다. BBQ보다 나은 듯하다. '티바 두 마리 치킨'보다도 낫다. 조금 있으니 커리 두 접시에 난을 가지고 온다. 난을 손으로 찢어서 커리에 찍어 먹는다. 한 접시는 해

물 커리이고 한 접시는 양고기 커리이지 싶다. 하나는 맵다.

딸내미가 "와, 대박이다. 맛있다."고 한다. 접시에 나온 밥을 마누라와 딸내미 접시에 조금씩 덜어준다.

일본의 어느 옴니버스 음식영화가 생각난다. 고급 레스토랑에서 정장을 차려입은 여자들이 잘 차려입은 강사로부터 스파게티 먹는 법 강의를 듣고 있다. 강사는 스파게티를 포크에 감아 교양 있게 입에 넣으면서 강조한다.

"양식을 먹을 때는 절대 소리를 내면 안 돼요. 절대로!"

강사가 시범을 보이는데 국수 가락이 빨려 들어가면서 '스르륵'소리가 난다.

"이런 소리조차 나면 안 되는 거예요!"

여자들이 포크에 스파게티를 돌돌 말아 소리 나지 않게 입안 깊숙이 넣고 오물거린다. 건너편 테이블에서 이탈리아 신사 한 분이 스파게티를 맛있게 먹고 있다. 포크로 면을 말더니 후루룩 빨아들인다. 소리가 크다. 면을 빨아들이는 속도가 빨라지면서 소리는 점점 더 커진다.

수강생들도 질 새라 하나 둘 따라서 면을 흡입한다. 당황한 강사도 나 몰라라 하고 면을 폭풍 흡입한다. 결국 나중에 소리는 오케스트라가 된다.

나도 딸내미가 잊지 못하게 퍼포먼스를 해야 한다. 태연하게 노란 커리에 밥을 엄지와 중지, 검지로 비빈다. 딸내미가 주변 눈치를 살펴며 질겁한다.

"아빠! 왜 그래?"

지나가던 여종업원이 물끄러미 쳐다본다. 태연하게 손가락으로 밥을 집어 입에 넣으니 마누라도 어쩔 줄 모르고 주위를 둘러본다. 나도 때로는 제법 뻔뻔하다.

"괜찮다. 원래 이리 먹어야 맛있다! 본토사람들은 다 이리 먹는다. 뭐, 카레 따위를 우아하게 먹을 거 있노?"

작용, 반작용의 법칙!

그래, 너희는 우아하게 먹어라. 나는 이리 먹을란다. 딱 둘러보니 나보다 별로 잘생긴 놈도 없네 뭐. 그러나 한편 나에게는 역시 돼지국밥이 어울린다는 생각이 든다. 안절부절 못하는 마누라와 딸이 빨리 나가자고 한다.

"밥값은 내고 나오세요!"

마누라가 황급히 나가면서 말한다. 화났나? 다음에 가면 종업원에게 영어로 주문할 터이다.

딸내미는 의외로 담담하다.

"아빠, 손으로 먹는 것은 좋은데 담배 피던 손이잖아? 좀 씻고 먹든지 하지!"

바닷가로 나오니 밤안개가 내려 있다. 마누라가 커피를 한잔 하고 싶다고 한다. 동백섬 근처 마린시티 아파트 쪽에 별다방을 본 기억이 난다. 노천에 커피빈도 있고 카페베네도 있었다.

괜히 그곳으로 가고 싶다. 누군가가 그리로 가라고 한다. 천천히 길을 걸어 광안대교가 보이는 곳으로 간다. 80층짜리 욕망의 타워들이 하늘을 찌를 듯이 서 있고 밤거리는 분답하다. 노천카페에는 자리가 없다. 2층에 별다방이 보였지만 굳이 올라가기는 싫다.

여기 좀 쉬었다 가자. 화단의 가장자리에 셋이서 앉는다. 편의점에서 프렌치카페라도 살까 했지만 이미 커피를 마시고 싶은 생각은 없어졌다.

방파제 넘어 바다를 바라보면서, 어둠속 광안대교의 불빛을 바라보면서 각자 무엇을 생각했을까?

현실, 꿈, 희망?

한참을 무엇을 기다리듯이 앉아 있었지만 허전한 마음만 남긴다. 빈 택시가 시동을 걸고 있다.

가자 집으로. 편안한 내 집으로.

13 Summer

청송 백석탄

　말복 무렵에 경북 청송엘 다녀왔었다. 어느 문학사에서 개최한 '여름 문학세미나'에 참석하기 위함이었지만 실은 한 번도 가보지 못한 청송 주산지와 주왕산을 둘러보고 싶은 마음이 더 컸다. 1박 2일의 짧은 일정이라 주산지도 주왕산도 알차게 둘러보지는 못했다.

　원래 여행을 가면 좀 느리게 구경하는 편이라 여러 곳을 둘러보지는 못한다. 주산지를 둘러보면서 김기덕 감독의 〈봄, 여름, 가을, 겨울 그리고 봄〉을 다시 생각해보았고 주왕산은 남들이 3시간 만에 돌아본다는 코스를 6시간에 돌았다. 느리게.

　민박집이었던 '부산집'에서 나눈 주인영감님과 목포에서 왔다는 등산객들과의 밤늦은 대화도 좋았다. 영감님 말로는 '비릿한 갯가 사람들'이 주왕산에 한번 오면 그야말로 '환장한다'고 하는데 환장하기는 내가 더했다.

　일행들이 노래방으로 가고 난 뒤 몸이 아프다는 평계로 남은 '목포

아줌마와의 달빛 아래서의 대화 때문도 아닐 테고, 꼿꼿한 자세로 젊을 적에 고추장사를 크게 했다는 영감님의 무용담 때문도 아닐 것이다.

오히려 열사흘 날쯤의 밤을 밝히는 달빛 때문이었을지도 모른다. 벌써 기억이 아련하다.

며칠 전, ○○신문에 청송 제1경으로 '백석탄'이 소개되어 있었다. 부산에서는 만만찮은 거리라 기름 값과 경비가 다소 부담되었지만 마음먹은 곳은 가지 않으면 안 된다. 지금부터 다녀도 가보고 싶은 곳을 다 가보기에는 너무 늦다는 생각이 요즘 들어 부쩍 든다. 퇴직 후 시간 많을 때 놀러 다녀도 늦지 않다는 이야기는 믿지 않는다. 그 때는 돈도 없고 힘도 없을테니까.

늦은 아침을 먹고 충동적으로 길을 나선다. 마누라에게는 도서관에 간다고 거짓말을 했다. 그저 마을 나들이 가듯이 그렇게 청송으로 떠났다.

경부고속도로를 달리다 언양 휴게소에 들렀다. 관광안내소에 가서 청송 관광안내도를 찾으니 없다. 인터넷으로 지도 검색을 하니 백석탄이 청송군 안덕면에 있는데 동네 이름은 나와 있지 않다. 내비에 안덕면의 첫 번째 동네를 찍고 무작정 달렸다.

영천에서 포도밭을 지나 고갯길을 넘어서 한참을 달리니 건너편 커다란 당산나무 아래에서 경찰들이 교통위반 차량들을 단속하고 있다. 갓길에 주차시키고 길을 물으니 젊은 경찰 한 명이 느릿느릿 길을 건너와서 길을 안내해 준다.

"백석탄요, 별로 볼 것이 없을 텐데? 거기요! 내비에 방호정이라 찍으시든지."

오래된 내비라 그렇게는 찍히지 않는다.

"아니, 그리는 찍을 줄 모르고!"

"그럼 안덕면 고와리 찍으면 됩니다. 조심해 가세요!"

경찰이 안내해주는 대로, 아니 내비 양이 안내하는 대로 차를 달리니 길이 만만치 않다. 지천으로 널린 사과밭은 온통 붉은색이다. 산이 높으니 골이 깊고 계곡이 많다.

계곡을 따라 모퉁이를 돌기를 수 킬로미터. 강을 가로질러 걸쳐진 커다란 철제 다리가 보이고 정자의 지붕이 보인다. 길가 간판에 '방호정'이라고 쓰여 있다. 아마 경치 좋은 곳에 자리 잡은 정자일 터이다. 정자에 올라 강을 조망하고 싶지만 이상하게 마음의 여유가 없다. 저녁에 마트에 시장을 보러갈 마누라에게 도서관에 갔다 온 척 들어가려면 서둘러야 한다.

계속 길을 달린다. 오늘은 백석탄만 볼 것이다. 내비에는 아직까지 15킬로미터를 더 달려야 한다고 표시되어 있다.

계곡과 나란히 도로가 나 있어 드라이브하기에는 그저 그만이다. 계곡으로 내려서는 길만 알 수 있다면 아직은 서먹한 여인을 데리고

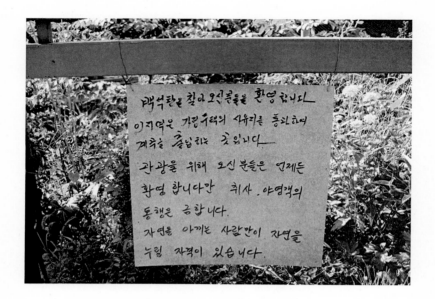

내려가서 트집 잡기 좋을 만하다. 암벽 앞으로 잔잔히 흘러가는 계곡 물에 발을 담그고 물장난을 치면서.

어마어마한 규모의 적벽도 지나고 계속 구비를 돌다보니 내비가 목적지를 알린다. 사유지를 통해 들어가야 하는 백석탄을 그냥 지나칠 뻔했다. 20킬로미터쯤 되는 신성계곡의 하류 어디쯤에 아무 표식도 없이 자그만 나무 안내판만 덜렁 있다.

백석탄!

'하얀 돌이 반짝거리는 여울'이다. 냇가엔 수천, 수만 년의 시간이 깎고 다듬은 흰 바위들이 널려 있다. 희다 못해 푸른빛이 감도는 돌들이다. 물은 돌들을 돌아 천천히 흘러 내려간다. 조선 말기 실학자 연암 박지원 선생의 『열하일기』 중 물에 관한 글이 떠오른다.

"나의 거처(居處)는 산중(山中)에 있었는데, 바로 문 앞에 큰 시내가 있었다.

해마다 여름철이 되어 큰비가 한 번 지나가면 시냇물이 갑자기 불어서 마냥 전차(戰車)와 기마(騎馬), 대포(大砲)와 북소리를 듣게 되어 그것이 이미 귀에 젖어버렸다.

나는 옛날에, 문을 닫고 누운 채 그 소리들을 구분(區分)해본 적이 있었다. 깊은 소나무에서 나오는 바람 같은 소리는 듣는 사람이 청아(淸雅)한 까닭이며, 산이 찢어지고 언덕이 무너져 내리는 듯한 소리는 듣는 사람이 흥분(興奮)한 까닭이며, 뭇 개구리들이 다투어 우는 듯한 소리는 듣는 이가 교만한 까닭이며 수많은 축(筑)의 격한 가락인 듯한 소리는 듣는 사람이 노한 까닭이다.

그리고 우르르 쾅쾅 하는 천둥과 벼락같은 소리는 듣는 사람이 놀란 까닭이고, 찻물이 보글보글 끓는 듯한 소리는 듣는 사람이 운치(韻致) 있는 성격(性格)인 까닭이고, 거문고가 궁우(宮羽)에 맞는 듯한 소리는 듣는 사람이 슬픈 까닭이고, 종이창에 바람이 우는 듯한 소리는 사람이 의심(疑心)하고 있기 때문인 것이다.

따라서 이러한 모든 소리는 올바른 소리가 아니라 다만 자기 흉중(胸中)에 품고 있는 뜻대로 귀에 들리는 소리를 받아들인 것에 지나지 않는다."

경치에 감탄한 나는 그저 담배를 한 대 피우면서 앉아 있을 뿐인데,

흉중에 품고 있는 뜻이 뭔지 모르기에 자세한 물소리도 알 수 없다.

"뭇 개구리들이 다투어 우는 듯한 소리?"

멀리 물결 사이로 영감님 한 분이 초망을 던지고 있는데 카메라로 잡기에는 거리가 너무 떨어져 있다. 그렇다고 가까이 가서 말을 걸기에도 좀 뭐하다. 물속에는 미꾸라지 따위가 살 것 같지는 않다. 나름 자태를 뽐낼 꺽지, 모래무지들 아니면 망태?

아쉽다. 역시 카메라는 망원렌즈가 달린 밥통카메라가 좋을 듯하다. 돈 좀 만들어 장만해야 할 텐데. 한 천만 원이 있어야 할 텐가?

한참을 바위에 걸터앉아 물소리를 들으며 내 흉중에 품고 있는 뜻을 생각해보려 하지만 언제나 그렇듯이 결론은 또 없다.

백석정에 앉아 즐기기에는 햇볕이 따갑고 돌아갈 길이 멀다. 풍류도 때와 장소를 가려야 한다. 적막강산에 술 없고 여자 없이 뭔 풍류랴?

길가의 밭에는 사과가 익어가고 있다. 빨갛게 익은 청송사과가 탐스럽다. 목이 마르다. 목마른 나그네가 사과 몇 개를 슬쩍 따 먹는다고 나무랄 정도로 인심이 야박할 것 같지는 않아 고마운 마음으로 사과 3개를 땄다. 남의 밭에서 사과를 슬쩍 하는 데는 계곡을 따라 20여 킬로미터를 달려오면서도 마주친 차가 한 대도 없다는 것도 물론 고려되었다.

옷깃에 쓱쓱 닦아 한입에 베어 무니 아싹한 맛이 일품이다. 사과에는 여러 종류가 있다. 국광, 홍옥, 부사, 스타킹, 인도……

그런 사과 말고도 있다. 뉴턴의 사과, 이브의 사과, 윌리엄 텔의 사과, 스피노자의 사과, 나폴레옹의 사과 등.

내가 제일 좋아하는 사과는 아라비안나이트의 〈날으는 양탄자〉에 나오는 사과이다.

"아무리 심한 병이라도 낫게 할 수 있는 사과!"

아니, 오늘은 그 사과보다는 '날으는 양탄자'가 더 필요하다. 주유소에 들르지 않고도 어디든지 날아갈 수 있는 양탄자!

14 Summer

운문사 생금비리

차가 언양 석남사를 지난다. 운문사로 넘어가는 고개가 가파르다. 뿔(세라토)이 뿔나겠다. 숲이 울창하다. 푸르다.

"여기는 가을에 단풍도 끝내준다. 얼음골 넘어오면서 보는 단풍은 내려다보는 단풍이고 여기서 운문사까지의 단풍은 올려다보는 단풍이다!"

"경주 산내면 단풍도 끝내주지! 산내면 한우도 좋고!"

고갯마루부터 운문산 자연휴양림까지의 길가에는 마지막 피서를 즐기러 온 피서객들의 차가 한편에 주차되어 있다.

청도군에서 "한쪽만 주차하시오!"라고 친절하게 팻말을 붙여놓았다. 운문산 자연휴양림 진입로에는 공익요원이지 싶은 젊은 사람 둘이서 길을 막고 있다.

"어이, 휴양림 안에 평상 있어?"

없는 줄 뻔히 알면서도 물어본다.

"평상 없습니다!"

"좀 더 내려가 보자!"

생금비리가 나온다. 운문사 밑에 신원리란 마을이 있다. 바로 『나의 문화유산 답사기』를 쓴 유홍준 교수가 "은퇴해서 여관을 지어 관광객들에게 운문사의 새벽예불 관광안내를 하면서 살고 싶다." 면서 소개한 동네다.

옛날에 육군헌병으로 제대한 젊은 정두표란 청년이 이 신원리 마을에서 20리가량 떨어진 이곳 생금비리에서 화전을 일구고 꿀을 채취하며 혼자 살았다.

1967년 6월 어느 날 밤이 깊을 즈음, 손님 4명이 이 양반이 기거하던 움막을 방문했다. 북한에서 내려온 무장공비 4명이다. 식량과 생필품을 요구했다.

넉넉한 식량과 생필품이 있을 리 만무했던 청년이 공비 4명을 설득했다.

"나도 오죽하면 여기 깊은 산에 혼자 들어와 살겠나? 자본주의 사회에 환멸을 느낀다. 내가 운문 대천에 나가 식량과 생필품을 사올 테니 대신 그 보답으로 나를 북한으로 데리고 가준다는 약속을 해다오! 약속 지킬 수 있겠제? 남자대 남자의 약속! OK?"

뭐 이렇게 된 모양이다. 이 생금비리에서 신원리쪽으로 조금 내려오면 삼계리라는 자그마한 마을이 있는데 당시 전기도 들어오지 않은 오지 중의 오지였고, 20리 떨어진 신원리도 마찬가지여서 전화도 한 대 없었다. 청년이 할 수 없이 40리 길을 걸어 지금은 운문댐으로 수몰된 대천리 면소재지까지 와서 지서에 신고를 하게 되었는데.

지서장이 허둥지둥 청도 경찰서장에게 보고하고, 서장은 도경에 또 보고하고, 군부대에 보고하고 이렇게 하는 걸 보고 있으니 이 양반이 뭐가 안 되겠다 싶었던 모양인지 한 가지 제안을 한 모양이다.

"내가 명색이 육군헌병 출신인데 군대 있을 때 속사포에 명사수 소리 들었소! 45구경 권총 한 자루 주면 내가 다 사살할 자신이 있소! 분답하게 하다가 다 놓치오!"

비록 초등학교밖에 졸업하지 못했지만 들어보니 사람이 똑똑하고 그도 그렇겠다 싶어 군경에서 허락했겠지?

잘못하면 국방장관 모가지 날아갈 사건이었다. 이틀 동안 경상남북도에 소재하는 전 군대병력이 산을 다 포위하고 난리가 났다! 지게에 생필품을 가득 지고 생금비리로 이틀 만에 도로 올라갔는데 공비들이 그동안 얼마나 마음을 졸였을까?

그런데 멀리서 매복해서 보니 이 사람이 지게를 지고 끄떡끄떡 혼자 올라오거든? 한참을 이 사람 행적을 살피다 한 놈이 불쑥 나타나 "수고했소, 동무!" 어쩌고 하는데 저 위 봉우리에서 매복해 있던 공비 한 명이 낮은 포복으로 정두표의 뒤를 따르던 소대병력을 본 모양이다.

"기습이다!"

뭐 어쩌고 소리를 쳐서 순식간에 총격전이 벌어졌는데 정두표는 권총을 꺼내어 공비 한 명을 사살하고 자신은 집중 사격을 받아 그 자리에서 사망했다.

그 누가 정두표 정도의 행동을 할 수 있겠는가? 나머지 세 명은 도주한 모양이다. 정두표 말대로 그 조용한 산중에 병력들이 분답하게 설쳐대니 정규군 장교로만 구성되었다던 공비들이 통짱구는 아니었던 모양이라.

그 기념 비석이 바로 이거다. 지금 생금비리에 있다. 내가 청도에 발령받아 근무할 때 보니 그 당시 보상으로 국가에서 청도군청 옆에 집을 한 채 주었는데 12~3평쯤 되는 볼품없는 슬레이트집이었다. 요새는 도로가 나면서 뜯겨 나가 없어졌다.

길옆에 차를 댈 곳이 없다.

"좀 더 내려가 보자."

한참을 내려가니 길옆에 가게가 있고 차를 댈 공간이 있다. 내려다 보니 시원한 계곡물이 흘러내리고 계곡 중간 중간에 평상이 펼쳐져 있다. 〈선녀와 나무꾼〉의 무대가 됨직한 선녀탕도 있고 끝내준다.

"고기 굽기 좋겠다! 여기서 놀자! 평상 저거는 안 빌리면 돈 안 줘도 될 것이고."

이때 우리 나이나 될 듯한 중늙은이가 슬며시 다가온다.

"평상 하나에 얼마지요?"

"2만 원입니다!"

좀 비싸다. 돗자리 깔아야 되겠다.

"우리는 돗자리 깔 겁니다!"

"돗자리 깔아도 되지만 주차가 문제지요?"

"여기 주차하면 되지요, 뭐?"

"여기는 우리 손님이 주차해야 하는 자리라서."

갓길이 자기 개인 소유인양 한다. 그렇지만 목청 높일 것까지는 없다. 따지면 이길 듯도 하지만 그러고 싶지 않다. 이 사람도 먹고 살아야지. 올여름 성수기에는 날씨가 안 좋아 돈도 못 벌었을 텐데. 아이들 공납금도 줘야 하지 않겠나?

삼계리 계곡에서 펜션을 하는 친구에게 전화해야겠다. 성수기에는 팔아준다고 친구들이 찾아오는 것이 민폐라지만 할 수 없다.

"로미야, 도래샘에 전화 한번 해 봐라!"

15 Summer

부안 모항나루 가족호텔 2박 3일 여행기

위자패지집자실지(爲者敗之執者失之)

자꾸 뭘 쓸데없이 하려고 하면 더욱 그르칠 뿐이요, 자꾸 잡으려고 하면 더욱 놓치게 될 뿐이다.

열심히 일한 당신, 떠나라! 어느 카드회사에서 떠나라 하기에 별로 열심히 일하지 않은 나도 그냥 한번 떠나 보았다. "순천 가서 인물 자랑 말고, 여수에서 돈 자랑 말고, 벌교에서 주먹 자랑 하지 마라." 부안의 변산반도 가는 길에 소설 『태백산맥』의 무대 벌교에 먼저 들렀다. 벌교의 주먹을 만나기 위해? Never! 그냥 남도음식을 먹기 위해.

해방 후 한국전쟁 전까지 염상구가 기고만장해서 건너다녔을 소화다리 근처 외서댁에서 먹은 짱뚱어탕, 걸쭉한 국물 맛이 일품이다.

소설 『태백산맥』에서 염상구가 꼬막 맛 같은 '외서댁'을 처음 범하고 첫닭 우는 소리가 들리자 외서댁이 사정한다.

"더 날 새기 전에 가 주씨시오!"

염상구가 다시 허리를 끌어안는다.

"워째 이러시요!"

외서댁이 밀어낸다.

"워째 이러기는 멀 워째 이래. 물꼬 첨 틀 때 수인사 허는 법이제, 틀 때 마둥 수인사 혀야 쓰겄어?"

외서댁의 깊은 한숨이 지나고.

"쫄깃쫄깃한 것이 꼭 겨울 꼬막 맛이시."

꼬막은 까기가 힘들다.

밥 먹고 몇 시간을 달려 부안 변산반도 모항 해마루 가족 호텔에 도착하니 벌써 저녁이다.

여장을 풀고 내려다보니 올드보이들이 좋아할 만한 정자도 있고, 몸매가 좋은 젊은 사람들이 좋아할 만한 백사장도 보인다. 모텔 선인장도 아니고 호텔 르완다도 아닌 해나루 가족호텔 310호실에서 내려다보는 풍경이 아름답다.

해수욕장 규모로 말하자면 부산의 송도해수욕장 반쯤 된다고 할까? 건너편 언덕 위에는 멋진 펜션들이 있다.

수처작주(隨處作主)! 지금 있는 이곳이 내 집이니 지금 여기에서 주인 노릇을 하라. 괜히 돈 악착같이 모아서 저런 곳에 별장 지으려 해서는 안 되겠다.

그런 정성과 노력으로 저 집 주인에게 잘 보여서 내 집같이 사용할 수 있도록 하면 되겠다.

산책하러 나가니 파란 파라솔 아래 사람들이 고기를 굽고 있다. 바비큐! 저도 참 좋아하는데요! 유리창에 붙은 메뉴판을 보니 비프도 있고 포크도 있고 소시지도·있다. 4~5만 원이면 좀 품위 있게 몇 사람이 먹을 수 있을 듯하다.

호텔 방안에서는 고기를 구울 수 없으니 차라리 돈이 좀 들더라도 이곳에서 먹는 게 좋을 듯하다. 숯불에 고기를 구워 석양을 바라보면서 사랑하는 사람과 와인 한 잔! 부럽다. 붉은 고기에는 레드 와인을 마셔야 하나, 화이트 와인을 마셔야 하나?

사실 오는 길에 늦은 점심을 잘 먹었기에 우리는 바비큐를 먹지 않았다.

다음 날 아침, 아내가 아침을 짓는 동안 호텔 주위를 한 바퀴 둘러본다.

아직 금요일이어서인지 야외 캠핑촌에는 드문드문 텐트들이 쳐져 있고 더러 빈자리도 많이 보인다. 요새 캠핑문화가 유행처럼 번진다는데, 유명한 코베아 텐트도 많이 보인다. 코베아 텐트를 사면 우리 아이도 달라지고 남편도 달라진다고 하는데.

모항 해나루 가족호텔! 광주 지역본부에서 멋진 여름휴양지를 찾아낸 듯하다. 이름은 호텔이지만 오히려 콘도나 펜션에 더 가까운 듯하다. 공단 플랜카드도 하나 걸려 있어 마음이 뿌듯하다.

호텔 앞으로 나가 유명한 변산반도 마실길을 한번 걸어 본다.

유명한 이탈리아 영화 〈LA STRADA(길)〉. 조금 모자라는 처녀 젤소미나는 떠돌이 차력사 잔파노(안소니 퀸)에게 팔려서 길을 나서는데. 여자는 모름지기 '젤소미나'같아야 하는 법이다. 좀 모자라면서 남자한테 헌신하다가 죽을 때는 조용한 데서 자기 혼자. 유명한 길들이 많다. 스페인의 산티아고 순례길(카미노 데 산티아고), 미국의 애팔래치아 트레일, 제주의 올레, 변산반도 마실길.

마실길이 지나는 어느 이름 모를 마을에 지붕 낮은 집이 보인다. 지금은 사람이 살지 않은 듯하여 노후에 이리로 와서 배를 한 척 사

서 어부가 되어도 좋을 것 같다.

얼마 전 구입하여 읽고 있는 백석 시그림집의 〈흰 바람벽이 있어〉 중 한 구절을 떠올려본다.

내 사랑하는 어여쁜 사람이

어느 먼 앞대 조용한 개포가의 나지막한 집에서

그의 지아비와 마주 앉아 대구국을 끓여놓고

저녁을 먹는다.

벌써 어린 것도 생겨서 옆에 끼고 저녁을 먹는다.

동행했던 아름다운 세 여자 분은 각자 개성이 뚜렷하고 취향이 전부 다르다. 제일 어린 경제학을 전공하는 학생은 모든 여행은 식도락 위주로 생각하는 편이고, 나이가 어중간한 분은 경치나 먹는 것보다는 테마가 있는 볼거리를 중요시하고, 연세가 좀 있으신 여자 분은 모든 걸 생산적인 것 위주로 생각한다.

나는 그저 저들이 가자는 대로 갈 뿐이다. 아침밥을 먹고 아내의 의견에 따라 드라마 〈불멸의 이순신〉 촬영 세트장으로 가본다.

변산반도의 어느 조용한 바닷가에 자리 잡은 영화 세트장! 그 옛날의 전라 좌수영으로 꾸며놓았다. 〈불멸의 이순신〉이란 드라마를 여기서 많이 찍었던 모양이다.

며칠 전 다음 뉴스 실시간 검색어 1위로 '베이츠 모텔'이 올라와 궁금해서 찾아보았다. 〈베이츠 모텔〉은 스릴러 영화의 거장 앨프리드 히치콕 감독의 대표작 〈사이코〉의 프리퀄 드라마로 영화 속 주인공 노먼 베이츠의 유년 시절을 다룬 드라마로 OCN에서 방영 중이었다.

드라마에서 노먼은 자신의 세계가 뚜렷하고 순종적이며 엄마를 사랑하는 소년으로 그려지며, 엄마의 영향으로 끔찍한 살인마가 되어간다. 물론 다운 받아 45분짜리 10편을 밤새워 본 것은 당연한 이야기다.

언젠가 TV를 보니 미국 LA의 유니버설 스튜디오에서 '사이코' 한 명이 칼을 들고 리포터를 쫓아와 혼비백산 도망을 가던 장면이 있었다. 이곳 드라마 세트장을 보니 그곳이 바로 영화 〈사이코〉와 미드 〈베이츠 모텔〉의 세트장이었구나 하는 생각이 든다.

테마에는 별 관심이 없고 항상 생산적인 일에만 관심을 보이는 어머니를 따라 세트장 아래 조개를 캐는 곳으로 가 보았다.

여행의 기억은 길에서 만난 사람들로부터 온다고 한다. 아무리 경치 좋은 곳을 여행하더라도 시간의 풍화작용으로 제일 먼저 쓸려나가는 것이 풍광이고, 낯선 곳에서 낯선 이들과 나눈 진솔한 이야기들은 오랫동안 생생하게 방부 처리되어 기억의 창고에 오랫동안 남게 된다고 한다. 조개를 캐는 아낙에게 물어본다.

"여기 개펄 사람들은 어릴 적에 배는 안 고팠지요? 배 고프면 조개도 캐 먹고? 우리 보리 문디들은 노상 배가 고팠는데……."

자갈을 뒤지며 조개를 캐던 여인이 대답한다.

"여그는 굶지는 안 했어라. 학교 갔다 오면서 개펄에 들어가서 조개도 캐 먹고, 남자들은 밤에 횃불 들고 꽃게도 잡고 했으니께."

아직 전라도 사투리가 심한 것으로 봐서는 서울이나 도회지로 시집을 간 것 같지는 않다.

"아지매는 이 근처에 사십니까?"

"저는 부안읍내에 사는데 오늘 물이 많이 빠지는 날이라서 한번 놀러 온 것이고."

끄트머리가 뾰쪽한 호미로 자갈을 긁어내고 조개를 골라내는 솜씨가 재바르다.

'이런 여자한테 장가들었으면 지금까지 직장 다니면서 고생 안 해도 될 텐데.'

바닥의 조약돌들이 아름답다.

차를 달려 격포해수욕장 채석강으로 가본다. 마침 물이 빠져 아름다운 채석강을 걸어 들어가서 구경할 수 있다. 소위 말하는 '재수'다.

채석강! 당나라의 주선 이태백 시인이 배를 타고 술을 마시다가 강물에 뜬 달을 잡으려다 빠져 죽었다는 채석강과 흡사하여 지어진 이름이라고 한다. 여기 채석강은 강이 아니다.

경치 따위에는 도통 관심이 없어하던 딸아이가 안내판을 읽어보더니 불쑥 한마디 한다.

"뭐, 뜬 달을 잡으려다 빠져 죽었을까? 실족사했겠지!"

내가 감탄하면서 경치를 감상하는 동안 어머니는 고둥을 잡고 아

내는 어느 낯선 여자와 바닷가에 서서 이야기를 나눈다. 절벽 위에 핀 꽃들도 아름답다. 절세미인 수로 부인이 절벽에 핀 아름다운 꽃을 발견했다.

"누가 나에게 저 꽃을 꺾어다줄 사람 없소?"

신하들이 말한다.

"사람이 오를 수 없는 높은 곳이옵니다."

마침 한 노인이 암소를 끌고 그 곁을 지나다가 수로 부인의 말을 엿듣고서 절벽 위로 올라가 그 꽃을 꺾어왔다. 그러고는 수로 부인에게 꽃을 바치며 〈헌화가〉를 부른다.

"자줏빛 바위 끝에

암소 잡은 손 놓게 하시고

나를 아니 부끄러워하시면

꽃을 꺾어 바치겠나이다."

노인이 떠나간 뒤 용이 나타나서 수로 부인을 납치해 가 버린다. 예나 지금이나 미녀는 항상 괴로운 법이다.

지척 간에 있는 적벽강에 가보기로 한다. 저 멀리서 어느 여인과 이야기를 나누던 집사람을 부른다.

"두 분이 뭔 이야기를 그리 재미나게 했을꼬?"

"하하하하, 저 여자 분이 대구서 오셨는데 한 2프로 부족하신 분 같으네!"

"2프로 부족하다니?"

"다섯 명이 요 앞 대명콘도엘 놀러 와서 잠을 자는데 더블베드 두 개에는 쌍쌍이 올라가서 자고 자기는 바닥에 잤다고 하네?"

"부부간에 놀러 오는데 혼자 왜 끼어서 그래?"

"그게 부부간이면 문제가 아니겠는데 그냥 애인들끼리라고 하니까 그렇지?"

"그으래? 그래도 재미는 있었겠네!"

"아침에 자기들끼리 사우나 가는데 더러워서 안 따라가고 혼자 바닷가에 나왔다 하네. 돈은 한 사람당 10만 원씩 똑같이 내고."

"그게 그렇게 더러우면 지도 애인 한 사람 만들라 그러지?"

"저 사람 말이 요새 애인 없으면 6급 장애인인데 6급 장애인 면하려다가 신랑한테 맞아서 1급 장애인 되는 수가 있어서 안 만든다던데? 하하하."

밥이나 먹으러 가자. 여기는 바지락 칼국수가 유명하다고 한다. 어느 허름한 집을 찾아 들어가니 손님이 많다. 토박이인 듯한 주인장 어른이 재미있다.

"사장님, 여기 김치 좀 더 주이소!"

주인영감님이 주방으로 뛰어가더니 그냥 나온다. 빈손이다.

"사장님, 여기 김치 더!"

또 뛰어 들어가더니 그냥 돌아 나온다. 우리를 쳐다본다. 의아해하는 눈동자 여덟 개와 마주친다. 멋쩍은 웃음을 짓는다.

"아, 참. 김치 더 달라 했지?"

그래도 밉지가 않다. 순박하신 어른이다. 우리의 장래 모습을 보는 듯하다. 아내가 돈을 계산하니까 고개를 숙이며 두 손으로 공손히 받는 모습이 우스꽝스럽다. 계산이 좀 안 맞는 것 같다. 내가 한마디 한다.

"사장님, 찐빵하고 밥 두 그릇은 서비스지요?"

울상을 지으며 주인장 어른께서 한마디 하신다.

"그럼 나는 뭐 먹고 살라고!"

새만금 간척지로 가는 길에 적벽강을 둘러본다. 적벽강은 붉은색을 띤 바위와 절벽으로 해안이 이루어져 있어 맑은 물에 붉은색이 영롱하며, 특히 석양 무렵 햇빛을 받아 바위가 진홍색으로 물들 때 장관을 이룬다고 한다.

아름다운 적벽강!

아마도 저 유명한 적벽대전의 무대 '적벽(赤壁)'을 닮아 누군가가 이름을 붙인 모양이다. 귀양살이를 하던 송나라의 시인 소동파는 술을 마련하고 손을 불러 '적벽'과 비슷한 적토 암벽의 강에 배를 띄우고 주흥이 도도해지자 천하의 명문 〈적벽부〉를 남긴다.

소슬한 청풍과 휘영청 밝은 달빛 아래 일엽편주 배 안에 퍼지는 피리 소리. 내심 모래톱에 핀 해당화라도 볼 수 있으려나 하고 찾아보

왔지만 아직은 철이 이른 모양이다. 많이 아쉽다. 초가을쯤 해당화가 필 때 다시 한 번 와야 할 것 같다. 섬마을에 철새 따라왔다가 철새 따라 가버리는 총각 선생님같이.

적벽강을 지나 바닷가로 난 길을 10분쯤 달리니 멀리 유명한 위도가 보인다.

김영삼 정권 때였던가? 큰 사고가 잦았다. 바로 저 앞바다에서 페리호가 파도에 전복되어 300명 가까운 승객이 목숨을 잃었다. 이어서 구포 열차 사고, 삼풍백화점이 폭삭 내려앉고, 성수대교가 무너지고……. 참 어제 같은데 세월이 많이 흘렀다. 당시 김영삼 대통령이 "다 지난 정권에서 잘못해서 그렇다."식으로 책임을 떠넘기자 당시 야당 대변인이었던 박지원이 일갈한다.

"경복궁이 무너졌다고 대원군 탓해야 합니까?"

촌철살인! 멋있다. 국민회의 박지원 대변인과 같은 시절의 여당 대변인 박희태! 총선 후 여당이 과반수를 채우기 위해 무소속 의원을 영입하자 야당인 국민회의가 비난한다. 여당 스피커 박희태 의원도 유명한 말을 남긴다.

"내가 하면 로맨스, 남이 하면 불륜이냐?"

1주일 전쯤 딸이 좋아하는 프로인 JTBC 〈썰전〉을 보니 김구라, 강용석 씨가 요새 국회의원들 막말 보면 '모럴 헤저드'가 아니고 '오럴 헤저드'라고 한다. 김구라! 조금 밉상스럽지만 엄청난 내공에 어휘구사력이 대단하다.

위도 앞바다에 물이 빠지고 개펄이 속살을 드러내고 있다. 모세의
기적이 따로 없다. 차 트렁크를 뒤져봐도 개펄을 파낼만한 도구가 없
다. 겨우 찾아낸 전지가위와 비닐봉지를 들고 내려가 본다.

여인들이 익숙한 솜씨로 조개를 캐고 있다. 제법 물때를 알고 준
비를 해온 듯하다. 사지창과 바구니 그리고 하얀 플라스틱 통 하나!
조개 캐는 아지매 말로는 시장에 가면 맛조개 10개 정도를 묶어놓
고 5,000원쯤 하는데, 두어 시간이면 5~6만 원어치는 간단히 캔다고
한다.

맛조개라 불리는 조개는 캐는 방법이 독특하다. 사지창으로 개펄
을 파 뒤지면 타원형의 숨구멍이 보인다. 그러면 플라스틱 통 안에

든 하얀 가루를 구멍에 칙칙 뿌려주고 10초쯤 기다리면 맛조개가 스프링이 튀어 오르듯이 툭 튀어나올 때 손으로 잡아 뽑아내면 되는 것이다.

경상도 억양의 한 무리 관광객이 합류한다. 잘 쪼그려 앉는 사람들이 부럽다. 다들 쪼그려 앉아 맛조개 캐는 아지매가 뒤집어놓은 뻘을 따라가면서 앵벌이 하듯 모시조개를 골라낸다. 썰렁한 농담들이 오간다. 한 남자가 말한다.

"맛조개 저게 말이야, 맛이 좋아 맛조개라 하는데 저게 구멍에 한 번 박히면 절대 안 빠져!"

한 여자가 대꾸한다.

"한번 박히면 절대 안 빠진다고? 너무 안 빠져도 큰일이네. 뻘라 하면 우째 빼야 되는고?"

다른 남자가 대답한다.

"맛조개는 맛소금으로 감칠맛 나게 해서 살살 빼야 된다 아이가!"

듣기가 좀 민망스럽기는 하지만 실제로 보니 그렇기도 하다. 플라스틱 통에 담긴 것이 소금인 줄만 알았는데 MSG가 들어간 맛소금이라고 한다. 소금만 뿌려서는 절대 나오지 않는다고 한다.

맛집에 가면 비법이 다들 있는데 흔히 며느리에게도 가르쳐주질 않는다고 한다. 기자가 비보도를 전제로 꼭 가르쳐 달라고 조른다. 청에 못 이긴 주인 할머니가 주방 깊숙한 곳으로 데리고 가서 귀엣말로 비법을 가르쳐준다.

"별 비법은 없고 미원을 듬뿍 탄다 아입니꺼!"

내가 맛조개 잡는 것을 구경하는 동안 어머니와 아내는 바위에 붙은 고둥을 따내는 모양이다. 해운대 해수욕장에 가면 뒤꽁무니를 따서 리어카에서 파는 데 맛이 좋다. 그저 장갑만 끼고 훑어 내리면 되는 것인데, 1시간 남짓한 시간에 두어 됫박 정도를 땄다.

금방 물이 차오르기 시작하자 사람들이 건진 조개들을 들고 뭍으로 나온다.

30분 거리에 있는 고사포 해수욕장과 새만금을 보고 돌아오는 길에 보니 모세의 기적은 오간 데 없이 물이 많이 들어와 있었다.

　고사포 해수욕장은 방풍림으로 심어둔 소나무가 아름답고 백사장
이 넓다. 평상에 앉아 '소나무집' 주인아저씨와 오랫동안 이야기를 나
누었다. 탤런트 유퉁 씨를 닮은 주인장은 나와 동갑이었는데, 평상에
앉아 끝없는 이야기를 들려주었다. 여기 할머니들이 심심풀이로 풍천
장어 치어를 잡아 한 해에 5,000만 원 이상을 번다는 이야기부터 횃
불을 켜 놓고 조개를 잡는 방법까지.

　새만금을 구경하고 돌아오는 길에 회사의 모 과장님이 보내준 공단
홈피에 올라왔다는 사진을 보니 솔섬 낙조가 아름답다. 전북 학생회
관에 낙조를 보러 들어갔는데 구름이 많아 황홀한 낙조는 보지 못했
다. 솔섬 뒤로 떨어지는 낙조가 아름다울 텐데 말이다.

　호텔로 돌아온 어머님이 장비가 없어 캐지 못한 조개에 미련이 많

이 남은 모양이다. 밤에 물이 언제 나가는지 알아보라 하신다. 스마트폰으로 검색해보아도 알 수 없다. 프런트에 전화를 건다. 상냥한 종업원 아가씨의 목소리가 건너편에서 들려온다.

"아가씨, 오늘밤에 물이 빠지는 시간이 언제지요?"

"네? 물 빠지는 시간요?"

"왜, 밀물 썰물 그런 거 있잖습니까?"

"그건 저희도 잘 모릅니다!"

"허, 변산반도에 다들 개펄 보고 싶어 오는데 호텔에서 모른다 하면 손님한테 대한 예의가 아니지요? 일부러 부산서 왔구먼. 좀 알아봐주세요!"

뜻밖에 아가씨가 순순히 알아봐주겠다고 하면서 전화를 끊지 말라고 한다. 전화를 들고 30초나 기다렸을까. 아가씨의 경쾌한 목소리가 들려온다.

"네, 손님, 오늘밤 11시에 물이 제일 많이 빠진답니다!"

"어, 금방 알아보셨네. 어찌?"

"네 스마트폰 검색을 해보았거든요!"

저녁 시간을 죽이기 위하여 바닷가를 거닐며 딸아이의 손을 슬쩍 잡아본다.

"에이~씨!"

딸내미가 손을 뿌리친다.

"야, 할아버지가 너의 고모 대학생 때 손 한번 잡아보려다가 떨쳐서 얼마나 섭했던지 30년 후에 나보고 그때 왜 그랬는지 한번 물어보라 하시더라. 그런데 니가 그러면 내가 30년 후에 느그 오빠한테 그럴 것 같다! 좀 그러지 마라. 30년 후에 내가 살아 있지도 않겠지만……."

데이트를 잘하려면 '데리고 이리저리 다니면서 트집을 잘 잡아야' 하는 것은 동서고금의 진리다. 10시쯤 되니 어머니가 개펄엘 가보자고 해서 길을 나선다. 소나무 펜션 가게에 가서 삼지창과 장갑을 주문하니 주인아주머니가 의외의 말을 한다.

"나야 물건 팔고 나면 그뿐이겠지만 나중에 원망 들어요. 가지 마세요. 엄청 위험하거든요. 불을 켜놓고 조개 잡는 사람도 있긴 있는데 오늘같이 흐린 날은 물 들어오는 줄도 모르고 있다가 방향 잃으면 사람이 죽어요."

여행을 다녀와서 회사의 자유게시판에 이 글을 올렸더니 부안 쪽에 근무하시는 어느 분이 메신저를 보내왔다.

"쫄깃한 글, 잘 읽었습니다. 저도 다음 주 여름 휴가지로 부안 모항나루 가족호텔에 당첨되었는데 서해 훼리호 침몰사고가 난 부안 위도는 다른 섬입니다. 맛조개 잡은 곳은 하도라는 곳입니다. 부안에는 내소사란 유명한 절도 있는데 가보셨는지요?"

16 Summer

베트남 오토바이

30/12/201

사시사철?

사시사철이란 용어가 이 나라에 어울리는지는 모르겠지만 좌우간
1년 내내 꽃이 피는 베트남으로 여행을 갔다. 처가의 실세 권력자 둘

째 처형께서 비행기표를 끊어 주겠다고 같이 놀러 가자고 하니 거절할 이유가 없다. 소주를 좋아하는 처형을 위해 플라스틱 병 소주 몇 병 사는 것 외에는 돈 들 일이 없을 것 같다.

가는 곳마다 꽃이 만발해 있다. 붕따우에 있는 티우 전 베트남 대통령의 별장도 듣기와는 다르게 소박하다. 강원도 고성의 화진포 해수욕장에 있는 이승만 별장이나 이기붕 별장과 비슷하다. 화진포 해수욕장이나 부안 적벽강 모래톱에 핀 해당화같이 꽃들은 만발해 있다. 꽃들이 하도 예뻐서 가이드에게 꽃 이름을 물어본다. 총각 가이드가 손사래를 친다.

"사장님, 베트남에 와서 꽃 이름이 뭔지 하고, 저 많은 오토바이가 어디로 가는지 물어보면 실례됩니다. 한국에서 강남 김 여사들이 대낮에 외제 차 끌고 다들 어디로 가는지 묻는 것과 똑같습니다. 아무도 모릅니다."

꽃은 포기하고 그 대신 오토바이를 관찰한다. 호치민 시에는 오토바이가 많다. 그래도 비싼 돈을 들여 관광 온 나로서는 뭐라도 하나 건져가야겠다. "사람이 꽃보다 아름답다."고 하니까 오토바이 상표는 포기하고 오토바이를 탄 사람부터 관찰해본다.

외로운 여인이 명품 바이크를 타고 신호대기 중에 주변을 살핀다. 영화 〈로마의 휴일〉에서 베스파(Vespa) 스쿠터를 탄 오드리 헵번보다 더 예쁜 멋쟁이 여인은 어느 놈이 찍어도 찍겠지? 이렇게 솔로로

다니다가.

　나름 가방끈도 좀 길고, 집안도 괜찮다는 놈 뒷자리에 얹혀 데이
트를 시작한다. 한국에서는 데이트가 "데리고 이리저리 다니다가 트
집 잡아 뽀뽀 한번 하는 거다."라고 하는데 여기서는 조금 다른 모양
이다.

　오토바이를 태워 이리저리 다니면서 트집을 잡아 은근슬쩍 한번
더듬어보는 것이 데이트인가 보다. 여자가 뿌리치지는 않지만 조금
경계한다.

여자도 용기를 내어 남자의 내공을 더듬어본다.

"뭐, 대충 쓸 만은 하겠네! 별 남자 있겠나? 나도 적당히 놀았으니 이제 정착해야지!"

결혼을 한다. '아리아리'와 '쓰리쓰리'가 응응하면 아라리가 태어난다. 아직은 꿈이 많다. 신랑이 가방끈도 나름 길고 시댁에 재산도 많다고 하니까.

그런데 살아보니 그게 아니다. 그 많다던 시어른의 재산도 별것 아니다. 평균수명 백세 시대에 나중에 괄시받을까 봐 재산을 나눠주지도 않는다.

가방끈 길어봐야 취직할 만한 곳도 마땅히 없다. 늦게 얻은 아들 과외는 고사하고 하루하루 입에 풀칠하기도 버겁다.

　품 팔아 먹고사는 인간들 모습은 어느 나라나 비슷하다. 차이는 단지 우리나라는 산이 많아 산길을 같이 걷다 사고를 많이 치고, 베트남은 오토바이가 많아 오토바이 같이 타다 사고를 친다는 것뿐이다. 등산 가서 거품 명품 옷 입은 남자가 팔 잡아준다고 웃다가 괜히 트집 잡혀서는 안 되겠다.

　우리나라는 산이 높지 않다. 높아 보여도 별것 아니다.

　"콜핑이면 충분하다!"

　괜한 욕심 부리지 말고 실력에 맞게 오물조물 살아야겠다. 더 좋은 것은 괜히 사고치지 말고 엮이지 말고 혼자 사는 것이다.

17 Summer

통수골 폭포수 아래에서

　근래 몇 주 동안 스토리가 있는 문화유적을 좋아하는 아내와 딸내미를 데리고 동부산 일대의 문화 유적지를 두루 둘러보았다. 울주군의 반구대와 작천정, 서생포 왜성, 기장의 죽성리 왜성, 그리고 광해군 때 고산 윤선도 선생이 7년간이나 유배생활을 했던 황학대 등이 그것이다.

　오늘은 우리나라의 대표 암각화 유물인 천전리 각석을 보러 울주군 언양으로 갔다. 얼마 전에 반구대 암각화와 함께 세계적인 암각화 유물인 이 천전리 각석에 돌로 그린 듯한 낙서가 발견되어 세상을 떠들썩하게 했다.

　천만 원의 현상금을 내걸어 범인을 잡고 보니 서울에서 수학여행을 온 한 고등학생이었다. 장난삼아 친구의 이름을 새겨둔 모양이다. 사실 문화재 훼손죄는 처벌이 엄청나게 무겁다. 최소한 유기징역 3년 이상인데, 이 학생에 대한 처벌이 어떻게 되었는지는 잘 모르겠다.

하지만 자식의 장래를 걱정한 부모들이 변호사비로 수천 만 원은 날렸을 것이란 생각은 든다.

입구에 차를 대고 계곡의 개울을 건너 각석에 도착했을 때 부산의 어느 고등학교 학생들이 현장학습을 와 있었는데 수십 명의 학생 중 각석을 들여다보는 녀석은 단 한 명도 없었다.

인솔교사 한 분만 각석을 들여다보고 있을 뿐이었다. 학생들에게 현장에서 천전리 각석에 대해서 일체의 설명도 없이 한 20분 머물렀다가 성급히 떠나가는 것에 또 한 번 의아함을 느꼈다.

벌쭘해 하는 문화유적 해설사 선생님으로부터 우리 일행만 열심히 해설을 들었다. 학생이 낙서한 자리를 알려 달라고 졸라보았지만, 끝끝내 알려주지 않았다. '모방범죄 심리'를 경계하는 것 같았다.

천전리 각석에 대한 자세한 설명은 네이버 지식검색으로 대신하면 되겠다.

문화유적 해설사 선생께서 이곳 천전리 각석 주변은 물이 맑고 경치가 좋아 옛날부터 스님들의 다비식 장소로도 많이 이용되었으며, 특히 풍수지리학적으로 터가 좋아 이 주변 마을 사람들이 장수를 한다는 이야기를 들었다.

한참을 들여다 보면서 바위에 새겨둔 문양들과 신라시대때 새겨졌을 명문들을 읽어보려 했지만 알 수가 없다. 돌아 나오다 보니 도리구치 모자를 쓴 할아버지께서 관광객들에게 주변에서 캔 산나물을 팔면서 천전리 각석에 대해서 설명해주고 있었다. 1908년생으로 거의

100세에 가까운데도 정정하시다. 골짜기에 칠십 몇 살 먹은 아들과 농사를 지으면서 살고 계신다 한다.

대곡천으로는 맑은 물이 흐르고 계곡을 건너는 다리 위로는 알지 못하는 신비한 기운이 흐르는 듯하다. 푸른 숲길을 3킬로미터쯤 걸어 산을 넘으면 그 유명한 반구대도 나올 것이다.

역시나 별로 관심을 보이지 않는 가족을 데리고 드라이브를 하기로 했다. 석남터널을 지나 얼음골 계곡에서 사과 한 박스를 샀다. 단언컨대 사과는 얼음골 사과가 최고다. 온통 사과밭 천지인 얼음골을 지나 한참을 달리니 산내면 소재지에 다다른다. 이곳을 '송백'이라고도 부르는 모양이다. 좌측편에 5일장이 서는 곳이 있는데, 오늘은 장이 서는지 모르겠다. 길가에 있는 슈퍼에 들러 소주, 안주에 커피를 사고 참외 몇 개를 샀다.

송백장!

90년대 중반, 나는 경상남북도의 도계(道界)마을인 청도의 유천이란 쓸쓸한 곳에서 근무하고 있었다. 어느 가을날, 낯익은 여인이 새로 뽑은 승용차를 타고 별 용무도 없이 괜히 찾아왔다. 시골 장터를 돌아다니면서 건어물 장사를 하는 여인이었다. 전에 민원인으로 방문한 자신에게 친절하게 해줘서 고맙다는 인사를 하러 온 것이라고 했다.

근무 시간이었지만 찾아온 여인을 그냥 보낼 수 없어 다방에서 차를 대접했다. 송백장은 오전에만 하는 장이라서 오후에 시간이 남아서 왔다고 했다. 얼음골 사과밭 주인들이 대다수 손님인 탓에 물건

값을 깎는 법이 없어 재미가 쏠쏠하다는 이야기를 했던 것 같다. 밀양에서 큰 어물전을 하는 시댁 이야기와 노름에 빠져 가족을 돌보지 않는 남편 이야기도 했다.

운문사 쪽으로 같이 드라이브하고 싶다는 뜻을 언뜻 내 비쳤지만 들어주지는 못했다. 절 밑에는 원래 배고픈 중생들이 많아서 식당들이 많을 텐데 저녁밥도 같이 먹으며 여인의 하소연을 들어주고 싶었지만, 형편이 안 되었다. 10년 가까운 농촌 생활에 지쳐 신청한 부산으로의 발령이 나 있어 그날 저녁 직장의 회식에 참석했어야 했다. 벌써 20년이 다 되어간다. 자그마한 체구에 순진하기 짝이 없는 여인이었는데 잘살고 있는지 궁금하다. 장터에 그때 그 여인이 요새도 앉아 있는지 들어가 보지는 않았다.

'구만산 계곡'이란 이정표가 보인다. 일명 통수골 계곡이다. 임진왜란 때 밀양 인근의 9만 백성이 이 계곡에 들어가서 전화(戰禍)를 피했다고 해서 '구만산'이라고 한다.

옛날 통짐을 메고 가던 장수가 대나무 통이 암벽에 부딪히는 바람에 벼랑 아래로 떨어져 죽었다고 해서 일명 '통수골'이라고도 한다. 날씨가 흐리고 비바람이 불 때면 처자식을 생각하는 통장수의 애절한 울음소리가 들린다고 하는데 날이 좋아 들어보지는 못했다. 통수골을 통하여 고개를 넘으면 청도 운문이 나올 것이다. 주차장에서 바라본 통수골은 목이 좁았다. 9만 명이 난을 피할수 있을까? 가봐야 알겠다. 기암과 괴석을 지나는 2킬로미터 남짓한 거리의 계곡이 아름답다. 제대로 온 듯하다.

구만폭포에 도착하니 가뭄 때문인지 수량이 많지는 않다. 폭포수 아래 그늘에 자리를 깔고 여유롭게 쉬어가기로 했다. 일요일 정오쯤 되었다. 오늘 다른 일정이 없어 시간이 넉넉하다.

도시락을 꺼내 먹고 송백장에서 사온 커피를 마신다. 한 모금 담배가 간절하지만, 왠지 모르게 조심스럽다. 소주를 꺼내니 주위 분위기가 영 아니다. 폭포수 아래서 처량히 소주를 까고 있다는 모습을 보여주기 싫다. 대학생으로 보이는 한 무리의 청년들이 구만산 폭포에 들이닥치니 갑자기 폭포 주위에 활기가 돈다.

좋은 때다. 청년들이여. 오늘을 즐겨라.

괜히 한 모금 담배와 한 잔의 소주가 더 간절해진다. 담배를 피우면 팔불출이 같은 놈이 될 것 같고, 소주를 처량히 먹고 있으면 쪽이 팔릴 듯하다. 쪽이 덜 팔리는 방법으로 먹어야겠다. 내가 머리가 통 나쁜 놈은 아니다.

그래서 우리 어머니께서 착각하시고 내가 공부를 못해도 항상 남들에게는 "우리 아이는 머리는 좋은데 노력을 안 해서"라든지 "우리 아이는 착한데 친구를 잘못 만나서"라는 말을 노상 했을 것이다.

남양우유 프렌치카페 빈 커피 통에 '좋은데이'를 따랐다. 어차피 잔도 없다. 빨대로 몰래 빨아 먹는 포스가 뽕쟁이가 하얀 히로뽕 흡입하는 모습과 흡사할 듯하지만 할 수 없다. 남들은 몸에 좋지 않다고 잘 먹지 않는다는 '비엔나 줄줄이 햄' 안주에 소주 한 잔! 그리고 눈치 보며 피우는 담배 한 모금.

"커어…… 좋다!"

나만 좋으면 되는 것이지. 빨대 소주가 더 빨리 취하는 것 같다. 내일은 건강검진을 해야 하는데.

폭포수 아래에서 앉아 몰래 소주를 마시고 있으려니 헤르만 헤세의 『수레바퀴 아래서』라는 소설이 생각난다.

"인간은 미지의 산맥에서 흘러내리는 물줄기이며, 길도 질서도 없는 원시림이다."

"녹초가 되면 안 된다. 그러면 수레바퀴 아래에 깔리게 될 테니까."

훌륭한 낚시꾼이 되고픈 한스! 주변은 그를 내버려두지 않는다. 신학교에 가서 열심히 공부해서 범생이가 된다. 속물 같은 인간들이 살아가듯 그렇게 살아가면서도 그는 항상 훌륭한 낚시꾼을 꿈꾼다. 적응이 잘 안 된다. 못 견딘다. 잘린다. 집으로 온다. 여자를 만난다. 자기를 이해해줄 것 같다. 하지만 차인다.

남들같이 열심히 살아보려 공장에 기계공으로 취직한다. 힘들다. 고민한다. 일주일을 다녔다. 내일은 휴일이다. 술을 한잔 먹는다. 죽는다. 한스의 죽음이 자살이었는지 사고였는지는 아무도 모른다.

"아버지가 마음속으로 그토록 꾸짖던 한스는 이미 싸늘한 시체가 되어 검푸른 강물을 따라 골짜기 아래로 조용히 떠내려가고 있었다. 구역질이나 부끄러움이나 괴로움도 모두 그에게서 떠나버렸다. 어둠 속에서 흘러내려가는 한스의 메마른 몸뚱이 위로 푸른빛을 띤 차가운 가을밤의 달빛이 비치고 있었다. 시꺼먼 강물이 그의 손과 머리, 그리고 창백한 입술을 어루만지고 있었다."

폭포수 아래서 나는 생각한다. 한스 같은 내가 한스같이 되지 않으려면 운명적인 도반을 만나야 한다. 마치 싱클레어가 데미안을 만나 구원을 얻듯이.

"아니지? 벌써 나는 데미안을 만났나? 아니면 베아트리체?"

"내 딸이 데미안? 내 아내가 베아트리체?"

나는 헤르만 헤세를 좋아했다. 심취했다. 방황하는 주인공들을 좋아했다. 폭포수 아래서 쉬고 있는 딸내미에게 말을 걸었다.

"○○아, 너 요새도 책 많이 읽나? 예전에 책을 많이 읽는 것 같더니. 헤르만 헤세 좋아하나? 폭포수 아래 서 있으니까 갑자기 '『수레바퀴 아래서』란 책이 생각나네."

"아니, 요새 책 안 읽은 지 오래되었어. 헤르만 헤세 작품은 『데미안』밖에 안 읽은 것 같은데?"

"가스나야, 그런 걸 '디비 쫀다'고 하는 거지. 고등학교 때는 교과 공부 안하고 소설책 읽고, 교양 쌓아야 하는 대학 때는 책 안 읽고 그림이나 그리고. 아빠는 젊은 시절 헤르만 헤세 좋아했던 것 같은데 니는 누구 좋아하노?"

"아빠, 나는 캐릭터가 뚜렷하고 대립이나 반전이 있고 뜬금없는 결말이 있는 그런 소설을 좋아하는 것 같아."

"그래, 니가 딱 아빠 스타일이네. 예를 들면?"

"쥘 베른 같은."

"아, 줄 베르너의 〈40일간의 세계일주〉?"

영화로 본 지 오래되어 제목이 정확하게 기억나지 않는다. 중학교 때 영화로 본 것 같기도 하고 책으로 읽었던 것 같기도 하다. 딸이 제목을 수정해준다.

"아니, 〈80일간의 세계일주〉지."

"그래, 80일간의 세계일주!"

"하인이 말썽을 많이 피우고, 친구들과 80일 만에 세계일주를 하기로 내기를 했는데 계산을 해보니 하루를 늦은 거야. 망연자실해 있는데 말썽꾸러기 하인이 해결해 주잖아? 주인공과 인도 공주와의 결혼식 주례를 부탁하기 위하여 심부름 가는 길에 길거리 신문팔이들이 토요일판 신문을 팔고 있는 것을 보게 되는 거야. 주인공은 일요일로 알고 있었는데 토요일이었던 거지. 지구를 거꾸로 돌아 하루를 벌었는데 주인공이 잘못 알아 반전이 생기고. 그런 게 꿀재미인 거지!"

딸내미와의 대화가 세상에서 제일 좋다. 딸은 헤밍웨이도 좋아하고 빌 브라이슨도 좋아하는 모양이다. 딸이 『나를 부르는 숲』에 등장하는 에피소드를 이야기하고 나는 들었다. 소주를 빨대로 빨아 먹으니 더 빨리 취하는 것 같다.

"그래, 맞다. 재밌다. 글은 무엇보다 재미가 있어야지. 그런데 너 이발 기술 좀 배워라. 내 로망은 나중에 내가 중풍 들어서 휠체어 탈 때 니가 밀어주고, 머리도 깎아주고, 염색약 발라주는 거다. 니는 시집가지 말고 아빠 옆에서 평생 있어줘야 해!"

아무리 생각해도 나의 데미안과 베아트리체는 내 아내와 내 딸인 것 같다.

얼근히 취해 폭포수 아래에 발을 담그고 있자니 휴대폰 벨이 울린다. 이런 골짜기까지 전화벨이 울리는 나라는 대한민국밖에 없을 것이다. 좋은 시절, 좋은 곳에서 태어났다. 정겨운 친구의 전화다. 오랫동안 투병하던 대학동창에 대한 부고 소식이다. 3주 전에 들러서 고기를 굽고 수승대를 같이 산책했던 친구인데, 그토록 사랑했던 흙으로 빨리 돌아가고 싶었던 모양이다.

"그래, 오늘 저녁에 가봐야지. 그런데 말이야. 우리 나이에는 편한 놈끼리 오랫동안 보고 살아야 되겠다고 생각하고 있는데 그게 잘 안 되네. 니는 건강관리 잘해서 좀 오래 보고 살자."

수화기 건너편에서 항상 목소리 톤이 똑같은 놈의 목소리가 들려온다.

"나는 니가 걱정이다. 술 좀 줄이고 이제 담배도 좀 끊어야지. 편한 놈끼리 오랫동안 보려면 말이지. 그런데 니 목소리 들어보니 어디서 술 먹고 퍼져 있는 것 같은데? 허허허."

가을
Fall

18 Fall

무서리

Good Artists Copy, Great artists Steal!

(좋은 예술가는 모방하고, 위대한 예술가는 훔친다)

- 파블로 피카소 -

통영에서 접장 생활하는 최 선생이 이번에 명예퇴직 신청을 한 모양이다. 근 30년 가까이 몸담은 교직을 떠나려니 역시 마음이 편치는 않을 것이다. 문자를 자주 보내오더니 급기야 SOS를 날린다.

"○○야, 지리산에 콘도를 하나 잡아두었는데 1박할 시간 낼 수 있겠나? 몸만 오너라!"

젊은 시절에 나와 어울려 다니며 범생이 접장 친구의 부모님 속을 어지간히 썩였던 서울에서 꽤 성공한 사업가 친구도 합류할 모양이다.

내가 소속된 여산 클럽에 긴급 번팅을 친다.

"긴급 번팅, 숙식 제공, 1박 2일(토, 일), 지리산!"

아지매 세 명이 따라가겠단다.

'차량 제공'이라고 문자에 적지는 않았다. 거마비는 나누기 4를 해야 한다. 아지매들과 가면 경비가 곱하기 몇이 되는 수가 흔히 있다. 조심해야 한다. 내가 원래 쪼잔한 놈은 아닌데 '생활이 그대를 속이니' 할 수 없다.

올림픽 엠블럼 비슷한 마크가 달린 차를 타고 온 서울 친구와 접장 친구가 어디서 만났는지 하동 최참판 댁 입구에서 손을 흔들며 서 있다. 최참판댁에서 평사리 들판을 내려다 보면서 구한말부터 해방까지의 '토지'를 둘러싼 갈등과 비극을 생각해 보며 서희도 만나고 길상도 만난다. 마을을 둘러보고 차 두 대에 인원을 나눈 뒤 "전라도와 경상도를 가로지르는 섬진강 줄기 따라 화개장터"로 간다.

여인의 속살 같은 뽀얀 국물의 재첩국이 일품이다. 서울 친구가 법인카드로 계산하면서 호기 있게 한마디 한다.

"이번 여행경비는 내가 다 댈게!"

최선생의 연락을 받고 불원천리 달려와 준 친구가 고맙다. 거마비를 나누기 4 하려고 생각했던 내가 쪽팔린다. 나도 진즉부터 사업을 했어야 하는 건데.

'십리 벚꽃길'을 지난다. 『지리산 행복학교』를 쓴 공지영 작가의 단편소설 『월춘장비』에는 이곳의 '벚꽃 지는 밤'이 실감나게 묘사되어 있지만 지금은 우측의 계곡과 어울린 낮 경관이 절경이다. 아름다운 길이다. 옛 선비들도 지리산을 유랑하면서 말을 타고 이 길을 지났을 것이다. 악공, 기생들이 앞에서 분위기를 띄우고 문방사우와 솥단지, 이불, 베개를 당나귀에 실은 노비들이 도롱이에 짚신을 신고 뒤를 따랐을 것이다.

그들이 몇 날 며칠 걸렸을 일정들을 몇 시간 만에 지낸다. 쌍계사에 도착한다. 절을 둘러보고 불일폭포로 향한다. 남명 조식 선생이 감탄해 마지않았다는 불일폭포에 도착한다.

青鶴洞(청학동)

-남명 조식-

獨鶴穿雲歸上界

한 마리 학은 구름을 뚫고 하늘로 올라가고

一溪流玉走人間

구슬이 흐르는 한 가닥 시내는 인간세계로 흐르네.

퇴계 이황 선생과 더불어 조선을 대표하던 성리학자인 남명 조식 선생! 평생을 벼슬하지 않고 처사로서 살았던 선생은 지리산을 열두 번이나 올랐다고 한다. 마지막 등정을 이 곳 쌍계사, 불일폭포 코스로 하고는 『남명집』에 글을 한 편 남겼다. 〈유두유록(遊頭流錄)〉이다.

아마 선생은 청학이 노니는 이상세계를 꿈꾸면서 자신이 처해 있는 혼탁한 인간세상과의 끈은 놓지 않았던 듯하다.

며칠간 퍼부은 폭우로 시원하게 내리꽂는 폭포가 장관이다. 벌써 날이 저문다. 하산길에 보니 인기척 없는 산장이 길옆에 있다.

"야, 날도 저문데 이 산장에서 자고 가자 마. 남명 조식 선생께서 찾아 헤매시던 청학동이 이곳쯤 되지 싶은데."

버려진 산장에서 모닥불을 피우고 노숙을 하자고 우겨봤지만 귀담아 듣는 이는 없다.

모닥불을 피워놓고 별을 헤다 목동의 품에 기대어 자는 저 프로방스의 '스테파니 아가씨' 같은 기분을 느끼게 해줄 수도 있을 텐데.

하동 상계사에서 숙소인 지리산 온천호텔콘도까지는 꽤 길이 멀다. 돈 안내는 고속도로를 달려 콘도에 여장을 풀고 식당을 찾아 멧돼지 고기로 저녁을 먹었다. 편의점에 들러 복분자술도 좀 사고 소주, 맥주를 준비해서 숙소로 돌아온다. 통영 친구가 아이스박스에서 광어회와 굴을 꺼내고 술판이 벌어진다. 내가 준비해간 훈제 오리고기는 꺼내놓지도 못했다.

다음날 아침, 목욕을 하고 숙소로 올라오니 아지매들이 밥을 짓는다고 부산을 떤다. 어제 먹다 남은 굴로 국을 끓이려고 하는데 무가 없는 모양이다. 시원한 국물 맛을 내는 데는 무가 꼭 필요하다고 한다. 비싼 회를 준비해온 친구에게 구해오라 할 수도 없고 어제 밥값을 낸 친구에게도 그렇다.

눈치 없는 게 인간이가?

"아, 내가 구해올게!"

씩씩하게 말은 했지만 조금 걱정이 된다. 지하 편의점에 무가 있을 것 같지는 않다. 어제 체크인하면서 보아두었던 콘도 내 식당 주방만 믿는 수밖에 없다. 혹시나 하고 편의점엘 가니 역시나 무라고는 단무지밖에 없다. 1층 로비 카운트의 남자 종업원에게 조심스럽게 묻는다.

"여기 식당 주방이 어디지요?"

"예?"

"무 하나만 얻으려고!"

"손님, 죄송한데요. 아침에는 식당 문을 열지 않습니다."

"사람은 있겠지요?"

"저녁에 출근합니다."

호텔 종업원이 고객의 니즈(needs)가 뭔지를 몰라도 너무 모르는 것 같다. 나 같으면 "집에 있는 무라도 하나 갖다 드릴까요?"하는 립서비스라도 하겠건만.

"그러면 이 온천지구 내에 큰 슈퍼는 있지요?"

"편의점은 있어도 슈퍼는 없는데요. 이 산동면 안에서는 이 시간에 무 구하기는 좀."

"그러면?"

"구례나 남원까지 나가셔야."

무 하나 구하러 그곳까지 나가란 말이지?

"거리는?"

"가까운 구례까지 한 30킬로미터?"

"습하!"

빈손으로 숙소에 올라오니 다들 실망하는 빛이 역력하다. 어쨌든 무를 구해야겠다.

"어딜 가려고?"

주섬주섬 옷을 챙겨 입으니 한마디씩들 한다.

"무 구해와야지."

볼멘소리로 대답하면서 차 열쇠를 챙긴다. 임시총무를 맡은 아지매가 불쌍해 보였는지 빨간 장지갑을 들고 따라나선다. 차를 타고 몇 바퀴 둘러보았지만 온천장 내에는 슈퍼가 없다. 구례까지 나가야 할 판이다.

"어디 무밭이 있을 텐데? 이쪽 지방에는 무 농사를 안 하나, 산 쪽으로 가볼까?"

무서리를 해야겠다. 군대 시절, 12월의 철원 벌판 언 땅에도 무는 있었다. 길거리에는 드문드문 여행객들이 다닌다. 아침운동을 하는 가게 아저씨들도 보인다. 차를 끌고 온천단지를 몇 바퀴 돌아본다. 벌써 성에가 내린 밭들이 황량하다. 좀 더 외곽으로 나가본다. 조수석에 탄 총무 아지매가 갑자기 외친다.

"야, 무. 저거 무 아닌가?"

도로변에 거짓말같이 무밭이 보이고 서리를 맞아 하얗게 변한 무 이파리들이 보인다.

"어, 무 맞네."

망설임 없이 차를 세우고 무밭으로 들어가 이파리를 잡고 당기니 언 땅에 박힌 무는 완강히 저항하면서 줄기만 떨어진다. 저 멀리서 가게앞 청소를 하던 식당 주인아저씨가 쳐다본다. 마음이 좀 바쁘다. 차창을 내리고 있던 총무 아지매가 조언한다.

"그 앞의 무가 더 크네!"

뽑혀 올라온 무를 차 안에 집어 던지고 잽싸게 운전석에 올라 급가속을 했다. 천군만마를 거느린 대장군마냥 우쭐하면서 총무 아지매에게 무를 들려 엘리베이터 앞에 서 있으니 같이 서 있던 숙박객들이 수군거리며 한마디씩 한다.

"이 꼭두새벽에 저 무가 어디서 났을꼬?"

"남의 밭에서 뽑아 왔겠지 뭐!"

"거참 실하게도 생겼네!"

국에 넣고 남은 무를 잘라 먹어보니 욕지도 고구마보다 더 달다. 통
영친구는 별 수 없이 접장 같은 소리를 한다.

"그거 한 뿌리 서리하다가 들키면 요새는 패가망신 한데이."

"서리 아이다. 마. 산 거다. 무 뽑은 구멍에 돈 천 원 꽂아놓고 왔다.
올해는 무 농사가 풍년이 되어 천 원 줬으면 제값 준 거다."

아침을 먹고 성삼재에 차를 대고 노고단에 올랐다. 차가운 날씨에
매서운 바람이 분다. 거금을 주고 산 벙거지 모자가 날아갈까 봐 계
속 눌렀다. 3시간 정도를 걷고 나니 돌아갈 먼 길이 걱정이다.

남원 광한루로 가는 차 안에서 아지매들에게 물어 본다.

"이번 여행에서 제일 기억에 남을 만한 곳은?"

"나는 불일폭포! 물이 그리 많은 폭포는 처음 봤다."

"나는 지리산 노고단 바람? 와~ 대단하던데!"

총무 아지매 왈.

"나는 무서리! 우스워 죽을 뻔했다!"

나도 한마디 한다.

"맞지? 내가 훔치는 것은 좀 한다. 피카소라고 유명한 화가가 있는데 말이야. 그 양반이 그랬지! Good Artists Copy, Great artists Steal! 좋은 예술가는 모방하지만, 위대한 예술가는 아예 훔쳐버린다는 이야기지! 서리도 잘만 하면 좋다는 이야기 아니겠나?"

대충 둘러대도 알듯 모를 듯 함께 웃어주는 친구들이 고맙다.

남원 광한루를 둘러보고 갈 길이 먼 서울 친구를 먼저 보냈다. 『춘향전』에 보면 이런 장면이 나온다.

방자가 춘향의 편지를 들고 서울의 이몽룡에게 가는데, 중간에 이몽룡을 만난다. 방자는 이몽룡인 줄 모른다. 몽룡이 편지를 좀 보자고 하는데 방자는 보여주지 않는다.

"워따매, 이 염치없는 어른아! 남의 규중편지(閨中便紙)를 함부로 보잔 말이요?"

이몽룡이 대충 둘러댄다.

"이놈, 옛말에 부공총총 설부진(設不盡)허니 행인임발(行人臨發) 우개봉(又開封)이라 허였으니 내가 잠깐 보고 주면 되지 않겠느냐?"

가방끈 짧은 방자가 편지를 내어준다.

"아, 여보시오. 당신 문자 쓰는 것이 기특해서 보여주는 것이니 얼른 보고 주시오."

원래 뜻은 이렇다.

秋思(가을에 생각하다)

-장적-

洛陽城裏/見秋風(낙양성리/견추풍)

낙양성에 추풍이 일어 길가에 잎사귀 날리고

欲作家書/意萬重(욕작가서/의만중)

집에 편지를 쓰려니 생각만 천 갈래 만 갈래.

復恐恖恖/說不盡(부공총총/설부진)

마음만 바빠 할 얘기 다 못할까 다시금 걱정되어

行人臨發/又開封(행인임발/우개봉)

인편은 떠나려 하는데 다시 한 번 편지를 열어본다.

올드보이는 대충 살아야 한다. 오늘만 대충 수습하면서 오대수같이. 남의 것 모방하고 때때로 훔치면서. 대신 남 뒷담화만 까지 않으면 된다. 장소천(張小泉) 가위로 혀 잘라야 하는 수가 있으니까.

동기회 홈피에 글을 올려놓았더니 미국에서 접장질하는 친구가 댓글을 달아놓았다.

놈: 재미있는 글일세! 무서리라. 니 아지매 서리는 안했나? 그런데 사진이 보통 맛이 아닌데 무슨 특별한 내공이라도 갑자기 받았나? 유화 같기도 하고 오래된 수채화 같기도 하고 보는 맛이 삼삼하다! 좀 자주 올려봐라!

나: 아지매 서리? 주인 없는 아지매 보쌈은 몰라도 주인 있는 아지매 서리는 못하지. 그리고 니 말마따나 '합의'가 요즘 세월에 대세인데, 등가로 교환할 재화가 없고 동창회 가면 여자 동기들이 하나씩 끌어안고 부들부들 떨고 있는 명품가방 사줄 돈이 없으니. 사진은 성철 스님 말마따나 돈오돈수 식으로 갑자기 깨달음을 얻게 되어 도가 트네.ㅎㅎㅎ

놈: 변호사 하는 친구 왈, "판검사에게 술 사줄 돈은 있어도 벤츠 사줄 돈은 없다. 여검사와 부적절한 관계는 가져도 명품가방은 못 사준다." 카더라! 아지매 서리 열심히 하고 살자! 등가로 교환하지 않고 그냥 서리하면 괜찮은 것 아닌가? Great artists Steal! ㅋㅋ

나: 문디.

19 Fall

청도 역전 추어탕거리

기다리는 기차가 연착하여 30분쯤 여유가 생긴다. 날씨가 제법 쌀
쌀하다. 뜨끈한 국물이 생각난다. 저녁을 먹기에는 이른 시간이지만
역전 추어탕 집에 들어간다.

알루미늄 여닫이문을 열고 들어가니 중떠거리한 차림의 한 사내가 자그마한 스테인리스 그릇에 담긴 숭늉을 두 손으로 감싸고 후후 입김을 불어가면서 마시고 있다. 다른 손님은 없다.

주인아주머니가 고개를 모로 까딱이고는 양은 주전자를 들고 와서 그릇에 숭늉을 부어준다. 추어탕과 참소주 한 병을 주문한다. 주인아주머니는 이내 주방에서 등을 돌린 채 음식을 장만한다.

"아지매, 우예 이리 손님이 없어요? 아직 밥시간이 아니라서 그러나? 옛날에는 줄 서서 묵었는데."

주인아지매가 행주에 손을 닦더니 손사래를 친다.

"에휴, 손님이 없어요. 옛날에 차가 여기 앞으로 다닐 때만 해도 좋았는데 고속도로가 나서. 그라고 역 앞에 추어탕집이 열 개라요. 장사 안 돼요!"

사실 예전에 서너 개 집이 장사할 때는 줄을 서서 기다렸는데 장사가 좀 안 되는 모양이다.

"아지매, 요즘도 유천 아주머니가 고기 가지고 옵니까?"

옛날 생각이 나서 한번 물어본다.

"뭐라고예?"

아주머니가 잘 못 알아들은 모양이다.

"전에 보니 그 아주머니가 이 집 앞 길거리에서 고기 배도 따고 채소도 다듬어주곤 하던데. 요새는 고기 가지고 안 옵니까?"

택호를 유천댁으로 쓰는지는 모르겠지만 내가 근무했던 유천출장소 앞집 이장댁 아주머니가 가끔 이 식당 앞에서 물고기를 다듬어주던 걸 여러 번 보았다.

빨간 고무 대야에 담아 길거리에 내놓은 꺽지, 망태, 퉁가리, 모래무지, 피리 등 잡어들은 그 자체가 큰 구경거리였고 이 골목 추어탕의 싱싱한 재료를 홍보해주는 도구였다.

"유천에서 고기 가져오는 아지매가 여러 명이라서."

딱히 얼굴이 떠오르지 않는 모양이다.

"왜 좀 빼빼하면서 키가 좀 크고 사람이 좋은데, 남편이 그 동네 이장 일을 하시고."

내 나이 사십이 되기 전에 부산으로 떠났으니 세월이 많이 흘렀다.

"키가 크고 빼빼하고?"

아주머니가 한참 생각하더니 뭔가 생각 난 모양이다.

"아, 딸만 넷 있다던 그 아지매? 그 아지매 돌아가신 지 한 10년은 된 것 같은데?"

아지매 본 지가 엊그제 같은데 10년 전에 돌아가셨다니 좀 황당하다.

"하, 그래요? 10년 전에 돌아가셨어요? 허허. 아지매 얼굴이 훤하게 생각나는데. 그것 참."

"아마, 간암으로 돌아가셨다지?"

내가 유천출장소 근무할 당시에 사무실 맞은편 집이 아주머니의 집이었다. 아주머니는 동네 사람들이 비파강에서 잡아온 물고기를 모아 이곳 역전 추어탕 집에 가져다 파는 것으로 생계를 유지했다.

××아저씨라 불리던 남편은 자그마한 몸집에 별다른 직업은 없었으나 사람이 싹싹하고 붙임성이 좋아 오랫동안 이장 일을 보면서 200호쯤 되는 동네 사람들이 봄가을로 내는 가구당 두 말 쌀 곡수를 받아 살림에 보태고 있었다.

딸만 넷이 있었는데 막내는 나이가 꽤 들어서도 시집을 가지 않고 가까운 정미소의 경리로 있었고, 미모가 뛰어나 동네 총각들이 괜히 집 앞을 얼씬거리기도 했다.

시골의 이장 일을 몇 년 하다 보면 동네일을 훤하게 꿰뚫게 마련인데 가끔씩 출장소에 들르게 되면 나를 불러내어 은근한 목소리로 귀띔을 해주었다.

"박 주사, 이번 토요일 아침에 유천보에서 논에 물 댈 건데."

"논에 물을 대요?"

"바께스 들고 고기 잡으러 와!"

해서 따라나서 보면 그날은 틀림없이 대박 날이었다. 청도천에 걸린 보의 수문을 막아 논으로 물길을 돌리고 나면 보의 아래쪽 자갈, 바위 사이는 얼마 지나지 않아 물이 말라 손바닥만 한 꺽지, 모래무지, 퉁가리, 망태 같은 물고기들이 지천으로 널리게 되는 것이다.

그런 날은 그냥 목장갑을 끼고 꺽지의 지느러미에 손가락이 찔리지 않고 퉁가리의 수염에 쏘이지 않게 주워 담기만 하면 되었는데, 두어 바께쓰 주워 담는 것은 식은 죽 먹기였다.

점심 무렵 의기양양하게 마을로 돌아오면 유천댁이 쓸 만한 고기는 내다 팔기 위해 따로 골라놓고 나머지 잡어는 내장을 들어내고 채소에 고추장을 듬뿍 풀어 매운탕을 끓여 주곤 했다.

피리, 붕어 같은 물고기를 고춧가루와 무에 조려서 막걸리를 마시고 있자면 유천댁 아주머니는 어느새 고기를 삶아 내어 하얀 속살만 체에 걸러 커다란 커피 병에 담아 마누라 갖다 주라고 하면서 건네주곤 했다. 그러고는 끓여 먹는 법도 상세히 설명해주었다.

"쇠고깃국 끓인다 생각하고 채소를 끓이다가 나중에 이 고기 가루를 한 숟가락 듬뿍 넣어서 끓이면."

지인들의 부탁을 받아 물고기를 살 때면 항상 넉넉하게 챙겨주던 아주머니였다. 참 좋은 분이셨다.

소주 한 병을 급히 비우고 추어탕 집을 나와 길가에 서서 담배를

한 대 피워 물었다. 추어탕 집 아줌마가 무언가가 생각났는지 미닫이 창문을 열더니 한마디 한다.

"가만 생각하니 그렇네요. 그 집 아저씨도 아지매 죽고 나서 얼마 지나지 않아 돌아가셨다지 아마."

참 기가 막히는 이야기다.

"어허, 그래요? 아저씨는 왜? 병명이 뭐랍디까? 자그마한 분이 건강하셨는데."

"아저씨가 마누라 죽고 나서 못 챙겨 먹고 담배를 많이 피워 목이 쌕쌕거리는 병이라는데, 뭐라더라?"

"천식이랍디까?"

"아, 맞아. 천식! 그걸로 죽었다 하데! 폐가 없어졌다든가?"

유천 읍내에는 동네가 두 개 있었다. 내가 친했던 다른 이장님 한 분은 내가 부산으로 떠나기 한 해 전에 경운기 사고로 돌아가셨다.

나에게 친절했던 그 이장님의 사모님은 몇 해 지나지 않아 홀아비 공무원에게 시집을 가서 청도 읍내 아파트에서 잘살고 있다는 소문을 들었다.

유천을 떠난 뒤 나는 한 번도 그곳을 가본 적이 없다. 인근 동네의 몇 분 이장님들 중 언젠가는 한번 방문하여 인사를 꼭 드리고 싶었던 분인데 돌아가셨다니 가슴이 아프다. 추어탕 맛은 여전하지만, 고향도 이젠 타향과 다름없다.

시계를 보니 기차 시간이 얼마 남지 않았다. 담뱃불을 비벼 끄고 서둘러 플랫폼으로 걸음을 옮겼다. 기찻길 옆 감나무에는 올해도 반시 감이 많이 달렸다. 기차의 차창 밖으로 보이는 유천의 비파강은 그래도 아련하다.

"눈을 감으면 선연한 물빛, 그 비파강(琵琶江) 맑은 흐름 위를 아카시아 낙화(洛花)가 하얗게 거품을 이루고 피라미, 망태 새끼들이 꼬리를 젖던 모습이 아른아른 회억(回憶)의 심지(心地)를 밝혀준다."

— 정운 이영도

20 Fall

배고픈 자의 국수 한 그릇

약속이 조금 늦춰진다. 밥을 같이 먹기가 힘들 것 같다. 시장기가
느껴진다.

약한 체력과 높은 노동 강도를 원망하면서 직장에서 명퇴한 옛 동
료의 헌책방이 가까이 있다. 그곳에 가서 국수나 한 그릇 시켜 먹을
까 하는 생각이 든다.

전에 방문했을 때 얇은 스테인리스 그릇에 담겨 주전자의 국물과 함
께 배달된 국수는 별다른 고명이 없었는데도 신기하게 맛이 있었다.

지지리도 가난했던 어린 시절, 우리 동네에는 부모님이 도시로 돈
을 벌러 나가고 할머니 밑에서 학교에 다니던 나와 같은 처지의 '꺼깽
이'라는 별명의 친구가 있었다.

늘상 배가 고파 배 속에서 꼬르륵 소리를 내고 다니는 녀석을 보
고 동네 어른들이 "저 애는 배 속에 꺼깽이가 들었나?" 하고 놀리면
서 별명이 되었다.

어느 가을날 하굣길. 신작로를 따라 터덜터덜 집으로 오는데 건너편 논에서 상당 어른댁 머슴들이 벼 타작을 하다가 중참으로 국수를 먹고 있었다. 홀쭉한 뱃가죽을 쓰다듬으며 연방 "아이고, 배고파라, 배고파라."를 연발하며 뒤따라오던 '꺼껭이'가 신작로에서 갑자기 푹 고꾸라진다.

놀란 친구들이 영문을 모르고 있었는데, 똑똑한 부급장 여식 애가 "야가 배고파 그런갑따." 하더니 머슴들에게 가서 국수를 좀 달라고 한다.

우리 6개 동에서는 제일 큰 사과밭 주인 손녀였던 부급장을 동네 머슴들이 몰라볼 리 없었기에 "먹던 거라도 괜찮으면……." 하면서 한 그릇 내준다.

방금까지 다 죽어가던 녀석이 국수 냄새를 맡고는 벌떡 일어나서 마파람에 게눈 감추듯이 한 그릇을 뚝딱 해치우고는 언제 그랬냐는 듯이 일어선다.

영화 〈클리퍼 행어〉 첫 장면에서 실베스터 스탤론이 벼랑의 끝에 서서 조난당한 동료의 애인에게 묻는다.

"저 친구가 뭐라 꼬셨기에 여기까지 왔지?"

여자가 대답한다.

"섹스보다 훨씬 짜릿하다 하길래!"

나에게 당신들이 늘 먹는 '맛있는 뷔페'에 먹으러 가자고 하지 마라. 전혀 감동하지 않을 테니까. 배고플 때의 맛있는 국수 한 그릇만큼

나를 감동시키는 것은 없다.

동료 책방에서의 밥시간이 지난 국수 한 그릇 배달이 내키지 않는 다. 예전에 책방에서 배달시켰을 듯한 시장 안 국숫집을 찾아 들어가 니 문이 굳게 닫혀 있다. 일요일이라서 그럴 것이다.

동사무소 앞 놀이터를 서성거리다 보니 비탈에 걸쳐진 김밥집 간판 이 눈에 띈다. 새로 단장한 가게 유리문에는 충무김밥, 전 메뉴 포장, 도시락 주문, 손수제비, 국수, 24시 영업 등의 글자들이 어지럽게 새 겨져 있다.

예전에는 꼬치집 자리였는데 주인이 바뀐 모양이다. 미닫이문을 열 고 안으로 들어간다.

"어서 오세요!"

주방에서 김밥을 썰고 있던 여자가 무미건조한 말투로 인사를 건 네고는 이내 고개를 숙인다. 텅 빈 식당의 테이블 의자에 포장 김밥 을 기다리는 듯 아가씨 한 명이 엉덩이를 걸친 채 앉아 있다. 구석 자 리에 앉아 주인 여자에게 주문한다.

"국수 되는가요?"

단답형 대답이 돌아온다.

"네!"

분위기가 썰렁하다. 주인 여자의 행색을 살펴본다. 까만 비로드 풍 의 원피스를 입고 김밥을 썰고 있는 여자가 왠지 낯설어 보인다. 날씬 한 체형의 미모를 갖춘 30대다.

이런 분식집 분위기에는 어울리지 않는다. 사업에 실패했나?

'주방에서 밥할 여자가 아닌데! 내가 들어와서 기분 나쁜가?'

포장을 건넨 여자가 아가씨에게 돈을 받고는 이내 돌아서 물을 올리는 것 같다. 뻘쭘하게 앉아 있는데 내 테이블 옆의 쪽문이 열리고 방에서 웬 여자가 나와 슬리퍼를 신더니 주방으로 간다.

바닥에 쪼그려 앉은 여자는 수도꼭지를 틀고 설거지를 시작한다. 난방을 껐는지 조금 춥다. 국숫집은 좀 따뜻해야 하는데. 일본 소설 『우동 한 그릇』에 나오는 분위기는 아니더라도.

국수를 먹는 동안 가게 안은 단 한마디의 대화도 없다. 냉랭한 분위기다. 입안으로 들어오는 '후루룩' 하는 국수 흡입소리가 민망스러울 정도다.

내가 고향에 발령받아 근무할 때 직원들과 티켓다방 아가씨를 불러 노래방에서 놀면서 술에 취해 아이를 한 번 나무란 적이 있다. 코위에 곰보 점이 살짝 얹혀 있었지만 상당히 매력적인 녀석이었는데, 과장되게 아양을 떠는 모습이 그날따라 비위에 거슬렸다.

"야, 임마, 너 돈 줄 테니 나가! 뭐 때문에 이런 데 와서 남자들에게 웃음 팔고 있어? 돈 많은 놈 꼬셔 시집 잘 가 떵떵거리고 살어! 알았어?"

객기에 지갑의 돈을 다 털어준 후 술이 떡이 되었다. 며칠 후 다방에 가니 그 녀석은 없었다. 녀석이 노래방에서 녹음해준 노래를 차에 꽂고 다니면서 테이프가 늘어지도록 들었던 것은 물론이다.

녀석의 〈그대 먼 곳에〉는 아직도 여운이 남는다. 돈을 던져주고 서둘러 가게를 나선다.

황순원 선생의 『나무들 비탈에 서다』라는 소설 제목이 방정스럽게 생각난다. 비탈에 선 나무들은 언제나 위태롭다. 위험을 무릅쓰고 벼랑에 매달린 사람들(클리프 행어)은 언제나 위태롭다. 보는 사람이나 매달린 사람이나.

가난했던 시절에는 국수 한 그릇만으로도 행복했다. 국수에 길들여진 위장에 왜 뷔페 음식을 억지로 넣으려 하는가 말이지.

"섹스보다 훨씬 짜릿하다."고 하여 욕심내어 벼랑에 매달리지 마라.

문자가 온다.

"물만골역 지나고 있다."

문자는 표정이 없지만 느낄 수는 있다.

조금 식었다.

21 Fall
안동 도산서원과 봉화 청령산

어제는 안동 도산사원에 다녀왔다. 10여 년 전에 직장의 문화유적 답사반 회원들과 다녀온 후로 처음인 듯하다. 신 대구고속도로와 중 앙고속도로를 달려 들렀던 군위휴게소의 나무들에는 단풍이 곱게 물 들어 있었다.

도산서원 입구에 도착했다. 예전에 우리 회원들과 방문했던 기억이 새삼 떠오른다.

회원 중 한 사람의 친구 분이 안동에서 예비군 중대장으로 있었는 데, 여기 도산서원 입구에서 만나 멀리서 온 우리를 가이드해주고 안 동소주를 내어 융숭하게 대접해 주었다.

표를 사면서 매표소 안을 들여다 보니 천 원짜리와 오천 원, 만 원 짜리 구권을 유리판 밑에 깔아 놓았다. 매표소 직원에게 슬쩍 물어 본다.

"혹, 천 원짜리 구권 한 장 바꿔줄 수 있나요?"

"네? 아…… 바꿔줄 구권 천 원짜리가 없는데요!"

"소소한 그런 거라도 좀 챙겨주면 한국 정신문화의 수도라는 안동의 격이 좀 올라갈 텐데…… 아쉽네요!"

매표소 안쪽부터는 '금연구역'이라 화단 옆에서 담배를 한 대 피웠다. 동행한 아내가 묻는다.

"갑자기 매표소에서 천 원짜리는 왜?"

"어, 천 원짜리 있으면 한 장 꺼내볼래?"

아내가 잘 정리되어 있는 지갑을 뒤져 천 원짜리를 한 장 꺼낸다.

"지폐에 있는 영감님이 누군지 한번 봐!"

자그마하게 새겨져 있는 글자가 잘 보이지 않는 모양이다.

"누군데? 이퇴계? 이율곡?"

"그래, 천 원짜리에는 이퇴계 선생이 그려져 있지. 오천 원짜리에는 이율곡 선생이 있고. 그리고 그림에 또 뭐가 있는 지 한번 봐!"

아내가 찬찬히 앞뒤를 살펴본다.

"얼굴 옆에 집이 한 채 있고, 뒤에는 그림이 하나 있는데? 그럼 이 그림이 도산서원?"

"아니고! 그건 명륜당이라고 최 선생 딸내미가 다니는 성균관대학교 안에 있는 곳인데, 옛날에 애들을 가르치던 곳으로 요즘으로 치면 강의실이라고 보면 되겠고……. 그리고 뭐 또 없나?"

"최 선생 딸내미가 성대 다니나?"

아내가 엉뚱하게 대답한다.

"그래, 성대 경영학과라든가? 성균관대학이 엄청난 학교지. 사실은…… 요새 성대에 관한 유머 들어봤지?"

"어떤?"

성균관대 입시설명회.

"여러분, 지갑에서 천 원짜리를 꺼내보십시오. 누가 보이십니까? 퇴계 이황. 네, 맞습니다. 이분이 성균관대 교수님이었습니다.(웃음)"

"이번엔 오천 원짜리를 꺼내보십시오. 네, 율곡 이이. 이분은 성균관대 장학생이었습니다.(다시 웃음)"

"다음은 만 원짜리를 꺼내보십시오. 이분 누군지 다 아시죠? 네, 바로 성균관대학 이사장이셨던 분입니다.(와~ 더 큰 웃음)"

"마지막, 오만 원짜리. 한국 지폐의 유일한 여성분. 이분이 누구십니까? 네, 바로 여러분과 같은 성균관대 학부모님이셨습니다. 어떻습니까? 여러분도 자제분들을 성균관대학에 보내면 미래의 지폐에 얼굴을 찍히게 하실 수 있습니다.(폭소 그리고 기립 박수)"

1398년에 명륜동 캠퍼스 설립. 이 정도면 미국의 하버드가 별로 안 부러울 정도인데……. 대공황 시대에 건축된 20세기 공학적 걸작이라는 후버 댐을 건설한 후버 대통령이 지질학을 공부한 서부 명문 스탠퍼드 대학 설립 비사를 이야기해주려 하다가 그만두었다. 기억이 가물가물하다.

"그런데 그림 찾았어?"

뭐가 보이지 않는 모양이다.

"꽃이 있을 텐데!"

한참을 쳐다보더니 꽃을 찾은 모양이다.

"어, 진짜 꽃 그림이 있네?"

"그래! 보이지? 그게 퇴계 선생이 그리도 좋아했던 홍매화인데 사연이 있지!"

아내가 흥미로운 눈빛을 보인다.

"걸으면서 천천히 설명하고……"

아내도 이제 물이 든 모양이다. 아이들이 대학에 간 후 부쩍 여행을 잘 따라나선다. 슬슬 걷기 시작했다. 이런 곳에서는 느릿느릿 걸어야 한다. 안동 양반들처럼…….

진입로에 늘어선 나무에도 단풍이 내려앉기 시작했다. 어찌 보면 단풍도 기후변화에 대응해서 살아남기 위한 몸부림이라는데, 결국은 낙엽이 되어 길거리를 뒹굴다 흙으로 돌아갈 것이다.

내가 좋아하는 충청도의 어느 정치가 영감님은 "해는 지면서도 서쪽 하늘을 벌겋게 물들인다."고 했는데 요즘 근황은 어떠한지 갑자기 궁금해진다.

멀리 안동호를 바라보면서 스타벅스 커피 한 잔으로 갈증을 채우고 있는데, 뭔가 여행을 떠나기 전 검색할 때 언뜻 보았던 단이 보인다.

　시사단이다. 길가에 표지판이 붙어 있다. 조선시대 때 영남 유생 칠천 명 정도가 안동호 수몰 전에는 너른 백사장이었을 저곳에서 하얀 두루마기를 입고 갓을 옆에 벗어둔 채 먹을 갈아 시험을 쳤을 것을 생각하니 그 광경은 엄청난 장관이었을 것으로 생각된다.

　책꽂이에 꽂아두었다가 지금은 없어진 유홍준 교수의 『나의 문화유적 답사기』 몇 편에 답안 제출한 사람만 삼천 수백이었다는 내용이 있었다. 주변에는 붓 파는 사람, 국밥 파는 사람, 종이 파는 사람, 엿 파는 사람, 술 파는 사람, 시험 중에 밖에서 기다리는 종놈 보따리 털려는 야바위꾼, 몸 파는 여자까지…… 별 잡스러운 생각이 다 든다.

　"시험 칠 때 감독하는 사람 있고, 커닝하는 사람 있고, 시험문제 호송하다 혹 유출될까 봐 몇 개 봉인해서 한양서 안동까지 오는데 보초 서고 과거날까지 또 보초 서고, 봉인 뜯을 때 입회하는 사람 있었을 테고. 사는 것은 예나 지금이나 똑같지?"

"그런데 퇴계 선생이 왜 그리 중요한 인물이야?"

"……그렇지?"

아는 대로 설명해본다.

"……아, 내가 생각하기에는 말이지. 한 나라가 있으면 그 나라의 지도 이념이라는 것이 있는데……. 고려 때는 불교가 지도 이념이었고, 조선 시대는 유교인데 우리나라는 성리학이라고 공자의 사상이 어쩌고저쩌고…… 양반문화가 어쩌고…… 일본은 사무라이 문화인데 어쩌고…… 그래서 도요토미 히데요시라고 임진왜란 일으킨 사람도 일본에서는 위대한 사람이지만 우리나라에서는 오백 년을 그래도 외침은 많았지만, 내전을 안 치르고 백성들이 살게 하는데 어쩌고…… 진시황도 폭군이었지만 동족상잔의 전국시대를 끝내서 위대하다는 거지…… 등등."

믿는지 안 믿는지 모르겠지만, 호기심이 발동해서 또 물어온다.

"아까 말한 천 원짜리 지폐는?"

"전에 답사반 시절에 안동을 방문했을 때 안동 사는 직원 친구가 가이드를 하면서 천 원짜리를 턱 꺼내는데 보니까 이 도산서원의 도산서당이 그대로 나와 있더란 말이야. 돈을 보면서 설명을 들으니 이해하기도 쉬웠고…… 지금 쓰는 신권은 그림이 바뀌었지……."

"성대 명륜당이 왜 지금 천 원 권에 있는고?"

"그건 모르지, 조폐공사에 한번 물어봐야겠는데?"

"꽃은?"

"매화 말이지? 그거는 좀 말하기 그런데……"

도산서원을 들어서니 박통 시절 도산서원 성역화 사업을 하면서 청와대에서 옮겨 심었는데 죽어버려 다시 가져와 심었다는 적송이 서 있다. 대학에서 미술사학을 전공하고 문화재청장을 지낸 유홍준 교수께서 『나의 문화유산 답사기』에서 '뜬금없어 했던' 바로 그 소나무다.

진입로 입구의 산에 있던 적송들은 멋있기만 하던데…….큰 소나무 사이로 조망하는 안동호는 멋있다.

　바로 뒤편에 도산서당이 보인다. 우리 어릴 적 시골의 논 열댓 마지기 농사꾼의 기와집 안채보다 초라하다. 도산서당 마당에 몽천이 있다. 퇴계 선생께서 도산서당을 짓고 동네 꼬마들 가르칠 때부터 "목마른 자들이 스스로 두레박으로 물을 퍼마셔야 하듯, 진정한 배움도 스스로 노력해서 체득하지 않으면 안 된다." 하시면서 직접 파신 우물이라 한다. 머리가 좀 좋아지려나 하고 물을 한 바가지쯤 퍼서 마시고 싶었지만, 배탈이 걱정되어 그만두었다.

　"그 매화는 뭔데?"

　아내가 궁금한지 재차 묻는다.

　"어, 퇴계 선생이 1570년인가 돌아가셨거든! 71세의 나이로……. 조선이 1392년에 건국되었고, 1492년은 콜럼버스가 신대륙 발견했던 해이고, 또 백 년 뒤 1592년은 임진왜란의 해였고······. 퇴계 선생이 남명 조식 선생과 동갑내기였지. 서로 교류도 하셨고."

괜히 유식한 척 해본다. 퇴계선생의 출생년도는 정확하게 기억한다. 남명 조식 선생과 동갑내기이기에. 그리고 내가 남명선생에 관심이 많기에.

"내 핸드폰 번호도 사실은 뒷자리를 1592나 1392로 하려고 찾았는데 없어서 할 수 없이 1492가 된 거는 알지?"

"아니······ 매화!"

"그래, 그래서 돌아가셨거든······. 마지막으로 제자에게 남긴 말이 '저 매화에 물 줘라.'였어!"

"그것 때문에 화폐에 그림이 올라온 것은 아닌 것 같은데?"

"퇴계 선생은 처복이 많아 장가를 두 번 갔거든······."

"처복 많아 장가를 두 번 가? 처복 많아 장가를 두 번 간다? 뭐가 좀 이상한데······?"

"원래 퇴계 선생이 부잣집 자제는 아니었는데 첫째 부인이 아들을 낳다가 돌아가셨어! 그런데 이 부인께서 땅 부잣집 외동딸이야. 부인이 돌아가시기 직전에 친정 부모들이 돌아가시며 재산 상속을 몽땅 해주었는데 곧바로 돌아가셨고, 모두 퇴계 선생 재산이 된 거지. 조선시대 때 〈분재기〉를 보면 딸이나 아들이나 재산을 똑같이 상속받았지."

땅 이야기가 나오니 호기심이 발동하는 모양이다.

"땅이 몇 평이나 되는데?"

"아마…… 계산해보자. 일 년에 천칠백 석이 나왔다고 하니 쌀로 치면 삼천사백 가마니지? 당시에는 농약도 없었고 하니 한 마지기에 두 가마니 생산된다 치고 천칠백 마지기쯤 되겠네. 논 한 마지기가 이백 평이니…… 좋은 머리로 계산 한번 해보시오."

"천칠백에 백 평이면 십칠만 평. 이백 평이면 삼십사만 평?…… 우와 많네!"

마누라는 땅을 좋아하는지 평수 계산이 빠르다.

"갑부지……. 옛날이나 지금이나 돈이 있어야 공부를 할 수 있는 것은 똑같다니까. 당시에도 있는 집 아이들 과외 시키고 서울에 방 얻어놓고 유학 다 보냈으니까! 원래는 할아버지가 돈이 있어야 하는데 이 양반은 처복이 있는 거지. 그야말로 돈 많고 명 짧은 과부에게 장가드는 거. 로또……."

"그리고 재혼?"

"그래, 그런데 둘째 마누라도 좀 일찍 죽었어! 그래서 40대 중반에 홀아비가 되었는데 당시에 고을 원님이 되면 관기들과 교류도 좀 있었겠지?"

"그래서?"

말하기가 좀 쑥스럽다.

"뭐, 천하의 퇴계 선생이라 해도 남자니까! 가수 싸이의 〈강남스타일〉 가사같이. 가사 알지? '나는 사나이, 점잖아 보이지만 놀 땐 노는 사나이'였던 거지."

그래도 말 나온 김에…….

"그래서 단양군수인가 할 때 어떤 관기가 반지도 사다 바치고 시계도 사다 바치고 그랬던 모양인데, 가진 게 좀 있다 보니까 일절 안 받았겠지? 그래서 딴 곳으로 발령받아 가면서 그 관기가 준 홍매화 분을 보고는 '이것은 안 받을 이유가 없지?' 하면서 애지중지 아끼며 매화 시도 여러 수십 수 남기고……."

"그래서 천 원짜리에 매화 그림이 들어가 있다고?"

"뭐 그리 알면 되겠다. 깊이 알 것은 없고. 아니 사실은 나도 잘 모릅니다."

"그럼 뒷면 그림은 뭔데?"

"그건 조금 있다가 설명해줄게!"

퇴계 선생께서는 아내로부터 받은 든든한 유산도 있고 해서인지 지금의 우리 나이쯤 되어서는 벼슬에 큰 관심이 없었던 듯하다. 지금의 도산서원 자리에 서당을 지어 후학을 가르쳤던 모양인데, 선생의 사후에 제자들이 십시일반 돈을 걷고 중앙정부의 지원을 받아 서원을 확장했다. 요즘의 고등공민학교가 주변 땅도 좀 사고 교육청에 줄도 좀 넣고 해서 정식 학교로 인가받는 것과 별반 다르지 않았을 것이다.

서원 내에는 유물전시관 '옥진각'이 있는데 생전에 선생이 쓰시던 유품들이 많이 전시되어 있다. 아내와 천천히 둘러보면서 자세히 훑어본다. 사실 조금 유식한 것처럼 '이빨 까기'에는 이런 유물 전시관보다 더 나은 곳은 없다. 사람이 살아가려면 나의 말을 들어줄 '평생의 좋은 도반'이 있어야 하는데 그래도 만만한 게 아니다.

조선에는 많은 천재가 있었는데 매월당 김시습이나 율곡 이이 선생, 다산 정약용 선생 같은 분들이 꼽힌다.

퇴계 선생의 주자학 사상은 너무 어렵고 고리타분하게 느껴져서 선생에 대해 잘 알지 못했는데, 옥진각에 있는 자료들을 훑어보니 선생은 그리 천재는 아니었던 것으로 생각된다.

안동지방에서는 퇴계 선생이 학문이 너무 높아 과거 정도는 우습게 알고 대충 했다는 이야기도 있는데 사실은 그렇지 않은 듯하고, 요새도 군대를 면하기 위하여 가방끈을 늘리는 사람이 있듯이 퇴계 선생도 군역(군대)을 면하기 위해 성균관에 입학했다는 이야기도 있다.

요즘으로 치면 9급 정도 시험인 진사시에 몇 번 떨어지고 나이 34세에 겨우 현재의 행정고시쯤에 해당하는 문과에 장원도 아닌 급제로 겨우 합격했으니.

당시에도 과거에 급제하면 요즘 시골에 가면 종종 걸리는 '우리 면 무슨 마을 아무개 차남 행정고시 합격' 식의 플래카드가 걸렸던 모양이다. 그러니 이현보 선생이 덕담을 했겠지?

"옛날에 과거 시험 문제는 어떤 식이었을까?"

마누라가 호기심이 발동한 모양이다.

"과거 시험 문제? 요즘하고 똑같다. 내로라하는 학자들 열댓 명이 호텔 방 잡고 문제를 내지. 합격자 가리기 쉽게 문제도 좀 꼬고 해서.

그러고는 임금한테 가서 낙점을 받고. 문제 유출될까 봐 핸드폰 절대 반입 금지시켜서 시험 치는 날까지 외부 사람 접촉 금지시키고 경찰 호송 하에 봉인 문제지 시험장으로 배달하고……"

도산서원에서 산 하나 넘으면 있는 퇴계 종택에 들렀다. TV 먹방으로 이곳에서 종갓집 며느리가 안동 느린 국수를 하는 것을 본 적이 있다. 국수 먹고 싶다.

퇴계 종택에서 봉화 청량산으로 가는 길가에 계상학림이 있다. 아마 선생께서 벼슬을 마다하고 낙향하시어 도산서당을 짓기 전에 이곳에서 공부도 하시고 후학도 양성하시고 했던 장소인 모양인데, 근래에 중건되었다.

지금의 천 원짜리 뒷면에 있는 겸재 정선 선생의 〈계상정거도〉와 비슷한 지형에 잘 복원된 듯하다('계상정거'는 냇가에서 조용히 지낸다는 뜻).

"아까 물어보았던 천 원짜리 뒷면 그림하고 비슷하지 않나?"

아내가 돈을 꺼내 유심히 훑어본다.

"그러네. 비슷한 것 같기도 하고."

"집 안에 한 분이 앉아 있는 것 보이지? 그분이 퇴계 이황 선생님이지! 겸재 정선 선생께서 퇴계 사후 200년쯤 후에 그렸는데 저 그림이 들어 있는 서첩이 삼성에 삼십 몇 억에 팔렸다 하더만."

직장에서 출장을 갈 때면 출장 준비를 하면서 이미 일의 팔구십 프로를 끝내놓고 출장과 복명을 통하여 일을 마무리 짓듯이 여행도 마찬가지다. 아내에게 있어서 나는 전지전능한 여행전문가이다. 여행 며칠 전부터 인터넷 검색이나 책 혹은 동영상 자료를 뒤져서 자료를 수집한다는 것은 아내가 모르기에.

봉화로 넘어가는 도로에서 차를 세워 고추밭 사진을 찍었다. 한국 조폭영화의 원조 격인 〈넘버3〉에서 조폭 두목 부인이 말한다. "세상

에 나 오지나를 감동시키는 건 딱 세 가지야. 캐시, 크레디트카드, 섹스!"라는 대사를 생각하면서 무심결에 한마디 해본다.

"세상에서 나를 감동시키는 것은 오직 한 가지야. 빨간 고추!"

아내가 "무슨 뜬금없는 소리야?" 하며 어이없어한다. 민망스러워서 괜히 변명해본다.

"뭐가 좀 이상하지? 나도 모른다. 왜 내가 가을의 감단풍과 빨간 고추를 보면 '삑' 가는지를. 가을이면 고추 보러 혹은 감단풍 보러 수백리 먼 길을 비싼 기름 때가면서 가야 하는지를. 나는 은퇴하면 밥 굶고 옷값 아껴 전 세계 고추 사진만 찍으러 다닐 거야!"

　아내와 함께하는 내 마음대로의 여행이 아내에게는 스트레스가 될지도 모를 일이지만, 그래도 내가 다니고 싶은 곳을 마음대로 갈 수 있다는 것이 좋다. 내가 가입해둔 몇 개 산악회와 걷기 모임엘 뜸하게 갈 수밖에 없는 이유도 내 마음대로 할 수 없다는 이유 때문이다. 아무도 관심을 가지지 않는 적벽강 아래 모래톱에 난 풀들을 들여다본다고 차 안에서 한 시간을 기다리게 하는 밉상을 그래도 기다려줄 사람이 그리 흔하겠는가?

　가까운 거리에 있는 이육사 문학관에 갔지만 혈기방장한 여고생들이 안을 메우고 있다. 조용히 감상하기는 좀 힘들 것 같다.

　도산서원에서 차로 십 분 거리에 있는 봉화 청량산으로 갔다. 단풍이 시작이다. 다음 주면 절정이 될 듯하다. 공기도 분위기도 청량하다.

청량산 입구에 유명한 맛집도 몇 군데 미리 검색해두었지만 준비해 간 김밥 한 줄로 늦은 점심을 먹었다.

청량산도립공원이 월출산이나 주왕산 정도의 규모는 되지 않지만 아름답기는 빠지지 않을 듯하다. 절 마당에는 중생을 내려다보면서 미소 짓고 있는 부처님에게 무릎을 꿇고 간절하게 기도를 드리는 여인이 있다. 나도 마음속으로 몇 년 후에는 저 산 위 어디에 걸려 있다는 출렁다리까지 갈 수 있는 다리 힘을 좀 달라고 부처님께 빌었다. 갈 길이 멀어 길을 내려가야 한다.

'아쉽다, 이 가을……. 아깝다, 저 단풍…….'

21 Fall
청송으로 가는 길

　지나가는 가을이 아쉬워 청송 주왕산과 주산지를 다녀왔다. 내가 본 청송의 만추와 추억을 정리하기 위하여 간단히 적어본다.

　올해는 찬 서리가 일찍 내려 벌써 가을 나무들의 잎마저 하얗게 변해버렸다. 세상 어느 단풍보다 내가 더 좋아하는 감나무 단풍을 올해는 더 이상 보지 못할 듯하여 아쉽다. 내 고향 청도도 올가을엔 갈 일이 없을 것 같다.

　대신 사과와 고추의 고장 청송으로 가자. 어쩌면 빨간 고추와 사과를 볼 수 있을지 모른다. 청송으로 가는 길!

　"이런 제목의 무슨 영화도 있었나?"

　청송 넘어가는 고갯마루에서 김밥 두 줄을 사고 어묵 한 봉지를 포장하였다. 주왕산으로 들어가려고 길 초입에 차를 올렸더니 '주왕산 10킬로미터 전' 이정표가 있는 곳에서 벌써 거북이걸음을 시작한다. 통박을 굴려보니 산의 입구까지 2시간은 걸리겠다. 거꾸로 돌자. 주산

지로 차를 돌렸다. 청송의 만추를 즐기기 위한 관광객들이 오전에 주왕산을 보고 오후에 주산지로 몰릴 것이다. 우리는 주산지 먼저. 주산지 진입로에는 주저리주저리 빨간 청송사과가 달려 있다.

　김기덕 감독의 영화 〈봄, 여름, 가을, 겨울 그리고 봄〉에서 동자승이 노스님과 같이 지냈던 호수 속 암자가 있던 곳에서 사진을 찍었다. 모든 것이 설명하기에는 너무 복잡하다. 동행한 사람에게 배 부분은 나오지 않게 찍어 달라 했더니 배 부분이 강조되어 있다. 옷이 접혀서(?) 배가 많이 나와 보인다. 호숫가에 서서 김기덕 감독을 생각한다.

　봄, 동자승은 장난으로 개구리 뒷다리에 돌을 매달고 뱀 입속에 돌을 넣는 악행을 저지른다.

여름, 청년이 된 동자승에게 서울서 병을 고치러 온 소녀와 폭풍우와 같은 사랑을 하게 된다.

가을, 여자를 못 잊어 하던 남자는 이미 결혼한 여자를 찾아가서 살인을 저지르고 이 암자로 스며든다.

겨울, 호수로 형사들이 찾아오고 하룻밤의 시간을 얻은 노스님은 청년에게 절 마당에 반야심경을 새기고 밤새 파게 한다. 형기를 마치고 출소한 청년은 고된 수행을 한다. 맷돌을 달고 산 위에 있는 불상으로 매일 끌어 올린다.

그리고 봄, 어느덧 청년은 노스님이 되어 있고 봄이 되자 노스님 앞에 보자기에 싸인 어린아이가 버려지고, 이 소년은 자라면서 다시 개구리 뒷다리에 돌을 단다.

물속에 뿌리를 내린 왕버들이 아름답다. 호숫가 단풍도 절정이다. 이 나무들도 정답게 새싹을 틔워 자라고 늙어가듯이 사람에게도 누구에게나 언제 어디서나 평생을 같이할 도반이 있어야 한다. 뜻이 같고 취향이 같고 이 가을과 같이 곱게 함께 물들어갈 수 있는 그런 도반! '생활이 나를 속일지라도'친구를 실망시켜서는 안 된다.

시간이 조금 이르다. 주왕산에서 차가 빠지려면 조금 더 있어야 할 것 같다. 가까운 국화마을엘 들렀다. 몽골 텐트 안에 들어가 상냥한 주인아줌마의 설명을 들으면서 감 이파리 문양 접시 위에 놓인 국화차도 즐기고 주왕산 입구에 도착하니 오후 1시다. 사과축제를 알리는

플래카드가 곳곳에 달려 있다. 넉넉하고 좋은 고장이다.

주왕산 입구에 늘어선 가게마다 산머루 등 그득한 가을들을 진열해두고 손님을 유혹한다. 어릴 적, 집에서 십 리나 떨어진 산길을 뛰어서 미군부대 막사 아래 철조망을 넘어 들어가면 머루, 다래, 포구, 송이, 산딸기 등이 지천으로 널려 있었던 기억 때문에 머루를 몇 송이 집어 들었다.

산 아래 절에서 보니 '기암'이란 주왕산의 상징 바위가 서 있다. 바위 아래 단풍은 시들어도 바위는 굳건하다. 청마 유치환 시인께서는

왜 "내 죽으면 한 개 바위가 되리라"고 노래했을까? 심심할 것인데. 나는 차라리 살아서는 애련에 물들고, 희로에 움직이고, 꿈꾸고 노래하다 죽어서는 죄 많은 예쁜 언니들이 많은 곳으로 갈 터이다. 심심하지 않게. 다만 나를 믿고 이 먼 곳까지 따라와 준 친구에게 항상 굳건한 바위같이 믿음을 주는 그런 사람이 되고 싶은 것은 청마 선생과 같다.

오늘은 버티컬 리미트(Vertical Limit)를 즐기러 온 것이 아니다. 그냥 1, 2, 3폭포를 돌아 주왕굴에 들르는 짧은 코스를 잡았다. 3시간쯤 걸리려나? 느린 사람은 오래 걸릴 테고 빠른 사람은 1시간쯤 걸릴 것이다.

구석구석 절경 아닌 곳이 없다. 옛 선조의 글귀가 아니라도 "선경이 어디메뇨? 여기인가 하노라."다. 역시 여행은 조용히 내 박자에 맞출 수 있는 사람들과 같이 갈 수 있는 게 좋다.

청송 주왕산의 압권은 1 폭포도 아니고 2 폭포도 아니고 3 폭포도 아닌 바로 '대갓집 병풍의 그림'처럼 늘어선 기암절벽을 관망할 수 있는 전망대인 것으로 보인다. 그러나 무엇보다 좋았던 것은 바로 이 경치보다 오가는 길에 두런두런 마음을 터놓고 이야기할 수 있었던 내 친구 '동팔이'였다는 생각이 든다.

동팔아, 고맙다!

23 Fall

순천만 짱뚱어탕과 잎새주

　지난 목요일과 금요일 양일간을 남도에서 보냈다. 국립암센터에서 주관하는 세미나에 자청해서 참석한 것은 순전히 잔머리 때문이다. 목요일 오후부터 금요일 오전까지 진행되는 타 기관 주최 세미나여서 대충 시간을 때우고 나면 출장비로 여행경비를 충당할 수 있겠다는 생각이 들었다. 원래 어설픈 중은 염불에는 관심이 없고 잿밥에 더 관심을 가진다고 하는데 사실 중에게 잿밥 없이 종일 염불만 하라고 하면 무슨 힘이 나겠는가?

　제단 위에 놓인 고봉 잿밥이 있기에 염불 소리도 커질 수 있는 법이고, 하늘을 나는 비둘기도 마음이 콩밭에 가 있기에 힘을 내어 날 수 있는 법이다. 세미나를 마치고 나니 마음은 벌써 콩밭에 가 있다. 동행한 직원들이 향일암을 보러 가자고 했지만 운전대를 잡은 내가 말발을 세운다.

　"그쪽은 부산 가는 방향도 아니니까 순천만 갈대밭을 보고 선암사에 들렀다 갑시다."

순천까지 40분 정도 돈 안 내는 고속도로를 땡겼다. 순천만을 향해 달리다 보니 순천만 갈대밭 초입에 밥집 간판이 보인다.

TV 캡처 화면이 집에 많이 붙어 있다. 맛집을 많이 다루는 〈VJ 특공대〉나 〈생생정보통〉에 소개된 정도라면 틀림없이 맛있을 것이다. 어젯밤에 소주와 횟감으로 배를 채워둔 데다 아침을 든든히 먹어두었기에 아직 배는 고프지 않다. 내심 이곳에서 밥을 먹기로 정해두고 순천만을 먼저 둘러본다.

몇 년 전보다 너무나도 깔끔하게 정리된 순천만 갈대밭은 더 이상 내가 가보고 싶은 곳이 아니다. 마치 우리가 젊은 시절에 둘러보았던 을숙도가 지금은 아무 느낌도 없듯이.

이곳 탐방로는 이제 갈대열차를 타지 않고는 들어갈 수 없다. 나는 김승옥 작가의 『무진기행』 이야기가 있을 순천문학관을 보고 싶은데, 갈대열차는 많이 기다려야 한다. 용산에는 올라가지 않았다. 단지 옛날 추억을 새기면서 대대 둑방길을 걸었다. 오른쪽의 넓은 논에는 추수가 다 끝난 모양이다. 볏집더미를 비닐로 둘둘 말아 놓은 건초더미들이 마치 마시멜로같이 논 중간중간에 뿌려져 있다. 자전거를 타고 언젠가는 이 둑방길을 달려보아야 한다. 정자에 올라 순천만을 감상한 후 서둘러 선암사로 가기로 하고 식당을 찾는다. 한창 붐벼야 할 시간인데도 손님이 별로 없다. 썰렁하다. 몇 년 전 벌교 시내 제일회관에서 먹었던 짱뚱어탕이 생각나서 꼬막정식 2인분에 짱뚱어탕 1

인분을 주문한다.

상을 내오는 데 보니 이건 남도 음식이 아니다. 몇 년 전에 벌교 시장통 제일회관에서는 2인분 꼬막정식에 적어도 벌교 꼬막이 한 바가지 나왔는데 겨우 10개 정도의 꼬막이라.

누구 마음대로 단장해 놓은 갈대밭부터 모든 것이 이상하게 마음에 들지 않는다. 짜증이 조금 난다. 짱뚱어탕 그릇도 이중바닥이 되었는지 양이 너무 적다.

숟가락을 꽂아보니 깊이가 아니다. 애꿎은 서빙이모를 부른다.

"이모, 요즘 짱뚱어값 비싸요?"

"네……?"

"옛날에는 숟가락도 자루까지 푹푹 담겼는데 이리 얄아가지고 제대로 한탕 하는 기분이 나겠습니까? 꼬막도 몇 개 안 되고. 이모가 사장이요?"

시커먼 사람 셋이서 경상도 말로 다그치니 이모가 좀 당황한 듯하다.

"저는 사장이 아니고…… 식당이 개업한 지 일주일밖에 안 되어서……. 죄송합니다."

아직 일이 익숙하지 않은지, 술꾼을 많이 접해보지 않았는지 슬쩍 자리를 피한다. 기분을 좀 상한 표정이 역력하다. 며칠 못 버틸걸?

그릇부터 메뉴판까지 세월이 묻어나는 집은 아니다.

"이모, 소주 한 병 달랬더니!"

기세에 눌렸는지 잰 걸음으로 소주를 대령한다. 역시 초짜가 분명하다.

"이모보고 뭐라 하는 것은 아니고. 그래도 뭐 좀 그렇지요?"

살짝 달래본다. 기왕에 나온 음식, 투정한다고 꼬막이 더 나올 것도 아닌 것 같다. 패도 주인을 패야지 월급 몇 푼 받으려고 나온 애꿎은 종업원 팰 일이 있겠나? 화제를 바꾼다.

"마, 술이나 한잔 따라주쇼!"

역시나 술은 잎새주다.

"우리 경상도에서는 옛날부터 소주를 '쐬주'라고 부르는데 잎새주라. 이름 참 잘 지었네!"

"소주병에 보면 이파리가 다섯 개라 여기서는 '오잎주'라고도 하는데."

여자가 기분이 조금 풀렸는지 한마디 거든다.

"그래요? 그러고 보이 그러네. 오입주라. 이거 마시고 오입을 하면 오입이 잘된다는 말이지요? 재밌네! 경상도에서는 좋은데이를 많이 마시는데 어떤 놈은 좋데이라 부르기도 하고 많이 마시면 × 된다고 × 된

데이라고도 하는데."

싱거운 이야기가 오간다. 소주를 두 잔 연거푸 마셨더니 동료가 걱정되는지 묻는다.

"술 마시고 운전이 되겠나? 몇 잔 더 하려면 내가 운전하고."

"됐다, 마. 나는 술을 홀수로는 안 마신다. 일, 삼, 오, 칠, 텐으로 마시지."

"홀수론데 텐은?"

"열 병, 서른 병, 오십 병이지."

볶아놓은 게가 바삭해서 맛이 괜찮다.

"이모, 이 게는 이름이 뭐요?"

"칠게라고 하는데."

"왜 칠게라고 하요?"

괜히 또 트집을 잡아본다. 동료가 슬쩍 도와준다.

"아따, 다리가 일곱 개라 칠게라 하겠지!"

"다리가 짝수로 있지 홀수로 있나?"

"양쪽으로 세 개씩 하고 또."

생각해보니 그런 것 같기도 하고 아닌 것 같기도 하다.

"그럼 암놈은 육게고 수놈은 칠게고 그러냐? 허허허."

농담이 진한지 서빙이모가 조금 민망스런 표정을 짓는다. 험한 세상을 살아가려면 때가 더 묻어야 한다.

"이모, 딴 데 가면 다 종업원도 중국산이면 중국산, 국산이면 국산

해서 원산지가 표시되어 있던데 여기는 원산지 표시가 왜 없어요? 원산지 표시 제대로 안하면 식품위생법 위반이 되어 처벌 받는 것은 아시지요?"

대충 먹고 밖엘 나오니 어떤 남자분과 주인아주머니가 대봉감을 길가에 진열하고 있다.

비싼 밥 먹고 엉뚱한 서빙이모만 괴롭혔다 생각하니 주인아주머니가 괜히 좀 미워진다. 말을 걸어본다.

"아지매, 밥 잘 무쓰요! 그런데 여도 대봉감이 나나? 파는 거요?"

"예, 사장님들. 대봉감 좀 사가세요. 맛있어요! 우리 시숙이 산에서 따온 건데."

"산은 뭐, 주위에 산도 없는데 밭에서 땄겠지. 그런데 두 단입니까?"

두께를 보니 한 단인데 그냥 한번 물어본다. 개수가 열 개쯤 된다. 2만원이란다. 좀 많이 비싸다. 올해는 감이 풍년이라 값이 똥값인데. 하동 출신 우리 직원에게서 저런 대봉감을 30개에 2만 5천 원을 주고 사서 집에서 홍시 만들고 있는 중이라는 이야기를 들었다.

"시숙께서 감 팔아도 억시 남는 것도 없겠네! 수수료 한 5천 원 떼어주고 나면. 올해 감이 대풍이라 양이야 많이 났겠지만."

여자가 웃으며 대답한다.

"아직 여기 시골 인심은 그렇지 않아요! 시숙에게 뭔 수수료를?"

큰길가 삼거리에 건물 하나 지어놓고 펜션도 하고 밥집도 하고 통닭집까지 벌려놓은 여자에게 통 정이 가지 않는다. 밖으로 나와서 보니 올 때 보아두었던 방송출연 맛집은 맞은편에 있었다. 식당을 잘못 들어간 것 같다. 벌교읍내 시장통 제일회관 할매가 푸짐하게 담아내던 꼬막이 그립다. 밥집은 아무나 해서는 안 되고 개발은 천천히 해야 한다. 이번 밥집은 좀 실망스럽다. 그나마 다행인 것은 내가 밥값을 계산하지 않았다는 것뿐이다. 비싼 밥 사주고 욕 들을 뻔했기에.

24 Fall

마산 저도 콰이 강의 다리

요새 TV 광고에 보니 평생을 앞만 보고 살아왔다는 '암만바' 씨란 분이 오리온에 스카우트되어 껌 선전을 한다. 본받아야겠다. 내가 노상 놀러 다닌다 하니까 '할 일이 없어 놀러 다니다 보다.' 하고 생각하는 사람이 많다. 어찌 보면 사람이 실없이 보이기도 한다. 놀러 다니면 밥이 나오나? 돈이 나오나? 암만바 씨처럼 항상 앞만 보고 생산적인 일을 해야 한다.

사실은 내가 노상 놀러 다니는 것도 말을 안 해서 그렇지 사실은 땅을 보러 다니는 것이다. 언젠가 돈이 생기면 살 땅을 보러 말이다. 이렇게 이야기하니 안 믿는 사람들이 많다. 그래서 오늘은 좀 믿어 주십사 하는 마음에서 사모님들을 모시고 마산 쪽에 땅을 보러 가서 기록을 남기기로 했다.

요새 마산 쪽이 좀 뜬다 해서 마산 합포구 구산면 저도라는 곳엘 가게 되었는데, 일명 '콰이 강의 다리'라 불리는 연륙교가 있다. 원래 '콰이 강의 다리'는 영화에서 일본군 포로로 잡힌 영국군들이 건설하는데, 여기는 바다라서 그런지 해적들이 건설한 모양이다. 저 유명한 후크 선장이 직접 시멘트 공구리를 치는 모습이 입구에 연출되고 있다.

영화에서는 콜로넬, 그러니까 중령인지 대령인지 모르겠지만, 그 사람의 지휘 아래 다리는 건설되고 다시 영국군의 명령으로 다리가 폭파되고 마는데.

콰이 강의 다리! 가만히 보니 저것이 앞으로 돈이 될 것 같다. 오늘은 목돈을 빌려줄 수 있는 권한을 가진 은행 지점장님 한 분하고 부동산 중에서도 특히 변두리 아파트를 잘 본다는 펀드회사 부장님 한분 외에 그래도 돈 좀 있다는 유한마담들을 모시고 나는 운전기사를 자청해서 왔다. 다리 위로 올라가 본다. 한 사모님이 바닥부터 유심히 살펴본다.

"땅보다는 이 다리를 뜯어 팔면 돈이 되겠네."

자기가 무슨 영화 〈귀여운 여인〉에 나오는 남자 주인공 '리처드 기어'정도 되는 줄 착각하는 모양이다.

삼랑진에 가도 이런 다리가 하나 있다. 차가 두 대는 비킬 수 없어 양쪽 경비 두 사람이 수신호를 하는지 어찌하는지 좌우간 차가 잘 지나다닌다고 한다. 이 다리도 내가 보기에는 티코는 다녀도 그랜저는 못 다닐 것 같은 폭인데, 트럭도 잘 지나 다녔다고 한다. 트럭이 지나갈 때는 사람들이 난간에 매달려 있어야 하나?

다리의 난간에는 자물쇠가 많이 걸려 있다. 한 사모님이 중국 황산 여행을 갔을 때도 이런 자물쇠가 엄청나게 많이 달려 있었다고 한다. 아니 장가계라 했던가? 나는 가보지 못했기 때문에 정확하게 어디인지는 모르겠다.

소문에 의하면 이곳에 자물쇠를 걸어두고 열쇠를 저 아래 급류에 던져버리면 그 열쇠를 지나가는 아가리가 큰 '아귀'라는 물고기가 삼키고 그 아귀가 잡혀 마산 오동동 아구찜 집에서 그 열쇠를 던진 당사자의 테이블에 요리로 올라오기 전까지는 사랑이 유지된단다. 던지고 나서는 두 사람이 손을 꼭 잡고 다리를 건넜다가 다시 돌아오게 되면 아귀가 요리되는 것과 상관없이 영원불변의 사랑을 이룰 수 있다고도 한다. 나도 한 사모님의 손은 못 잡고 소맷자락을 몰래 잡고 다리 위를 걸어보았다. 몇 발짝 가지 않아 손을 떨치기는 왜 떨치는지 모르겠다.

미라보 다리 아래에는 센 강이 흐른다는데, 콰이 강의 다리 아래에는 콰이강 펜션이 있다.

마산시 합포구 구산면과 저도를 이어주는 다리 아래에 자리 잡은 펜션의 데크에 앉으면 세상의 모든 다리가 다 생각날지도 모른다. 미라보 다리, 콰이 강의 다리, 매디슨 카운티의 다리, 워털루 브리지, 금문교, 퐁네프 다리, 추억의 영도다리, 해운대 마린시티 80층 아파트에서 내려다보이는 광안대교……. 다리들은 대체로 낭만적이다.

미라보도 그렇고 매디슨 카운티도 그렇고 워털루 브리지(애수), 퐁네프의 연인들, 〈굳세어라 금순아〉의 영도다리 까지.

콰이 강의 다리와 흡사한 저도 연륙교. 말하자면 육지와 육지를 연결하는 저도에 걸려 있는 다리라는 이야기겠지? 원래 모든 다리는 육지와 육지를 연결하는 용도다. 우리 세대는 거의 전부 다리 밑에서 주워온 서러운 세대들이다. 영주 부석사 가는 길에 보면 순흥이란 곳에 '선비마을'이란 마을이 있는데, 그 선비마을에 순흥 청다리가 있다.

여차여차하여 그곳에서 "너는 다리 밑에서 주워왔다."는 고사가 생겨났다고 하는데 한번 검색해보기 바란다.

대궐 앞에 엎드린 수양이 단종을 협박한다.

"전하, 이 부덕한 숙부가 어찌 감히 대통을 물려받을 수 있겠나이까?"

겁에 질린 단종이 옥쇄를 건넨다.

"내가 나이가 어리고 중외의 일을 알지 못하는 탓으로 이제 대임을 영의정에게 물려주려 하노라."

동부승지 성삼문이 옥쇄를 수양에게 한동안 넘기지 못하고 쥐고 있다. 수양대군이 성삼문을 빤히 쳐다보면서 옥쇄를 빼앗는다. 피바람이 불 것이다.

수양대군이 계유정난을 일으켜 김종서 등을 죽이고 단종을 영주 인근의 영월 청령포로 유배를 보냈다. 또 단종의 형제인 순흥대군은 안홍으로 위리안치를 시키는데, 순흥대군이 단종 복위운동을 하다가 발각된다. 큰 고을은 쑥대밭이 되고, 강에 버려진 시신들의 피가 피끝마을까지 흐르고, 오갈 곳 없는 반가의 아이들은 순흥 청다리 아래에 모인다. 순흥 청다리!

이곳 저도에도 장래 명소가 될 비치로드가 조성 중인 모양이다. 제주에는 올레길이 있고, 저 스페인의 피레네 산맥에는 '카미노 데 산티아고(산티아고 순례길)'가 있다.

산티아고 순례길 모습은 우리에게는 〈깊은 밤 깊은 곳에〉란 영화의 원작자로 잘 알려진 시드니 셸던의 『시간의 모래밭』이란 소설을 읽어보면 실감 나게 볼 수 있겠는데, 혹시 시드니 셸던 같은 천재 작가라도 이 섬을 방문하여 한 편 글이라도 쓰게 된다면 뜨는 것은 한순간이겠고 땅값 오르는 것도 당연지사일 터다.

『시간의 모래밭』이란 소설에서 딱 한 장면만 떠오른다. 수녀원을

탈출한 한 금발의 수녀가 배가 고파 전당포에 훔쳐나온 금 십자가를
잡히러 간다. 전당포 주인이 순진한 수녀를 보고 금 십자가를 날로
먹으려고 한다. 그러자 수녀가 돌아 나가면서 한마디 한다.
"차라리 내 몸을 팔겠어요!"

우리도 비치로드를 한 바퀴 걸어본다. 길은 숲으로 바다로 이어지
다가 끝내 마을로 이어진다.

마을 아지매들에게 물어보니 저도 내의 마을에는 13가구가 사는
모양이다. 이제는 마산시에 주차장 용도로 팔린 밭에서 뽑아낸 배추
를 동네 아낙들이 내놓고 팔고 있다. 배추는 한 포기 천 원, 세 포기

2천 원이다. 우리는 땅을 보러 왔기에 땅값을 물어본다. 약 오백 평 정도의 땅이 시에 7억 5천에 팔린 모양이다. 평당 150만 원이다. 주말이면 관광객들이 많이 와서 주차할 곳이 많이 모자라는 모양이다. 해변을 따라 걷다 보니 어느 덧 해거름이 된다. 물이 빠져나간 자리에 동네 아주머니 한 분이 저녁 반찬거리를 장만하려는지 조개를 캐고 있다.

내 마음의 로망이다. 마누라가 조개를 캐서 아이들 공부도 시키고, 남편 노름 밑천도 대주고. 동행했던 한 사모님에게 은근하게 물어본다.

"우리 도망 와서 여서 살자 마."

"뭐 먹고 살려고?"

"당신이 개펄에 나가서 조개를 캐다 팔아서……."

"그럼 니는 뭐하고?"

"나는 오토바이만 한 대 사주면 당신이 캐놓은 조개를 시장에 내다 팔고 돌아와서 캐놓은 조개 또 팔러 나가고 산방도 좀하고……."

"산방이 뭐야?"

"산방? 산불방지! 겨울철 한 대여섯 달 동안 월 백은 나올 텐데. 괜찮다."

"마, 대쓰요!"

'콰이 강의 다리'위에서 내려다본 펜션 '콰이강'이 아름답다. 고등학교 10년 후배가 경영하는 곳인데 장소가 절묘하다. 바로 영화 〈콰이 강의 다리〉의 마지막 장면에서 강물이 줄어 폭파 인계선이 드러나서 발각될까 봐 모래를 던져서 덮어주던 딱 그 자리다.

선착장에서는 낚시를 할 수도 있다. 널찍한 터에 건물이 깔고 앉은 평수만 백여 평은 될 듯하다. 땅을 많이 보러 다녔지만 이렇게 절묘한 자리에 앉은 펜션은 처음 본다. 올해 인수해서 지금은 증축을 조금 하는 것 같다. 꼭대기 층에는 커피숍을 하고, 방을 대여섯 개 더 넣을 모양이다. 앞으로 빈대 붙기에는 그만일 것 같다.

우리가 땅 구경을 하는 동안 아파트 물건만 주로 본다는 황 부장은 급류 앞에 서서 풍전등화 앞에 놓인 조선을 염려하던 이순신 장군의 뜻을 새기노라고 고기는 못 잡았다고 한다. 딱 한 마리!

"나는 패도 한 놈만 패는 스타일이라서……."

변명이 그럴 듯하다. 오늘은 사실 땅을 보는 것도 중요하지만, 학교 후배가 준비한 굴구이를 먹으러 여기에 왔다. 삶은 굴을 준비하는 동안 일곱 척의 배로 왜선 백여 척을 수장시켰다는 저 울돌목의 물살보다 더 거칠다는 이곳에서 잠수하여 따왔다는 해삼을 먼저 맛보라고 내온다.

요새 중국과 일본이 해삼 전쟁을 한단다. 중국 요리에서는 최고의 식재료로 꼽힌다는 해삼. 해삼은 등의 돌기가 몇 줄이냐에 따라 등급이 매겨진다는데, 이곳 해삼은 최고로 친다는 5줄 돌기가 선명하다. 후배가 고맙다.

커다란 굴을 두 솥이나 내온다. 두 솥을 끓여내고도 한 솥을 더 끓여낼 모양이다.

굴이라. oyster. 카사노바가 즐겼다는 굴. 서양에서는 월의 영어로
R 자가 들어가지 않는 달은 굴을 먹지 않는다고 한다. 즉 굴의 산란
시기인 May, June, July, August에는 먹지 않는다는 이야기겠지?

그게 몇 월이냐고? 차례대로 세어보시라. January, February……

후배는 "선배님들, 오늘 실컷 자시고 굴 값 5만 원만 주시면 되겠습
니다. 선배님들 모시는 것만 해도 영광입니다."라고 인사를 한다.

굴에 물이 제대로 올랐다. 굴을 손바닥에 놓고 근접 촬영을 하고
있으려니 한 친구가 말한다.

"이 인간이 또 무슨 야한 이야기를 하려고 사진을 찍노? 니, 굴은
생긴 모양에 따라 맛이 다 다릅니다. 뭐 그따구 이야기를 하려고 그

러지?"

뭐 굴이 모양이 다르다고 맛이 다 다른가? 모양에 상관없이 다 맛있다는 이야기지!

일본 영화 〈담뽀뽀〉에 보면 식도락가인 조폭 두목이 바닷가에서 굴을 먹다가 날카로운 굴 껍데기에 입술을 베여 피가 난다. 근처에서 굴을 따던 예쁜 해녀가 갑자기 식욕이 동해 혀로 그 피를 핥는다. 일본의 해녀들은 하얀 잠수복을 입는다. 섹시하다! 계란 노란자를 터지지 않게 입으로 주고 받는 놀이도 역시 섹시하다.

새로 난 다리에 조명등이 켜지고 '콰이 강의 다리'는 조용히 숨을 죽인다.

부지런한 후배가 밖에 모닥불을 피우더니 전갱이 새끼를 굽는다.

'메가리'라 하던데 맛이 기가 막힌다. 예부터 '어두육미'라고 하는데 역시 대가리까지 먹는 게 맛있다.

아마 혼자서 소주 두 병은 마신 듯하다. 일행 중 술 먹는 사람이 두 명뿐인데, 소주는 근 5~6병 없앤 것 같다. 나머지 사람들은 한두 잔? 나는 혼자 두 병? 더 먹은 것 같기도 하고. .

기사 자격으로 따라왔는데 운전이 걱정이다. 2시간 안에 술이 깨야 할 텐데. 오늘은 기분이 좋아 브레이크가 전혀 작동이 안 된다.

누가 콰이 강의 다리 아래에서 〈밤하늘의 트럼펫〉이라도 연주해 줬으면 더욱 좋겠다. 아니면 누가 와서 색소폰으로 〈슬픈 로라〉를 연주해준다면 더욱더 좋은 밤이 될 듯도 하다.

술이 깰 동안 노래방 기계를 틀어놓고 조용하게 포크송을 불러본다. 〈긴 머리 소녀〉, 〈편지〉, 〈애심〉, 〈눈이 큰 아이〉…… 등.

대장내시경 한다고 관장하듯이 물을 열맷 컵 마셨지만 술이 깨지 않는다. 기사는 업무 중에 술을 먹으면 절대 안 되는 것인데.

돌아오는 길!

한 사모님에게 대리운전을 부탁했더니 내비가 계속 경고음을 울려준다.

"이 길로 가시면 먼 길로 돌아가시게 됩니다."

밤이 되니 방향 분간이 안 된다.

"외제 차만 탔더니 국산차는 허리가 아파서 운전을 못 하겠다."면서 키를 도로 준다.

큰길가에 차를 몇 번 대고 사모님들이 보거나 말거나 물을 계속 버린다. 운전대를 잡고 어찌어찌하여 목적지에 도착했다. 즐거운 하루였다.

원한이 있거나 서러움이 많은 사람은 동해로 가고 사랑이 아쉬운 사람은 남해로 가라고 하는 말이 있다. 동해안에 가면 가슴이 뻥 뚫릴 것이고, 남해안에 가면 리아스식 해안에 정겨운 바다와 아기자기한 이야기가 많기에.

어쨌든 나를 믿고 목숨을 기꺼이 맡긴 분들에게 고마운 마음을 전한다. 앞으로는 음주운전 하지 말아야 되겠다.

펜션 '콰이강'의 주인장 후배!

들기로는 방값, 굴값, 해삼값, 고깃값 해서 20만 원 줬더니 극구 사양하더라는 이야기를 들었는데, 마음 씀씀이가 너무 고마워서 아주 즐겁고 푸근한 하루를 보냈네. 가게가 번창하기를 빌며 초심 잃지 않기를 바란다.

여기서 초심 잃지 말라는 뜻이 뭔지는 알겠지?

"뭐, 앞으로도 좀 잘 봐달라는 이야기지!"

25 Fall

표충사 한계암

깊어가는 가을이 아쉬워 아름다운 여인과 밀양 표충사 한계암에
올랐다. 표충사 절문을 들어서서 한적한 산길을 한참 올랐다. 차가
더 이상 갈 수 없는 곳에 차를 세우고 산길을 또 오랫동안 걸어 올랐

다. 모퉁이를 돌기를 몇 차례 하다 보니 벼랑위에 걸린 한계암이 나타난다. 여느 절집과는 모습이 확연히 틀린다. 법당을 중심으로 요사채 두 채가 있고 요사채 아래로는 양 갈래 폭포수가 쏟아져 내린다. 물은 아래의 작은 소(沼)에서 만나고 마른 낙엽들이 떠 다닌다. 좌측으로 난 길을 올라가니 길은 또 두 갈래로 갈라진다. 한쪽의 시멘트 다리로 건너는 길은 밧줄로 경계를 쳐놓았다.

웬만하면 사람들이 '가지 않는 길'로 건너보고 싶었지만, 시멘트 다리가 내 무거운 체중을 견디지 못할 것 같다. 새로 놓은 출렁다리를 흔들며 건넜다.

통도사의 말사인 밀양 표충사의 자그마한 암자 한계암. 사실은 소문으로 이 한계암에서 수도하시는 스님이 법력이 높으시다기에 고민을 좀 상담하러 무릎팍도사 대신 찾아온 것이다.

출렁다리를 흔들며 건너 사립문을 열고 암자 안으로 들어가 본다.

산에서 호스를 달아 바로 내린 듯한 우물이 있다. 물을 마셔보니 단맛이 나는 게 맛이 좋다. 원래 술집에 가서 첫 잔의 술맛이 달면 그날은 폭음하게 되는 법인데, 물맛이 단 것이 무슨 의미가 될지는 모르겠다. 요사채의 벽면에는 '한계암'이라고 적힌 소박한 간판이 붙어 있고, 양철로 된 지붕 아래 처마 밑에는 곱게 빚은 곶감이 매달려 있다.

한참을 두리번거렸으나 집안에는 인기척이 없다. 문을 열어볼 수도 없어 혹시 용맹정진하시는 노스님이 계신다면 수행에 방해되지 않을

까 염려도 되었지만, 기왕 절집에 온 김에 시주라도 좀 해야겠다 싶어 아무렇게나 놓여 있던 빗자루를 들고 낙엽을 쓸어내려 본다.

그러고는 요사채 옆에 붙어 있는 자그마한 법당으로 들어가서 부처님께 불공을 드리고 시주를 했다. 불공을 드리고 나오니 저 아래 출렁다리 옆에서 전화하던 아주 인자하게 생기신 보살 한 분이 나타난다. 연세는 예순아홉이다. 보살님이 방문한 연유를 묻는다.

"하던 사업이 잘 안 되어 여기로 튈까 싶어서……."

평소 하듯이 농반진반으로 무심결에 이야기했더니 보살님이 정색하면서 한마디 하신다.

"절집에 와서 거짓말을 하시면 안 되고. 어디서 오셨나요?"

자세를 고치고 대답한다.

"부산에서."

방안을 들여다보니 이곳을 다녀간 신자들이 가져다준 사진들로 벽면이 장식되어 있고, 헌 TV 한 대에 전화기 한 대가 달랑 놓여 있어 살림이 단출하다. 보살님이 방엘 들어오기를 권하더니 차를 내온다.

"보살님, 여기 전화기가 있는데 우예 저 다리 건너서 핸드폰을 하셨던가요?"

핸드폰이 여기서는 잘 안 터지는 모양이다.

"여기는 전화가 잘 안 터져요. 전화를 해야 할 때는 이 유선전화기로 하는데 문자를 보내야 할 때도 있으니까."

법당 건너편에 있는 암자가 스님이 기거하시는 곳인 모양이다. 벼랑 아래에 심어진 감나무에는 아직 감이 제법 달려 있는데, 딸 방법이 없어서 까치밥으로 남겨둔다고 한다. 이런저런 이야기가 오간다. 얼마 전에 보았던 〈인간극장〉 이야기가 나온다.

밀양 청도면에 사시는 여든쯤 되는 노인네 이야기와 모친이야기가 나오고, 감 따는 기계 이야기도 나온다.

이야기를 해보니 보살님은 상당한 내공을 가지신 분이다. 괜히 깊이 이야기를 이어가다가는 내 무식만 드러내놓는 꼴이 될까 봐 말이 좀 조심스러워진다. 성철 스님, 만공 스님, 경허 스님 이야기를 하다가 화제를 슬쩍 돌린다.

"보살님, 저도 수양을 좀 하려는데 화두를 뭘로 삼을까요?"

"글쎄요? 수양을 하려면 화두가 있긴 있어야 하는데."

옛날에 읽었던 불교 관련 서적을 빗대어 이야기를 끌어볼까 하다가 포기했다. 사실 젊을 때부터 고민이 많아 불교에 관심이 많았다. 고등학교 시절에는 책상머리에 『해탈의 긴 여로』니 헤르만 헤세의 『싯다르타』 따위를 펴놓았다가 아버지에게 뒤지게 터진 적도 몇 번 있었다.

"보살님, 원래 절 밑에 배고픈 중생들이 많은 법인데 여기는 절 밑보다 어째 더 배가 고파 보여요!"

음식을 나르는 데 대한 애로사항과 겨울 난방을 장작으로 하는 데 의외로 돈이 많이 든다는 이야기, 등산객들이 십시일반 음식을 날라 준다는 이야기 등 산사의 이야기가 펼쳐진다.

지난번에 콰이 강의 다리에 갔다 왔더니 방안에서 내려다보이는 폐쇄된 다리가 궁금해진다. 폐쇄된 돌다리 같아 보이는 다리는 실상은 시멘트 다리라고 한다. 옛날에 부산 철도 공작창 장으로 계시던 분이 이 암자의 독실한 신자셨는데 다리가 없음을 내내 안타까워하시다가 하루는 일개 소대 병력쯤 되는 직원들과 시멘트 포대기와 철근을 지고 와서는 뚝딱 건설해주고 간 다리라고 한다.

흔들다리는 시멘트 다리가 오래되자 역시 이 암자에 오르내리던 밀양시에서 경남도로 예산국장으로 승진해 가신 한 분이 힘을 좀 써줘서 새로 놓았다고 하는데, 이마저도 오래되어 조금 위태로운 모양이다. 토, 일요일은 보살님이 호루라기를 들고 다리 못 흔들게 하는 것이 하루 일과라는 말씀도 해주신다. 아까 다리를 건너면서 다리를 흔들었던 것이 들킨 것 같아 겸연쩍다. 흔들다리라고 다 흔들면 안 되겠다. 써니텐도 아닌데.

우리가 일어서려는 기척을 보이자 싹싹하신 보살님은 붙임성 있게 "미리 연락하고 오셨다면 공양이라도 하고 가실 텐데 아쉽다."라는 말씀도 하신다. "다음에 제가 올 때는 배낭에 쌀 가득하고 소고기라도 좀 사오겠다." 했더니 육식은 일절 안 하신단다.

공책 한 장을 뜯어 예쁜 필체로 '한계암'이라고 적고는 핸드폰 번호를 적어주시면서 다음에 꼭 놀러 오라는 당부를 하신다. 약속은 하고 왔지만 다음에는 적어도 쌀 한 포대기쯤은 배낭에 지고 올라가야 할 셈인데 언제 한번 찾아뵐 날이 있을지 모르겠다.

내려오면서 자세히 들여다보니 시멘트 다리 아래에는 '1976년 11월 24일 준공'이라고 적혀 있다.

머리에 든 게 별로 없다 보니 고민 몇 가지 카운슬링 받으러 갔다가 대화도 제대로 못 나누고 빚만 지고 왔다. 이제 늦가을이 아니고 초겨울인 듯 해가 짧다. 어둑해지는 산을 뒤로 한 채 발걸음을 재촉하여 아내와 산을 내려왔다.

겨울
Winter

26 *Winter*

정초에 생각나는 몽치미[木枕] 사건

설날.

아침에 차례를 지내고 나니 연례행사처럼 동생이 드라이브를 가자고 한다. 동생 내외, 집사람과 함께 음력 새해 첫날 거가대교를 달려보기로 하였다.

만덕터널을 지나 낙동강 변을 따라 시원하게 뻗은 강변도로를 달린다. 제매의 직장인 수자원공사에서 관리하는 낙동강 하굿둑을 건넌다. 을숙도 옆 도로에 차가 제법 많은 차가 속도를 내면서 달린다.

"형님, 저 차들이 대다수 거가대교를 통과하여 거제도나 통영으로 가는 차들이겠지요?"

"그럴 테지! 너 자형은 저녁에 온다고 연락 왔더나?"

"6시쯤 오실 모양이던데요!"

"그러면 6시까지는 돌아와야 할 텐데."

차가 녹산, 신호공단을 지나고 르노삼성자동차 공장을 지난다.

"형님은 거가대교 지나서 거제도, 통영 몇 번 가봤지요?"

".........."

뒷좌석에 앉아 있는 마누라가 괜히 의식된다. 거가대교가 개통된 지 꽤 오래되었는데도 한 번도 구경시켜주지 못했던 것이 마음에 걸린다. 우리 이야기를 못 들은 것 같다. 다행스럽게도 동서끼리 오랜만에 만나 할 이야기가 많은 모양이다.

"전에 한번 와 보았는데 진입로를 모르겠네요! 형님, 한참 더 가야 됩니까?"

".........."

갑자기 녀석에게 들은 몽치미 사건이 생각난다. 몇 년 전, 동생 가족이 살고 있던 아파트가 공기가 맑고 고기를 굽기 좋아 벚나무 아래에서 같이 몇 번 어울렸던 나에게도 형뻘인 사람이 있었다.

손꼽히는 명문대학 출신에 외국유학을 다녀 온 엘리트였지만 정작 직장은 없었다. 긴 가방끈을 평생의 자랑으로 여기면서 공직에 있는 마누라 월급에 기대어 그야말로 '홍콩에서 배만 들어오면'을 주장하며 평생을 그렇게 살던 분이다.

모처럼 돈이 생겨 고생하는 마누라 위로하고 평소 신세진 동생 내외에게 밥을 대접한다면서 기장 바닷가 쪽에 놀러 갔다. 그쪽 지리에 어두웠던 그분이 조금 길을 헤매자 형수께서 괜한 가이드를 좀 한 모양이다.

"저쪽 바닷가에 가면 사진 촬영지로 유명한 기장 오랑대가 있고."

"우회전하면 연화리 바닷가로 가는 길인데 이곳의 명물인 포장마차가 많고 특히 영번 정해집에 가면 전복죽이 맛있고."

"회가 맛있는 월전 가려면 새로 포장된 바닷가 길로 가는 것이 빠르고 어쩌고."

다음날, 더운 날씨에 종일 파자마 바람으로 거실에 몽치미를 베고 누워 있던 그분이 갑자기 시비를 건다.

"어이. 니는 나하고 그쪽을 한 번도 같이 간 적이 없는데 우예 그리 길을 잘 아노? 니 직장 나와바리도 아니잖아? 어느 놈하고 갔더노?"

느닷없이 날아든 몽치미 베개에 눈두덩을 맞은 형수는 자신의 얼굴보다 더 큰 잠자리 선글라스를 끼고 석 달을 그렇게 출근해야 했다.

친정을 몇 번 들락거린 끝에 실효성이 없는 각서 한 장 달랑 받고 몽치미 폭행을 용서할 수밖에 없었음은 물론이다. 세상을 살아가는 것이 간단치는 않다. 침묵해야 할 때는 침묵해야 한다.

"사랑 때문에 침묵해야 할 나는 당신의 남자"이기에.

새해 벽두부터 거제도 큰닭마을 김영삼 대통령의 생가를 방문한 나는 괜히 처음 온 사람같이 과장된 호기심을 보여야 했다.

27 *Winter*

의령 호암 이병철 회장 생가 답사기

"세상에 내 마음대로 안 되는 세 가지가 있는데 자식과 골프, 미원이다."

삼성그룹 창업주 호암 이병철 회장께서 생전에 이런 말씀을 하신 모양이다. 이건희 삼성 회장께서는 골프는 치지 않고 자식을 미원그룹 맏딸과 결혼시켜 세 가지를 한꺼번에 해결한 듯했는데, 몇 년 전에 이혼하게 되었다. 역시 잘 안 된다.

이건희 회장께서도 탄식을 하면서 이런 말을 했다고 세간에 전해진다.

"나도 세상에서 마음대로 안 되는 세 가지가 있는데 자식과 자동차, 미원이다"

물론 호사가들이 지어낸 이야기겠지만, 천하의 재벌 회장 부자도 고민이 있는데 범인들이야 오죽하겠느냐는 표현이 아닐까 싶다.

그럼 내 고민은?

존 스튜어트 밀, "배부른 돼지? 배고픈 소크라테스?" 뜻을 잘 모르겠다. 그냥 '배부른 소크라테스'가 좋을 것 같다. 결국, 내 고민은 돈이 없다는 것인데.

그래서 올해는 나도 꼴값 그만 떨기로 하고 반경 이십 리 안에 한국의 3대 재벌이 탄생했다는 솥바위와 부자의 대명사 호암 이병철 회장의 생가를 방문하여 돈 잘 버는 방법을 연구해보기로 했다. 경제학을 공부하게 된 딸에게 살아 있는 경제 공부도 시켜야겠다.

1월 어느 날, 남해고속도로를 내려 국도를 달리다 보니 남강 위에 걸친 '콰이 강의 다리' 비슷한 철교 옆에 솥바위가 보인다. 부자바위, 전설의 바위다. 물속에 다리 세 개가 바위를 떠받들고 있어 정암(鼎

嵓)이라고 하는데, 주위의 삼성 이 씨, LG 구 씨, 효성의 조 씨 가문이 기업을 일으켜 큰 재벌이 되었다.

홍의장군으로 유명한 망우당 곽재우 장군께서 임진왜란 당시 조선에서 최초로 의병을 일으켜 수많은 왜군을 수장시킨 역사의 현장이기도 하다. 차를 주차한 후 정암루에 올라본다. 동행한 아내와 딸아이는 이런 곳이 있었나 하는 표정들이다.

"아빠, 돈 버는 방법 알아본다고 이병철 회장님 생가 간다고 안 했나?"

오는 내내 스마트폰만 들여다보던 딸이 시큰둥하게 한마디 한다.

"여기도 돈하고 관련이 많거든. 삼성, LG, 효성그룹 창업주들이 솥바위 주변 이십 리 안에서 났고, 의령 출신 독립 운동가 백산 안희제 선생도 부자였고, 심지어 이곳 출신 곽재우 장군도 엄청난 재산가였으니까."

"홍의 장군께서도 부자였다는 이야기는 처음 듣네?"

옆에 있던 집사람이 한마디 거든다.

"장군의 부친이 원래 달성사람인데 벼슬하느라 이리저리 발령 받아 다니면서 의령 명문가 무남독녀 외동딸에게 장가를 들었거든. 아비의 장인 장모가 일찍 돌아가시고 생모도 장군이 세살때인가 병으로 죽어 아버지 재산이 많이 늘었고 계모가 들어 왔는데 이번에는 김해 땅 부잣집 외동딸이라. 그런데 그분이 또 일찍 돌아가시어 또 상속을 받으셨고⋯⋯. 계모도 잘만 들어오면 좋다니까! 옛날에는 다들 명이 짧았지. 장군이 서른 몇 살에 부친이 돌아가시고 재산을 전부 상속받으셨으니⋯⋯. 복도 많으시제?"

"헐, 형제 많고 돈 없는 집에 장가든 누구만 억울하다는 소리 같네?"

이야기가 좀 이상하게 돌아간다.

"그런데 장군께서는 의병 일으켜서 재산 다 날리고 말년에는 짚신 만들어 팔면서 숨어 살았지."

"우째 나라의 영웅을 그리 대접할꼬? 홍의 장군이면 유명한 장군인데."

아내는 호기심은 많지만 지극히 상식적인 사람이다.

"전쟁영웅들을 죄다 나가리를 시켰지. 토사구팽! 사냥이 끝나면 사냥개를 삶아먹는 법인데 선조임금께서 전쟁영웅들을 엄청 견제했거든. 분조를 해서 의병을 이끌었던 광해군은 폐 왕세자, 이순신은 죽었고 권율은 늙었는데 곽재우 장군은 젊은데다가 성질이 좀 괄괄하셨거든. 영화에 보면 시대배경 다 나오지. 〈왕이 된 남자 광해군〉도 있고, 차승원하고 황정민이 나온 영화 〈구르믈 버서난 달처럼〉도 있고. '몽진'이란 말이 원래 '먼지를 뒤집어쓰다'라는 말인데, 선조께서 임진왜란 때 신립 장군의 탄금대 전투결과를 보고받고 북쪽으로 몽진을 갔는데 호위장수도 튀어버리고, 사초 짊어지고 가던 놈도 사초 불태우고 지 살길 찾아 흩어지고, 백성들도 피난길 막고 달려들었거

든. 본인이 쪽을 팔아 사면초가인데 잘못하면 역성혁명 일어나서 종
묘사직이 위태로웠으니."

"그래도 그렇지!"

아내가 뭔가 생각났는지 뜬금없이 또 물어본다.

"그럼 장군 마누라는 우째 됐을꼬?"

"마누라? 거기까지는 모르겠네. 설마 항우장사 우미인 같이 마누라
목을 베고 의병 했겠나? 말년에 같이 고생하셨나? 난중에 병으로 돌
아가셨던가? 잘 모르겠네! 마, 갑시다!"

의령군 정곡면 중교리!

10여 분을 더 달려왔더니 내비가 정곡면사무소 뒷마당에서 길 안
내를 마친다고 한다. 이병철 회장의 생가는 면사무소에서 약 100미
터쯤 떨어져 있다. 면 소재지 동네이니 옛날부터 제법 큰 부락이었을
것이다.

생가 대문채에 들어서니 안내인이 손님과 이야기를 나누다 시커먼
낯선 남자를 보고 깜짝 놀란다.

안내판을 보니 선생은 진주에서 초등학교엘 다니다 서울로 전학 가
서 공부하던 중 일본으로 유학을 가신 모양이다. 역시 "사람은 서울
로, 말은 제주도로"란 말이 그냥 있는 말은 아닌 듯하다.

내가 지관이 아닌지라 잘은 모르겠지만 명당 중의 명당이라 쓰여
있고 둘러보니 그런 것 같기도 하다. 뭘 모르면 그러려니 해야 한다.

안내인에게 농담으로 삼성그룹에서 파견 나와 있는지 물어보니 의령 군청에서 파견한 자원봉사자라 한다. 안내원의 말에 따르면 호암 선 생의 집안은 천석꾼 집안으로 머슴이 한 30명 정도 되었다고 한다.

"벌판이 작아서 천 석이 나올 수 있는 오백 마지기 논이 있을 것 같 지 않다." 했더니 땅이 의령군의 각 면에 걸쳐 있었다는 설명을 해준 다. 선생의 집을 마두산이란 자그마한 산이 둘러싸고 있는데 사랑채 의 우측 뒤편에 있는 바위에 부자의 비밀이 숨어 있다고 하면서 안내 를 해준다.

집터의 병풍 역할을 해주는 듯한 바위에는 보기에도 그럴싸한 모양 의 상징들이 많다. 바위 한가운데 하단에는 밭 전(田) 자가 새겨진 바

위가 자리하고 있다. 왠지 모르게 돈이 몰려들 것 같은 기운이 감돈

다. 로또명당 판매점에서 줄을 늘인 사람들마냥 생가를 찾은 이들이 줄을 서서 바위를 손으로 문질러서인지 바위가 맨질맨질하다.

바위 좌측 상단부에는 자라 한 마리와 두꺼비 한 마리가 자리 잡고 있다. 자라와 두꺼비는 무병장수와 재물의 상징이라고 했지? 바위의 반대쪽에는 바위조각들이 층을 지어 쌓여 있는 모습이 보인다. 어떤 사람은 쌀가마니를 쌓아놓은 것 같기도 하고 시루떡을 쌓아놓은 것 같기도 한데, 해설사 선생님은 주판을 닮았다고 한다. 어찌 보면 책을 쌓아 놓은 것 같기도 하다. 좌우간 재물이 집안에 그득한 것 같다. 선생이 처음 사업을 시작하면서 마산에서 쌀가게를 열었으니 이 바위 생긴 것과 좀 연관이 있는 듯도 하다.

시큰둥해서 따라다니는 딸아이에게 뭔가 이야기를 해주었으면 좋겠는데 사실 아는 게 별로 없다.

삼성이 TV, 냉장고 만들어 팔다가 반도체, 핸드폰 잘 만들어서 저 유명한 애플과 맞장을 뜰 수 있는 초일류 기업이 되어 국가 경제에 큰 역할을 하고 있다는 것밖에. 삼성의 경영철학이 뭔지도 잘 모른다. 인재 제일주의?

천석 농사를 했던 집안답게 광도 꽤 큼직하다. 나락 수백 가마니도 능히 보관했을 것이다. 멍석도 있다. 타작도 하고 둘둘 말아 사람을 패기도 하고 깔아놓고 그 짓 다시 한 번 해보라고 다그치기도 했겠고.

돌아오는 길에 읍내 시장통 안에 있는 의령 소바집에 들렀다. 딸의 입으로 연신 빨려 들어가는 소바의 면발이 시원스럽다.

"솥바위하고 이병철 회장 생가 답사하고 뭐 느껴지는 것 없어?"

"뭐, 없는데……. 아빠는?"

대답에 성의가 없다. 먹는 것만 밝히고. 없는데…… 가스나.

"니가 경제학도로서 여기까지 와서 뭔가 느낀 것이 없다면 조금 문제긴 하네."

"그러는 아빠는?"

느낀 점이 없을수 없다. 세익스피어의 희곡 〈햄릿〉이 생각난다.

밤이면 부왕을 닮은 망령이 초소에 나타난다. 햄릿이 기다려 보니까 정말 돌아가신 아버지 모습이 나타나, 자기는 작은아버지한테 독살당했으니 꼭 원수를 갚아 달라고 부탁한다. 햄릿은 복수를 맹세한다. 그러나 맹세한 자체를 잊어 버릴까 싶어 또 다른 맹세를 한다. "잊지말자 잊지말자 오늘 한 이 맹세를!"요즘 나도 맛이 가서 느낀 점은 바로 적어두어야 한다. 수첩을 꺼내 주섬주섬 적어둔다.

의령여행에서 느낀 점: 부자가 되려면 역시 터가 좋아야 한다. 고로 올해는 이사를 한번 고려해 보아야겠다.

28 Winter

부산역 앞 상해거리 만두집 홍성방

설 명절이 지났다. 동서가 밥을 같이 먹자고 한다. 분위기상 우리가
밥 한번 살 때도 된 것 같다.

두 분 처형과 처수, 그리고 둘째 동서가 모임에 참석할 모양이다. 밥
집을 잘 아는 동서가 부산역 앞 상하이 거리의 홍성방을 모임 장소
로 정했다.

since 1971, 만두로 유명한 홍성방.

소싯적부터 만두와 도쿠리 배갈을 먹으러 다니던 추억의 장소다.
집에서 출발하기 전에 동서에게 전화를 낸다.

"형님, 양주 좋아하십니까?"

"아니, 나는 요새 술 안 먹어."

"명절에 들어온 양주……. 형님, 집에 누가 술 먹을 사람 있습니까?"

"아니 됐어. 그냥 박 서방이나 많이 먹어."

"그게 아니고. 형님, 집에 양주 먹을 사람도 없을 텐데 혹 명절에 들어온 거 있으면 오실 때 한 병 갖다 주쇼. 헤헤. 저는 양주 디기 좋아합니다."

아내와 함께 지하철을 타고 부산역으로 간다. 조금 일찍 도착하여 처가 식구들이 다 나타날 때까지는 시간이 조금 걸릴 것 같다.

막간을 이용해 상하이 거리를 구경해본다. 술꾼에게는 역시 술을 파는 가게가 먼저 눈에 들어온다. 홍성방 맞은편 술가게. 상호는 모르겠다. 웬만한 한자는 다 읽을 수 있는 세대 출신이긴 하지만 상호가 너무 어렵다. 진열장을 들여다보니 공부가주. 죽엽청주, 고량촌, 죽향, 중국공주, 엔타이고량주 등 별의별 진귀한 술이 다 있는 듯하다.

문을 열고 들어가면 『금병매』에서 서문경이 왕노파를 통하여 반

금련을 꼬실 때 쓰이던 '소홍주'도 있을 것 같고 2012년에 노벨문학상을 받은 모옌 원작의 『붉은 수수밭』에서 남자주인공이 오줌을 싸넣어 만든 '18리 고량주'도 있을 것 같다.

입맛을 다시면서 들여다보고 있자니 동서가 등을 친다.

"박 서방, 일찍 왔네. 들어가서 기다리지 않고?"

"술 구경 좀 한다고요. 아버님이 중국 고량주를 좋아하셔서 인터넷으로 구입 좀 하려 했더니 술은 택배가 안 된다 해서 못 샀는데 여기다 있네요! 나중에 좀 사야겠네!"

홍성방 2층으로 올라간다. 11시 40분. 이른 시간이라 손님이 많지 않다. 회전 테이블에 앉아 메뉴판을 들여다보면서 종업원을 부른다. 중국요리에 '라'자가 들어가면 매운 것, '류'자는 걸쭉한 것, '깐'자는 마르게 볶은 것, 닭은 '기', 돼지고기는 '육', 야채 볶은 것은 '채'자가 들어가는 정도는 알고 있다.

요리 집에 가서 음식 고르는 것도 은근히 스트레스다. 평소 뜨끈한 국물이나 매운탕 따위에나 길들여진 위장이 이름도 생소한 요리들을 소화해낼지도 의문이다. 코스요리를 시키자고 동서에게 말했더니 요릿 집에서 그리하면 안 된다고 한다. 이유는 물어보지 않아서 모르겠다.

오랜만에 만나 이런저런 이야기가 오간다. 원래부터 미인에다가 싹싹하기까지 한 처수께서 청첩장을 돌린다. 아들보다 먼저 딸아이 시집을 보내는 모양이다.

"사위 될 사람이 큰아이 대학 후배라 했나요? 결혼하면 개업을 하겠지요?"

"아니, 페이 닥터로 있다가. 페이 닥터로 있다 보면 돈이 보여서 다들 개업을 한다네요."

"페이 닥터로 가면 월급이 얼마나 되려나?"

"한 천만 원?"

마산에 놀러 가면 언제나 칙사 대접을 해주는 처수를 먼저 좀 띄워놓을 필요가 있다.

"치과의사들이 쎄긴 쎄네! 나이 서른 남짓에 연봉이 1억 2천? 교직에서 30년 넘게 근무한 동서 형님만큼 되니 좋긴 좋네!"

동서가 끼어든다.

"박 서방! 연봉이 1억 2천이면 대통령 연봉이지 초등학교 교장이 무슨?"

오늘 밥값을 부담시키려면 이 장면에서 조금 작업을 해 둬야 한다.

"아따, 형님은! 이번에 부총리란 사람 인터뷰를 보니까 기관장들은 죄다 법인카드만 그어서 그런지 자기 월급이 얼마인지도 모르더만요. 게다가 형님은 부부교사 아닙니까? 은퇴 후에는 빵빵한 연금에. 그리고 교육감이나 교장이나 그 바닥에서는 황제나 다름없는데 불쌍한 사람은 우리 같은 공단 직원들이지요. 박봉에 뻑 하면 공기업 개혁이니 해서 대통령까지 설치니 국민은 우리를 무슨 죄인 취급하고, 이명박 정권 들어서고 나서부터 임금 동결되어 6년 동안 연봉이 500만 원 올랐습디다. 연금은 궁민연금(窮民年金)에, 그것도 퇴직하고 몇 년 후부터 나오고!"

계속해서 나오는 요리에 서툰 뿔 젓가락 짓으로 열심히 먹는다. 만두도 먹고 유산슬도 먹고 볶은 채소 요리도 먹고 꽃빵(화쥐안, 花捲)도 먹는다. 맥주를 한잔씩 따른다.

"형님, 건배사나 하나 해주쇼."

"그럴까? 가족들이 오랜만에 만났고 중국집이니 중국식으로. 내가 먼저 '소취하' 하면 '당취펑' 하면 됩니다."

"어, 무슨 뜻?"

"아, '소취하는 소주에 취하면 하루가 즐겁고, 당취펑(펑)은 당신에게 취하면 평생이 즐겁다.' 뭐 그런 뜻인데. 포인트는 실제 중국말을 하는 것처럼 사성의 높낮이를 맞춰야 한다는 것."

실제 중국말처럼 사성을 넣어 시범을 보이는데 그럴싸하다.

소취하/당취핑!

"밖에서는 선비 소리 듣고 실제로는 벼슬에, 학교에서는 폭군이라. 건배사도 멋지고. 역시 한량이십니다."

형제간에 유럽여행을 가자는 이야기가 나온다. 대충 무임승차가 가능할지 간을 본다.

"유럽여행이면 10박은 해야 하는데 내가 5일만 휴가 내면 앞뒤 토, 일요일 두 개씩 끼워서 9일이 되는데."

성격이 칼 같은 처가의 최고 권력자 큰처형이 바로 일갈한다.

"박 서방은 마누라 놔두고 동창들하고 외국에 많이 놀러 다닌다면서? 마, 집이나 보소!"

맥주 한 병으로 다섯 명이 나눠 먹고 나는 혼자서 마지막 짬뽕 국물에 소주 한 병을 비운다. 대충 마칠 때가 되어 계산서를 곁눈질로 보니 제법 많이 나왔다. 178,000원?

동서가 먼저 코트를 걸치고 나간다. 나도 딴청을 피우면서 천천히 카운터로 뒤따라간다. 카운터에 선 동서가 이쑤시개를 하나 쏙 뽑아 들더니 그냥 나가버린다.

"저, 형님, 계산은?"

"박 서방이 계산해!"

"……?"

동작 느린 여자들을 챙겨 밖으로 나갔더니 형님이 보이질 않는다. 조금 있다 쇼핑가방 두 개를 들고 나타나 내 손에 쥐어준다.

물건을 꺼내보니 21년산 발렌타인 한 병과 마오타이 술이 한 병 들어 있다.

"뭘 이런 걸 다. 농담한 걸 가지고! 헤헤……."

"술 갖다 달라며? 그런데 이거 누가 갖다 준 게 아니고 옛날부터 있던 거야. 술 가지고 명절날 찾아오는 것은 다 옛날이야기고."

"허허, 형님 누가 뭐라 합디까?"

양주는 차에서 꺼내온 듯하고 마오타이는 방금 산 것 같다.

"형님, 두 개 다 비싼 술인데요? 마오타이는 모택동이 닉슨하고 핑퐁 외교할 때 마셨다는 그 유명한?"

"아니, 등소평이지? 술을 마셔보니 괜찮더만. 향이 좋고."

"우리는 신분이 비천하다 보니까 뭘 들고 오는 사람도 없고."

"뭘 들고 오는 사람 없으면 박 서방이 먼저 들고 가야지!"

"에이, 형님도. 이 나이에 무슨? 쪽 팔리게."

"어허, 번지수 못 찾네. 양주는 술 좋아하는 박 서방이 많이 자시고, 마오타이는 아버님께 들고 가. 어른께서 고량주 좋아하신다며? 먼저 들고 가야 들어올 게 있지! 어른께 안부 전하고."

그렇다. 내가 먼저 챙기자. 내가 조금 챙기면 남이 많이 챙겨줄 것이다.

소주에 취하면 하루가 즐겁고, 당신들에 취하면 평생이 즐겁다.

소취하/당취펑!

29 Winter

칼의 노래

점심시간에 문자를 보냈다.

"정 형, 이순신 장군 관련 책들 좀 챙겨주시오. 퇴근하고 들르겠습니다."

몇 년 전 격무를 힘들어하던 정 형은 명예퇴직을 하고 연산로터리에 헌책방을 내었다. 가끔씩 들러 책 구경을 하곤 한다.

"한번 휘둘러 쓸어내리니 피가 강산을 물들이도다(一揮消蕩 血染山河)."

집에 들어오자 예닐곱 권의 책 중 『칼의 노래』를 '일휘소탕'하듯이 훑어 내렸다. 간결하여 군더더기가 없는 김훈의 글은 이마트의 텁텁한 벤치에서까지 내 눈을 혹사시켰고 마침내 글자가 두 겹 세 겹 겹쳐 보이는 지경에 이르러서야 읽기를 멈추게 했다.

'안광이 지배를 철한 것'이 아니라 그야말로 '핏발이 안구를 물들이다'이다. '혈염안구'다. 책 두 권을 이틀 만에 완독하기는 오랜만이다.

겨울이 바다를 조망하기에는 오히려 좋다. 2월 들어 주말 3일을 내리 통영에서 보냈다. 하루는 견내량이 내려다보이는 언덕 위에서. 다른 하루는 이순신의 바다가 보이는 미륵산 정상에서. 또 다른 하루는 거제도 앞바다와 한산도 앞바다가 동시에 보이는 통영타워에서.

지난 여름 어느때인가도 사명대사를 따라 다녔다는 어느 비구니 의승수군을 찾으려 판옥선이 안택선을 유인하던 곳이 내려다 보이는 관해정에 있었다. 올해 3월은 토, 일요일이 다섯 번씩이다.

다른 주말에는 고니시 유키나가의 순천 왜성이나 가토 기요마사의 서생포 왜성에 올라 바다를 바라보며 멍청하게 보낼 것이다.

세상은 아름답고 착한 것들이 있고 우리의 상상 이상으로 더럽고

추한 것들이 있다. 그것이 이 세상의 모습이다.

　권력을 가진 몇몇 변태들에 대항해서 장군의 칼이 왜 징징 울리면서 춤을 추기도 하고 술에 취해 마구 울었는지도 알아보고 싶다. 칼의 노래를 듣고 싶다. 이순신의 바다를 훑으면서 혹은 도요토미 히데요시의 왜성을 답사하면서.

30 *Winter*

부산 산만디 탐방기 Ⅰ
– 초량동, 영주동, 중앙동, 남포동, 대신동

인도행(인생길 따라 도보여행)이란 인터넷 카페 걷기 동호회에 가입한 지 몇 년 되었다. 영남권 공휴일 도보방을 검색하다 보니 '부산 근대문화유산 답사/문화유산 해설: 만선'이란 공지사항이 올라 있다. 우리 여산 회원들 번팅 행사를 빌붙어서 해야겠다. 그런데 '만선'이란 닉네임이 낯에 익다.

'만선?'

몇 년 전에 퇴직하신 지사장님 함자가 '만선'인데? 진행자에게 전화해서 물어보니 맞다고 한다. 코스를 보니 부산의 '산만디'를 걸으면서 문화유산 해설을 해주실 모양이다. 올해부터 내가 회장을 맡은 여산 클럽에 번팅 공지를 올린다. '인도행님'들과 일부 일정을 같이하고 오후 일정은 우리 회원들과 하기로 했다.

부산역 광장에서 옛 상사 분을 찾아 인사를 드린다. 갓끈이 떨어져서 그런지 각이 많이 무디어져 있다. 연세 지긋한 진행자 분이 출석 체크를 하면서 내 닉네임을 부른다.

"어리한? 어리한이면 사람이 좀 어리석다, 뭐 그런 뜻 같은데?"

"그렇기도 하고, 술 먹고 노상 어리하게 취해 있기도 하고 해서."

어제 먹은 술이 덜 깨어 아직 좀 어리하다.

행사에 참석하기 전에 네이버에서 부산의 산동네를 검색해보았다. 동아일보 뉴스 라이브러리를 뒤지다 보니 〈부산 빈민굴 탐방기〉란 기사가 있다. 1934년 봄, 기자가 부산의 영주동, 대신동, 아미동 등 부산의 대표적인 빈민굴을 탐방하고 쓴 르포기사이다.

기사의 첫머리는 이렇다.

"조선에서도 경성, 평양 등지의 대도시에 빈민들이 많이 집중되어 있지만, 부산만큼 빈민이 많기는 조선서는 짝이 없다."

40년 넘게 부산에 살면서도 '산만디 동네'를 제대로 본 적이 없다. 오늘은 부산의 근대문화유산과 '산만디 동네'를 제대로 봐야겠다.

건널목을 건너 텍사스골목에 있는 백제병원으로 간다. 1922년 일본강점기 때 지어진 부산 최초의 근대병원이라고 한다. 채 100년도 안 된 5층짜리 이 빨간 벽돌건물이 부산에서는 꽤 어른 행세를 하고 있다.

내가 생각하기에는 '세계 최고의 여행기'인 『열하일기』를 쓰신 연암 박지원 선생께서는 청나라의 "평범한 백성들도 살고 있는 벽돌집"을 엄청나게 부러워했다고 한다.

큰 덩치에 엄청난 체력, 농담 좋아하고 겁 많은 것은 나와 비슷한데 말까지 많았던 선생께서 청나라 열하에 가면서 한 동료에게 장광설을 펼친다.

"성을 짓는 데는 벽돌이 돌보다 훨씬 낫고……. 어쩌고."

또 시작인가 싶어 정진사는 말위에서 듣는 둥 마는 둥 졸고 있다. 선생께서 다가가 부채로 옆구리를 찌른다.

"어른이 말씀하시는데 졸고 있어?"

정진사가 깨어나 대꾸한다.

"그래, 알아. 벽돌은 돌만 못하고, 돌은 잠만 못하다는 말이잖아?"

도자기 굽는 기술이 세계 최고였던 조선이 왜 집을 벽돌로 짓지 않았는지 궁금하다.

바로 옆에는 역시 빨간 벽돌로 지어져 명태고방으로 쓰이던 '남선창고'가 있었다고 하는데 지금은 터만 남아 있다. 옛날에도 남편이 한 잔하고 아침에 속 따갑다고 하면 마누라들이 속 풀이 명탯국을 끓여 주었는지 모르겠다. 내노라 하는 술꾼이 있는 우리 집 베란다에도 널려 있는 게 명태다. 명태를 패기 위한 다다미 방망이도 있다. 명태도 패고 때로는 술 먹은 놈도 패고.

텍사스골목을 지나 '상하이거리'로 간다. 통칭해서 텍사스골목으로 불리는 이 골목은 시대에 따라 일본어 간판이 영어 간판으로 바뀌더니 다시 러시아어 간판들이 걸렸는데 요새는 중국어 간판이 제일 많이 보인다. 중국 사람들이 쪽수도 많고 돈도 제일 많은 모양이다.

화교중학교 앞 담벼락에는 삼국지에 나오는 영웅호걸들의 그림이 그려져 있다. 유비, 장비, 관우, 손권, 조조, 동탁, 제갈량 등. 유명한 도원결의하는 장면이 그려져 있다. 장 서방네 복숭아밭에서 의형제를 맺는 모양이다. 요새는 산속 별장에서 결의를 많이 한다. 패거리 만들어 "형님에게 인사는 90도로 한다," "형님이 말씀하면 묻지도 따지지도 않는다,"는 등 결의하고 몰려다니면 형법상 '범죄단체 조직죄'로 결의 자체로 10년 이하의 징역에 바로 처해진다.

잘못 엮이면 "고마해라, 마이 무따 아이가." 하면서 국제나이트 앞에서 죽는 수도 있다.

이리저리 닥치는 대로 카메라를 눌러본다. 밥통만한 카메라가 화질이 좋긴 좋은데 귀찮아서 들고 다니지는 않는다. 걷고 있는 이 길은 밤이 되면 또 다른 세계로 바뀔 것이다. 이름이 전부 소냐 아니면 나타샤인 러시아 미인들이 나와서 지나가는 남자들을 유혹한다. 지갑이 두둑한 남자들에게는 특히 친절하게 대해준다.

영주동 터널 위를 지나니 산동네 중간에 영주동 코모도 호텔이 나온다. 주변의 '산만디'슬라브 집들과 묘한 대조를 이루고 있다. 예전에 좀 덜 삭았을 때에는 지하 나이트클럽에도 가끔씩 가곤 했다. 부산역 앞에서 하얀 피부의 눈색 파란 러시안 걸을 꼬셔 가기도 하고 아메리칸 걸들을 데리고 가기도 했다. 나이트 안의 노래방에 들어가서 블루스도 치고 엉덩이도 좀 만지고 했다. 나에게도 참 좋은 시절이 있었다.

호텔 주위의 산동네에는 부산을 상징하는 집들이 다닥다닥 붙어 있다. 판자와 콜타르 루핑 지붕이 양철 지붕과 슬레이트 지붕으로 되었다가 지금은 슬라브 지붕으로 변한 것 이외에는 예전과 별 다를 것도 없다.

1905년, 경부선 철로가 놓이고 관부연락선이 개통되면서 영주정 산리라고 불리던 이곳으로 사람이 몰려들었다. 이 곳은 해방 전까지 1,500세대 7천여 명이 어린(漁鱗, 물고기 비늘) 같은 산상주가(山上住家)를 이룬 빈민굴이었다. 부둣가 지게꾼이나 룸펜으로 그야말로 죽지 못해 살아갔다. 이후 한국전쟁 때 피난 온 사람들로 수정동, 아미동, 감천동 등 산동네가 또 만들어졌다. 우리 조부모님, 부모님 세대가 고생을 엄청 하셨다.

복병산!

1592년 임진년 4월 부산진 첨사 정발 장군이 절영도(영도)에서 꿩 사냥을 하고 있었는데 왜선 700여 척이 절영도 앞바다를 덮었다. 으레 왕래하던 대마도 왜인들로 오인해 대수롭지 않게 여기고 사냥을 마치고 성으로 돌아와 보니 왜병들이 이미 성벽을 기어오르고 있어 어지러이 싸우다 전사했다는 이야기가 있다. 다른 이야기로는 미리 성으로 돌아와 장렬히 싸우다가 전사했다는 이야기도 있다.

이후 한동안 일본과의 무역을 끊고 상종을 안 하다 대마도 왜인들이 하도 졸라서 다시 용두산 공원 주변에 왜관을 지어주고 무역 등을 허락했다. 그런데 '나와바리'를 안 지키고 민가에 들어와 행패를 부려 이곳에 병막을 설치해서 감시케 했다 해서 복병산이라 불린다는 해설이 덧붙여진다.

복병산 기슭에는 동백꽃이 피어 있다. 전에 누가 이 동백꽃을 일본인들도 좋아한다고 했다. 붉은 꽃이 일시에 피었다가 순간 목이 툭 꺾여 떨어지는 모습이 사무라이들이 하는 '가이샤쿠' 의식과 비슷하다고.

동백을 보니 고창 선운사의 동백과 통영 충렬사의 동백도 생각나고, 거제 지심도의 동백도 생각난다. 작년에 선운사를 방문했을 때는 미당 서정주 선생께서 선운사 올 때마다 묵었다는 동백여관 201호실을 예약해서 하루 자기도 했지만 동백 철은 아니었다.

선운사 동구

-서정주-

선운사 골째기로
선운사 동백꽃을 보러 갔더니
동백꽃은 아직 일러 피지 안했고

막걸릿집 여자의 육자배기 가락에
작년 것만 상기도 남었습니다
그것도 목이 쉬어 남었습니다.

정상에는 복병산 배수지가 있다. 경술국치 전에 용두산 공원과 초량 주변의 일본인 거주지에 수돗물을 공급하기 위해 지어졌다. 우리나라에서 제일 오래된 상수도 시절이라는 설명이 이어진다.

항상 궁금했다. 이 높은 곳까지 물을 어떻게 끌어올렸지? 도르래 시설을 해서 어디서 퍼 올렸나? 100년 전이면 전기도 제대로 없었을 텐데. 동행했던 친구의 옆구리를 찌른다.

"내가 이과 공부한 친구들하고는 되도록 이야기를 잘 안하는데."

나하고는 초·중·고등학교 동창 녀석이다. 대학에서 토목공학을 전공했다.

"그래서?"

친구는 그 바닥에서는 꽃이라는 토목기술사다. 주로 상수도 공사 감리 쪽 일을 했다.

"야, 친구야. 한번만 물어보자. 배수지가 수돗물 내려 주는 데 아니가?"

"그렇지!"

"복병산 꼭대기에 우물이 있는 것도 아닌데 이 높은 곳까지 물을 우째 끌어 올렸노? 100년도 넘은 그때는 전기도 시원찮아 펌프도 없었을 것인데."

"우째 끌어 올리긴? 사람들이 물동이 지고 퍼 올렸지!"

"그건 아닌 것 같은데?"

"나도 니같이 문과 공부한 무식한 친구들과는 이야기를 잘 안하는데 니가 물어보니까 알려는 줄게."

"우째 했노?"

"성지곡 수원지가 있제? 대신동 동아대학교 뒤에 구덕 수원지도 있제?"

"있지!"

"거기 물을 끌어 이 꼭대기까지 올렸지. 거기는 산에서 내려오는 물을 가두면 되니까."

"그런데 내가 묻고 싶은 거는 이 산꼭대기까지 우째 끌어 올렸노 하는 기 알고 싶은 거지."

친구가 자연유하 방식이니 유속이 어떠니 월류 장치가 어떠니 설명을 하는데 도대체 무슨 말인지 모르겠다.

"간단명료하게 좀 설명을 해다오."

"니 베르누이 법칙은 알제?"

또 모를 이야기를 한다. 요는 여기보다 높은 곳에 저수지를 만들어 이곳과 연결하면 물이 수압에 의하여 이곳까지 올라오게 되어 있다는 것이다.

"나는 상수도 직원들이 물을 져 올리는 줄 알았다!"

일제강점기 때는 배수지 아래에 있던 남포동, 광복동 일원의 왜인들 거류지에만 물이 공급되었던 모양이다. 복병산 기슭과 산상주가의 조선 빈민들에게는 물이 공급되지 않았다. 1934년 3월 31일자 동아일보는 기록하고 있다.

음료수의 부족이 주민생활에 타격!

산비탈이라 평지에서는 쓰고 남은 물이 수도관을 부절치 못하여 샘물을 먹고 사는 수밖에 도리가 없는데 인구가 칠천이나 샘은 공동정호가 10개소, 사설이 5개소, 모두 15개소에 하루 용출되는 수량이 한 샘에 불과 이석이라 불과 30석으로 어떻게 살아가나? 이것은 한 가지 기적이다.

평지에 수도관을 이용하는 사람 중에서 한 집만이라도 풍족하게 사용한다면 모자랄 수량으로 이곳의 주민은 한재가 없어도 사시로 물의 주림을 받아 여인네와 어린 처녀들이 물 한 동이 깃겠다고 밤을 새워가며 서로 싸우다가 물기근을 면할 날이 없다 하니 (중략) 시급히 수도관을 부설하든지 그렇지 못하면 당면한 응급책으로 박간 씨 별장에서 쏟아나는 수량이 많은 물을 개방하도록 하여 그들에게 물기근을 면케 해주어야 할 것이다.

복병산에는 일제강점기에 지어진 100년 가까이 된 기상대도 있다. 우리 조상은 왜 벽돌로 집을 짓지 않았나 하는 의구심이 자꾸 든다. 좋은 흙에 흔해 빠진 땔감에 기와 굽고 자기 굽던 실력이 있는데 말이다. 만일 조선조 때 박지원이나 박제가, 혹은 정약용 같은 실학자들이 중용되어 벽돌집이 많이 지어졌으면 일제강점기 때 건물들을 보러 다니지도 않았을 텐데 하는 생각이 든다.

남성여고 옆 계단을 따라 내려가니 적산 가옥이 보인다. 해방 전 일본인들이 살던 가옥이다. 이 집은 지금으로 치면 부산시 상공회의

소장쯤을 지낸 일본인 사업가의 집인 모양이다. 이 집이 동아일보에
실린 박간 씨 별장인지는 모르겠다. 높다란 대문 위로 팔을 뻗어 셔
터를 눌러본다. 내가 어릴 적 살았던 거제리 철도 관사와 별반 다를
것은 없다.

용두산 공원 뒤쪽에 있는 미 문화원으로 간다. 지금은 부산근대
역사관이 되었다.

역사의 현장이다. 소위 '부미방'이란 사건의 무대다. 이번에 상영한
〈변호인〉은 1981년의 부림사건(부산학림사건)을 배경으로 했는데,
부산 미 문화원 방화사건은 1982년에 일어났다. 당시 인권 변호사의
길로 들어선 16대 대통령을 지낸 노무현이 변호를 맡았고, 사건을 재
판한 담당 판사 중의 한 명은 이회창이었다. 후에 두 사람은 대통령

선거에서 만나게 되는데.

12시에 드는 영도다리를 구경하기 위해 밥부터 먹기로 했다. 인원
이 많아 제각기 어울렸다. 우리는 용두산 공원 아래 있는 멸치쌈밥집
으로 갔다. 한 그릇 7,000원. 인도행 회원들은 2층으로 올라가고 우리
여산 회원 5명은 1층의 한 귀퉁이에 앉는다. 한쪽 구석 벽에 시가 한
수 걸려 있다.

〈멸치쌈밥집〉이란 시다. 시인의 이름은 이상개라고 적혀 있다. 음
식을 나르는 주인 아지매에게 물어본다.

"이상개란 분이 서방님?"

"서방님은 아니고 단골손님이요. 시인인데 우리 서방님 친구 분이지요. 우리 집 단골이 된 지 한 20년이 넘었지라."

"뚝배기 속에 와글거리는 / 저 싱싱한 멸치 떼들을 / 푸른 상추로 후리질 하여 싸 먹을 때 / 잎사귀에 푸들거리는 심해의 맥박은 / 중앙동 가로등 불빛처럼 출렁거린다." (멸치쌈밥집 중 일부)

시가 멸치쌈장같이 투박하고 구수하다. 멸치뚝배기를 맛있게 먹고 있는 모습을 흐뭇한 표정으로 보고 있는 주인 아지매에게 다시 말을 걸어본다.

"멸치는 기장 멸치겠지요?"

"우리 집 멸치는 후린 멸치가 아니라 남해 바다에서 뜰채로 바로 뜬 거라 싱싱하제요."

"나같이 어리한 사람 해장하는 데는 최고네요!"

주인 아지매의 억양으로 봐서 남도의 어느 지방분이 틀림없다. 확실히 남도 출신 분들이 음식 솜씨는 있다. 뚝배기 안에는 씨알 굵은 죽방멸치들이 헤엄치는 듯하다.

식당 분위기가 한국전쟁 피난 시절의 수더분한 분위기가 난다. 옛날에도 부산은 종착점이었다. 내리막을 달려 바다까지 온 기차가 목이 쉬도록 울며 발목이 휘어지도록 뻗대었을 때 그들은 낯선 산만디로 흩어져야 했다.

12시에 도개를 하는 시간에 맞추기 위해 서둘러 영도다리로 간다. 건어물 도매시장을 지난다. 플래카드가 붙어 있다.

"흡혈귀 롯데는 물러가라!"

롯데가 피를 좋아하나? 사실 롯데백화점이 들어서고 다 죽어가던 남포동 상권이 많이 살아났다. 불만 있는 개인들은 있겠지!

영도다리는 꼭 봐야 한다. 우리는 다들 다리 밑에서 주워 온 자식이라고 부모님에게 들었으니까.

만선 지사장님의 실감나는 해설이 이어진다. 피난 시절에 사람을 만나려면 영도다리에서 만나자고 했는데 이런저런 사정으로 못 만나고 자살을 많이 하고 어쩌고.

미국에서 고민 있으면 샌프란시스코 금문교에서 Deep Purple의 〈April〉을 들으며 뛰어내리듯이 이곳에서도 많이들 뛰어내려 주인 없는 보따리가 많이 떠다녔다는 이야기를 한다. 음악은 현인 선생의 〈굳세어라 금순아〉를 들으며 뛰었을 개연성이 크다. 초생 달을 보면서.

일가친척 없는 몸이 지금은 무엇을 하나
이 내 몸은 국제시장 장사치기다
금순아 보고 싶구나 고향 꿈도 그리워진다
영도다리 난간 위에 초생달만 외로이 떴다.

12시가 되자 사이렌이 울리고 영도다리가 들린다. 옛날 생각이 난다. 옆에 서 있던 순진한 여자 회원에게 이야기를 해준다. 어릴 적 무

슨 성냥공장 사장 딸로서 곱게 자라 순진하기 짝이 없는 회원이다.
무슨 말이든 정말로 알고 듣는다.

"영도다리에 서 있으니 옛날 생각이 난다. 내가 옛날에 이 영도다리
위에서 구두닦이 할 때 주택복권을 샀다. 1등 당첨이 되었다. 500만
원이면 당시 집 두 채 값이었다. 일이 끝나고 영도다리를 건너면서 나
는 소리쳤다. '이제 고생 끝, 행복 시작!'이다. 그러고는 구두 통을 냅
다 영도다리 밑으로 던졌다. 집에 와서 보니 복권이 없었다. 같이 구
두닦이를 하던 형들을 의심했는데 알고 보니 그게 아니었다. 복권을
구두닦이 왕초에게 뺏길까 봐 구두 통에 숨겨 두었다가 나도 모르게
던져버린 것이었다."는 내용이었다.

영도다리 드는 광경에 정신 팔려 있던 성냥공장 따님이 무심코 한

마디 한다.

"니, 어릴 적에 여기서 구두닦이 했나?"

영화 〈친구〉에서 가방을 메고 달리기 시합을 하던 장면으로 유명한 건어물 골목을 지난다.

"닥터 닥터, 약 좀 주세요"란 음악이 나왔다. 여행을 할 때는 지역경제를 좀 살려주는 것도 좋을 듯하다. 건어물을 사서 배낭 안에 구겨 넣는 사람들이 많다.

인도행 여자 회원 한 분이 건어물은 아니지만, 좋은 콜레스테롤 HDL을 높이는 데 최고라는 땅콩 몇 알을 슬쩍 손을 잡더니 건네준다. 소설 『태백산맥』에서 부잣집 아들이었던 염하섭이 무당의 딸 소화에게 어린 시절, 집안의 비파 열매 몇 알을 슬쩍 집어주던 장면이 생각난다. 소화는 평생 그것을 잊지 못하고 결국 염하섭의 여자가 되고 빨치산이 되어 기구한 삶을 살게 되는데. 그저 그렇다는 이야기다. 남자들은 여자들이 조금만 친절하게 해주면 자기를 좋아하는 줄 착각하는데 나는 그렇지 않다. 많이 속았기에.

자갈치시장 꼼장어 골목을 지난다. 몇 년 전에 친구와 꼼장어를 먹으러 갔더니 내가 시골에서 근무하던 시절의 시골다방 황 마담이 늙수구레한 영감님 한 분과 옆자리에서 꼼장어를 먹고 있었다. 쌈을 싸서 영감의 입에 넣어주다가 나하고 눈이 마주쳤다. 서로 모른 척했다. 괜히 쓸쓸했다. 시골 다방 마담으로 있을 때만 해도 보통 인물은 넘었는데.

자갈치시장을 거쳐 국제시장, 깡통시장을 지난다. 마법의 성을 보는 듯하다. 요즘 사람들은 옛날의 신데렐라 공주보다 더 잘살고 있다는 생각이 든다. 콩쥐의 신발이나 신데렐라의 구두보다 훨씬 예쁜 신발들도 많고, 대한민국 아지매들이 지하철에서 부들부들 떨면서 하나씩 끌어안고 있는 명품가방들도 많다.

구찌, 프라다, 불가리, 캘빈 클라인…….

유명한 보수동 책방 골목을 지난다. 우리는 책방엘 잘 가지 않았다. 공부에는 취미가 없었기 때문에. 단지 영어 원서를 파는 집은 좀 들락거렸다. 외국 지식에 목말라서도 아니고 영어사전을 사기 위해서도 아니다. 'BeeLine'이라는 출판사에서 나온 책을 구하기 위해서다. BeeLine은 노란 책 출판 전문으로 유명했다. 내 잘난 영어는 말하자면 '야설'로 배운 셈이다.

동아대 박물관으로 간다. 일제강점기 때 지어져 도청으로도 쓰이고 법원으로도 쓰이다 동아대에서 인수해서 박물관으로 쓴다고 한다. 안내자의 말로는 일제의 유산이지만 건물이 너무 잘생겼다고 한다. 박물관을 둘러본다. 지식이 짧아 뭐가 뭔지는 잘 모른다. 근래 영화 〈도둑들〉이 이 박물관을 털면 얼마나 될까 하는 잡스런 생각만 난다.

'촬영금지'란 표식을 보았지만 계속 찍어댔다. 교양 있게 생긴 여자 직원 분이 찍으면 안 된다고 한다. "몰라서 너무 많이 찍어 버렸는데 우째 할까요?" 했더니 "찍은 것은 어쩔 수 없지요?" 하는 교양 있는

대답이 돌아온다. 나도 교양을 좀 쌓아야 할 텐데.

동아대학교 부민캠퍼스에는 우리나라에 단 두 량 남아 있다는 전차가 있다. 서울 중앙청 근처에서 한 대 보았고 여기서 한 대 본다. 전차 타고 동래 온천장에 1년에 한두 번 목욕 가던 시절. 내 기억으로는 라면 한 봉지 10원 할 때 왕복 전차비가 5원쯤 했던 것 같다.

여산 회원 중 한 분이 감회에 잠긴다. 아버지가 전차 운전사를 했다고 한다.

동아대 부민캠퍼스 뒤에는 옛날 경남도지사 관사가 있다. 관사 뒤에는 그 옛날 '곡정'으로 불리던 빈민굴이 있었는데, 웬일인지 'e편한세상'아파트가 있다. 그야말로 세상이 편해졌다.

1934년 4월 1일자 동아일보는 그 당시 이 근처 풍경을 이렇게 보도했다.

인간 이하 생활상/노동조건 불리로

선두에서 가두에서 자유노동을 하는 그들 빈민의 먹고 산다는 현상은 그 수입상으로 보아 인간 이하의 동물적 생활상에도 미치지 못할 정도다.

이곳에 사는 세민이라는 극빈자의 가계를 조사했다는 부영방 면위원들의 조사표 중에 산리 이문우라는 사람의 수입 지출을 계산해보면 그중에서도 제일간다는 성적이 이러하다.

식구 6인, 월수 9원으로 쌀값 6원 방세 1원 30전, 잡비 1원 70전으로 쌀값 6원 중에는 반찬값이 1원 계산되었다.

그보다도 더 수입이 없어 반기반식 또는 걸식하는 수가 한없이 많다고 한다.

대신정 구덕빈촌 요모조모 생활상

농촌이 궁박하여진다고 농촌구제를 제창하는 것은 날마다 들리는 요사이 한 가지 유행된 표어이다. 이 유행표어 반면에 도시 노동자의 빈곤화 이것이야말로 방송하여야 하겠다. 빈촌을 찾으면 찾을수록 그 참담한 정경은 더해진다.

이 서부 대신정은 구덕빈촌 "고분도리" "대밭골" "황토굴" "딱박골" 등의 명칭을 가진 빈민굴이 무질서하게 퍼져 있는 곳이다. 이곳의 1천 이백

호의 인구 5,6천명이 모두 노동자 '룸펜'이라 한다.

이 빈촌을 뒤로 둔 대신정 복판은 도청, 재판소, 형무소 등에 다니는 관리의 주택이 현대식 온갖 문화의 전당이 되리만치 찬란하게도 정비되어 있다. 그 화려한 건축물 뒤의 이 구덕고개의 빈민들의 주택은 모두 바라크 뿐이다.

부인들이 쟁선해 떡과 고구마 장사

남자들은 지게나 지고 다니면서 하루 수입이 없어 식들이 먹지 못할 형편이니 시골에서는 양반의 부녀로 자처하던 부인들이 서로 다투어 떡 장사, 고구마 장사를 하여 하루 양식을 구하려 애를 쓴다. 이곳에서 식구들을 먹여 살리는 것은 참으로 힘든 일이다. 빈곤한 노동자 계급의 자제들이 수천 명 있지만 그들을 교육할 아무 기관도 없다.

임시수도기념관으로 올라가는 계단의 사진들에는 우리들의 어릴 적 모습이 있다. 한국전쟁 때 이승만 대통령이 집무실로 쓰던 공간도 그대로 보존되어 있다. 피난 시절 물품들과 판잣집이 복원되어 전시되어 있다.

경비 아저씨가 괜히 따라와서 친절을 베푼다. 기념관의 문화유적 해설사 선생님이 인도행 회원들을 안내하는 동안 우리 여산 회원들과 어느 방을 구경하고 있으려니 아저씨가 '냉장고'를 한번 찾아보라고 한다. 목제 냉장고가 보인다.

묻지도 않은 설명을 해준다. 70년 전의 냉장고는 얼음을 넣어서 냉장을 했다고 한다. 사진을 찍으려고 팔을 뻗었더니 조심하라고 한다. 영화 〈도둑들〉에 나오는 열적외선 감시 장치가 작동되고 있다고 한다. 미모의 우리 여자 회원에게 계속 친절을 베푼다. 덕분에 설명을 잘 듣는다. 경비아저씨가 우스갯소리를 한다.

"남자, 여자 둘이 와서 호작질하는 사람들이 많이 있는데 카메라가 추적하면서 촬영하고 있으니 조심해야 합니다."

"호작질이면 뭐 어떤?" 하고 물어보았는데 웃기만 한다. 역시 여행은 미인들과 다니면 좋다. 남녀노소 할 것 없이 모두들 호의를 베풀기에. 나같이 남의 말 듣기 좋아하는 사람에게는 큰 도움이 된다.

할머니 몇 분도 구경을 하고 있다. 말을 붙여본다.

"할머님들, 어디서 오셨습니까?"

구미서 왔다고 한다. "구미면 박 대통령 고향이고, 여기는 이승만 대통령이 계시던 곳인데?"

영도다리 구경 왔다가 코스에 들어 있어 들른 모양이다.

"할머니들도 한국전쟁 때 여기로 피난 와서 오늘 구경 오신 거지요?"

"아입니더, 우리는 그때 하양에도 가고 매전에까지 내려왔어예."

"매전이면 제 고향 동네인데?"

"동창천변에 텐트를 치고 살았지예."

옆에 있던 관광버스 운전기사가 엉뚱한 화풀이를 나에게 한다.

"구청장, 구의원 자식들이 문제가 많네요. 오늘 나도 여기 처음 왔는데 자식들이 자기들 해외연수 가고 술 처먹을 돈은 있어도 대형버스 댈 주차장은 없고."

차를 주차시키느라 고생을 많이 한 모양이다. 아니면 놀러 온 사람들에게서 팁이 적게 나왔든가.

경비아저씨가 계속 우리 여자 회원 옆을 맴돌더니 말을 보탠다.

"여기 구경하고 감천 문화마을도 구경하면 좋습니다. 요 뒷길로 올라가시면."

우리 여성 회원 한 명에게 단단히 반한 모양이다. 역시 미인이 좋다. 마지막 빨치산 할머니 흉상 옆에까지 따라와서 친절히 안내한다.

"이 할머니가 몇 년 전에 오셨는데 실물하고 똑같대요."

미인에게는 누구나 친절하다는 사실을 새삼 느낀다. 여자 회원들이 미인인 것이 고맙다.

31 Winter

부산 산만디 탐방기 Ⅱ
아미동 비석마을과 감천 문화마을

　인도행 멤버들과 헤어지고 지금 도착할 회원들을 만나러 토성동 지하철역으로 간다. 오늘은 강행군이다.

토성동 지하철역 앞에서 늦게 합류할 회원 한 분을 기다리면서 아미동 비석마을 탐방로 안내판을 훑어보고 있자니 여학생 둘이 길을 묻는다.

"저, 아저씨! 감천 문화마을 가려면 어디서 버스를 타야 해요?"

타지에서 감천 문화마을을 보러온 학생들이 틀림없다.

"어, 감천 문화마을? 여기서 한 백 미터 올라가면 부산대학병원 응급실이 있는데 거기 앞에서 '마이클' 타고 올라가면 돼. 한 십 분쯤 걸릴까?"

자세하게 가르쳐준다.

"마이클요?"

학생들이 잘못 알아듣는다.

"그래, 마이클버스! 부산에는 산복도로 길이 좁아 자그만 버스들이 많은데 그걸 마이클버스라 그래!"

사실은 부산에서 마이크로버스를 마이클버스라 부르는 것을 본적은 없다. 그냥 재미로 그래 봤을 뿐이다.

"아, 마이크로버스 말이지예?"

물어보나마나 대구 아이들이다.

"허, 대구서 감천 문화마을 보러 둘이서 여기까지 왔어?"

감천 문화마을이 확실히 뜨긴 뜨는 모양이다. 세상 사람들이 다 감천 문화마을로 모여드는 것 같다. 아내와 지난번에 갔을 때도 '히잡'을 쓴 동남아 여학생들과 중국인 관광객, 서양인들이 많이 보였다. 오전 일정을 거르고 온 한 회원이 허겁지겁 나타나고 버스정류장으로 걸음을 옮겼다. 정류장에는 마을로 올라가는 버스를 기다리기 위해 사람들이 줄을 늘이고 있다. 아까 그 여학생 두 명도 눈이 마주치자 인사를 한다. 아이들이 순진하고 예쁘다. 대구 여자들은 원래부터 미인이었지만 요즘도 확실히 예쁘다.

오늘 우리 여산 클럽 회원 참석자는 여섯 명이다. 남자 넷, 여자 둘. 딱 좋다. 늦게 나타난 녀석이 엉뚱한 소리를 한다.

"회장님, 돼지국밥 한 그릇 먹고 올라가면 안 될까?"

점심을 굶고 온 모양이다. 오늘도 무릎 튀어나온 코르덴바지에 새마을 모자 비슷한 복장으로 나타났다.

"자슥, 어제 저녁에 또 실포 김 마담에게 가서 오브리 했나?"

전에 여산 모임 뒤풀이 후 회원들을 데리고 실내 포장마차에 간 것 때문에 만날 때마다 놀린다.

"어, 한잔 묵었다. 어디 가서 돼지국밥 한 그릇에 소주 한잔 하고 갔으면 딱 좋겠는데!"

게슴츠레하게 엉겨 붙는 게 좀 밉상스럽다.

"시끄럽다, 마. 니 때문에 우리 클럽 평균이 떨어지잖아!"

그냥 농담으로 하는 이야기로 들었는데 몇 발짝 가지 않아 화단 가장자리에 주저앉는 걸 보니 밥을 못 얻어먹고 나온 게 틀림없다. 빵빵한 연금을 받으면서 전관예우로 2년 보너스 직장을 다니고 있다. 자식도 한 명은 의사에, 한 명은 지 말로 S방송국 프로듀서(?)로 들어갔다고 자랑까지 하면서 술을 샀는데 집에서 대접은 왜 그리 받는지 모르겠다.

술이 덜 깬 녀석은 기어이 '합천 돼지국밥'이란 간판을 보고는 슬며시 빠진다. 따로 버스를 타고 오겠다고.

우리도 차라리 걸어 올라가는 것이 빠르겠다. 대충 30분이면 감천마을에 도착할 것 같다. 누구 말대로 '내가 해봐서' 잘 안다. 예전에 내가 사하지사에 근무할 때 아침마다 이 고개를 넘었다. 방아깨비 허벅지 같았던 내 다리를 이상화 꿀벅지 같이 만들어보려고.

까치고개를 오른다. 걸어서 올라가는 관광객들이 많다. 그들이 관광을 제대로 하는 것이란 생각이 든다. 부산대 병원에서 감천동 태극도 마을로 이어지는 까치고개는 옛날 화장터와 일본인 공동묘지의 젯밥을 노리는 까치가 많아서 지어진 이름이라 한다. 화장과 납골을 선호하는 일본인들이 이곳에 화장장을 지었던 모양이다.

역시 1934년 4월 2일 자 동아일보 기사다.

화장장 해골 터로 기실 아리랑고개

앞으로는 죽은 사람의 시체를 실어다가 매일 삼사 인씩 화장을 지내는 우렁찬 소리를 내며 기름불에다 삽시간에 회진을 만드는 화장장이 높이 솟아 있고 뒤로는 인간의 해골을 한곳에 모아다가 둔 공동묘지가 있어 산 사람이 그곳을 지날 때에는 마치 지옥을 나온 것 같이 무시무시한 감정을 내게 하는 죽음의 아리랑 고개인 그들 빈민만이 한 천 호 사는 곡정이란 곳이 된다.

사람이라면 누구나 죽음에 관한 일체의 것을 싫어하는 것인데 이곳 주민의 화장장 공동묘지 설치 반대는 필연적인 것이라 할 만하다.

그러나 지금은 머리가 둔해지고 생활에 부대껴 누구 한 사람 감히 그 설치를 반대할 사람도 없는 것 같다.

2~3년간 급설된 곡정산 토막 지대

이곳은 2~3년 전부터 급격하게 바라크가 들어선 지대라 도로의 계획은 불충분하나 화장장 덕택으로 다른 지대보다는 낫다.

그러나 그곳의 길은 공동묘지와 화장장이 앞뒤로 있어 무시무시한 생각이 들어 다니지를 못한다 한다.

곡정이라는 곳은 부산항 선창에서 떨어져 있는 곳으로 일반 노동자가 노동 시장이 멀기 때문에 품팔이하기에도 다른 빈민촌보다 조건이 불리하여 완전한 노동터를 가진 사람이 얼마 되지 않고 모조리 룸펜 생활을 계속한다. 반식반기의 사람은 어디보다도 많다는 그곳 구장의 말에 눈물이 나온다.

화장장으로서 불결하게 장식된 이동리라 청결을 도모할 당국자도 없지만 그곳 주민들도 자포자기 상태로 위생문제는 돌보지도 않는다.

샘물을 먹는 자는 몇 사람 안 되는 돈 있는 사람뿐으로 물의 기근을 당하기는 산리나 대신정 구덕고개나 다름없이 곤란한 상태라 한다.

슬금슬금 30분쯤 걸어 올라갔더니 아미동 비석마을로 가는 이정표가 있다. 몇 년 전에 지나다닐 때는 비석마을이란 명칭조차 없었다. 천마산 산등성을 경계로 비석마을은 서구지역이고 감천 문화마을은 사하구 관할이다. 정확히 비석마을이 어딘지 몰라서 등짐으로 연탄을 나르고 있는 자원봉사자를 불러 세운다.

"어이구, 고생 많습니다. 자원봉사 나오신 모양이네요. 혹 비석마을이 어딘지?"

"비석마을요? 잘 모르겠습니다."

사실은 이 일대 전체를 비석마을이라고 하는 모양이다. 한국전쟁 때 피난민들이 부산역에 내리면 이미 그때는 영주동, 초량 일대의 산만디에는 온통 피난민들과 도시 빈민들이 자리 잡고 있었고, 그나마 가까이 남은 터가 이곳 일본인들 공동묘지였다. 부산역이나 선창에 내린 피난민들에게 관청 직원들이 천막 한 장씩 나눠주면서 이곳을 안내해줬다 한다. 그러면 오갈 곳 없는 피난민들은 일본인들의 가족묘 납골당을 뭉개서 집으로 삼고, 개인묘 비석으로 벽이나 계단을 만들었다.

나는 이곳을 많이 보고 싶었지만, 회원들은 전혀 관심이 없다. 공동묘지 헐고 집 지은 것이 뭐 대수랴? 재수만 좋다 하는데. 회원들을 먼저 올려 보내고 동네를 어슬렁거리고 있었더니, 웬 어르신 한 분이 쪽문을 열고 나온다.

"어디서 오셨소?"

간간이 관광객들이 오는지 먼저 말을 붙여온다.

"예, 어르신. 연산동서 왔습니다."

"비석 보러 오셨소?"

"예, 여기가 옛날 일본인 공동묘지가 맞습니까?"

"예, 맞지요! 여기가 일본인 공동묘지였는데 내가 1950년도인가 전쟁 터져 마산서 가족들하고 기차를 타고 부산역에 내렸더니 시에서 천막 하나씩 나눠주면서 아미동 까치고개로 가라 해서 와봤더니."

이런저런 이야기가 이어진다.

"아, 한국전쟁 때 마산까지 빨갱이들이 들어왔습니까?"

"우리 동네는 마산 변두리라서 빨갱이들이 우글우글했지요."

잘하면 어르신에게 옛날이야기를 들을 수 있을 것 같다. 계단이나
축담으로 쓰이는 비석도 안내해 줄 것이다. 그런데 우물에서 물을 긷
고 있던 딸이지 싶은 여자 분이 쳐다보는데 인상이 별로 좋지 않다.
먼저 올라가던 여자 회원 한 분을 불러 영감님과 서 있는 내 사진을
좀 찍어달라고 했더니 딸이 화가 좀 났던 모양이다.

"아저씨, 왜 사진을 찍고 그래요? 뭐 볼 게 있다고?"

"그게 아니고……."

"사진 찍지 마세요!"

그러고는 영감을 보고 고함을 친다.

"집에 들어가소, 마!"

딸인지 며느리인지 모를 여자의 일갈에 영감님이 주춤한다. 사진을
찍던 여자 회원분도 머쓱해서 카메라를 나에게 건네고는 자리를 피

한다. 분위기가 좋지 않다. 잘못하면 두레박으로 한 대 맞는 수도 있겠다. 내가 역사학자도 아닌데 괜히 많이 알려고 하면 다칠 듯하다. 무안해서 우물에서 물을 한 두레박 퍼 올려 마셔본다. 물맛이 좋다. '삼다수'보다 훨씬 낫다.

산의 거의 9부 능선인데도 우물이 있고, 물이 그득한 것을 보니 신기하다. 여자가 계속 노려보고 있는 것이 느껴진다. 도망치듯이 자리를 피한다.

회원들이 올라가거나 말거나 혼자서 이곳저곳을 둘러본다. 계단이나 축담으로 사용되고 있을 '대정 몇 년'이나 '소화 몇 년', '무슨무슨 가족묘'라 쓰인 일본인들의 묘비석을 찾았지만 보지는 못했다. 대신 산 정상에 있는 산상교회만 눈에 들어온다.

예수님께서 갈릴리 호수 남쪽의 어느 산에서 설교를 한다. 산상설교다. 마태복음5장에서 7장까지 기록되어 있다.

"마음이 가난한 자는 복이 있나니."

"너는 기도할 때에 네 골방에 들어가 문을 닫고 은밀한 중에 계신 네 아버지께 기도하라. 은밀한 중에 보시는 네 아버지께서 갚으시리라."

한참을 그렇게 헤매다 계단을 올라갔더니 회원들은 공터의 벤치에서 과일을 먹고 있다.

"뭐 한다고 이제 올라오노?"

과일을 권하며 회원 한 사람이 묻는다.

"아, 글쎄. 아까 우물 봤지? 얼매나 놀래났던지. 거기서 목이 말라 물을 한 두레박 퍼서 고개를 드는데……."

잠시 뜸을 들인다.

"드는데 보니까 담장 뒤에서 웬 여자가 고개를 빠끔히 들이밀고 쳐다보고 있더라고. 대수롭지 않게 생각하고 물을 마시고 물을 한 두레박 더 퍼 올리려고 고개를 숙였다가 드는데 이 여자가 계속 쳐다보는 것 같아."

내 태도가 하도 진지해서 과일을 먹던 일행들이 반신반의하며 쳐다본다.

"아, 엎드려 세수를 하고 있는데 머리 위로 뭐가 휙휙 지나가는 소리가 들려! 올려다보니 여자가 담벼락에 매달려서 내 머리카락을 잡으려고 획획 손을 놀리고 있데? 와, 갑자기 머리가 쭈뼛 서는데 겁나데! 내가 간이 좀 작거든. 그래서 쳐다보니 일본 여자야. 하얀 기모노 차림인데 얼굴이 좀 창백하더구만."

"그래서?"

이야기가 좀 그럴듯하게 돼가는 모양이다.

"어쩌긴, 두레박 내던지고 졸라 튀었지. 옛날에 여기가 일본 사람들 공동묘지였으니까. 일본 여자 귀신인가? 어, 무섭다. 게다를 신고 다 다다 쫓아오는 것 같던데. 무서워서 뒤를 돌아보지도 못하겠고."

진저리를 치면서 무서운 시늉을 한다. 그리고 한 사람 보고 말한다.

"니 저 계단 밑으로 한번 내려가 봐라. 안 따라오는가?"

서둘러 자리를 옮긴다. 해장술 한잔 하고 감천 문화마을 구경하자던 분은 버스를 용케 타고 와서 강정초등학교 주차장 경계석에 앉아 담배를 한 대 '빨고' 있다.

"또 술 한잔 하셨구만?"

아직 좀 얼그레하게 보인다.

"지랄 안 하나. 대낮부터 무슨 술이고?"

해장술 한잔하고 술이 도로 깼나? 불과 30여 분 전에 술 한잔 하자고 소매를 잡아끌더니 시치미를 딱 잡아뗀다. 우리 여산 클럽 평균 수준 까먹는다고 그리 면박을 줘도 항상 마이웨이다.

　천마산에 올라 마을을 내려다 보고 아미동 비석마을과 감천 문화

마을의 연결지점 고갯마루에 있는 하늘마루란 곳에 올라 다시 감천

문화마을을 조망하였다.

풍경이 독특하다. 산비탈에 그야말로 고기비늘 같은 집들이 질서 있게 붙어 있다. 혹자는 감천 문화마을을 '레고마을'이라고도 하고 어떤 이는 '한국의 산토리니' 또는 '한국의 마추픽추'라고 부르기도 하는데, 보는 이에 따라서 각자 다 다르게 생각할 수도 있겠다.

"레고라……."

얼마 전에 동생이 RV 차바퀴를 갈았는데 보니 의외로 프랑스제 미쉘린 타이어를 달고 있었다.

"웬만하면 국산 타이어 달든지 향토기업 넥센타이어 좀 팔아주지 그랬냐? 값도 엄청 차이 날 텐데."

"형님, 미쉘린이 비싼 대신 마모가 덜 되서 수명은 엄청 오래 간다 하네요. 승차감은 잘 모르겠고."

"뭐, 그럴 테지? 뭐라 해도 타이어가 제일 중요하니까. 미쉘린이 세계에서 타이어를 제일 많이 생산하고 역사도 오래되었지."

"형님, 그런데요. 타이어 제일 많이 생산하는 회사는 따로 있데요. 좀 알아보니까."

"그래? 그럼 굿이어?"

"아니요. 아이들 블록 장난감 만드는 레고 사가 전 세계 타이어 생산량은 1등이라 하데요! 장난감 타이어를 많이 만들어서!"

감천 바닷가 근처의 산자락을 따라 지붕 낮은 집들이 다닥다닥 붙어 있는 모습이 레고 블록을 조립해놓은 것 같기도 하다.

이곳 감천 문화마을은 원래 태극도 마을이었다. 분위기도 낯선 이곳을 내가 처음 방문한 것은 90년대 후반쯤이었다. 사하지사의 급여 조사 업무를 담당하면서 사고환자 명단을 훑다보니 특이한 환자 한 명이 눈에 띄었다. 병명이 '음경골절'이었다. 조사를 나가봐야 했다.

"거시기가 부러졌어? 거시기도 부러지나?"

호기심이 발동되기도 하거니와 업무처리도 해두어야 했다. 지금의 태극도 건물의 뒤편 어느 계단 높은 집에 들어갔더니 자그마한 방에 달린 다락에서 남자가 자다가 일어나 내려왔다.

"거시기가 골절되었다고 병원에서 연락이 왔기에."

"아, 그런 것도 다 조사합니까?"

이야기를 들어보니 남자는 감천항에서 배를 타는 선원이었다. 사람이 시원시원하고 인상이 좋았다. 원래 유도를 했다고 한다.

"아, 몇 개월 만에 마누라하고 한번 하는데 잘못되는 바람에."

"하, 그래요? 그렇다고 거시기가 부러질까?"

남자는 인근 병원에서 간단한 처치 후 붕대를 감고 있다고 했다.

"아, 나도 놀랐어요. '뚝' 하고 소리가 나는데. 처음에는 데굴데굴 굴렀어요. 한번 보여줄까요?"

엄지손가락을 파자마 고무줄에 걸어 당기는 시늉을 한다.

"선생님. 마, 됐습니다. 보면 괜히 부럽기만 할 텐데."

엉뚱한 호기심이 일어난다. 여자의 얼굴이 궁금해진다.

"사모님은 어데 가시고?"

"식당에 돈 벌러 갔지요. 마누라도 조사해야 됩니까?"

　멀리서 줌으로 댕겨보니 태극도 본부 건물이 보인다. 그 남자의 집이 아마도 태극도 본부 건물 뒤쪽 어느 집이었는데 정확한 위치는 잘 모르겠다. 당시 우리 여직원과 태극도 건물에 들어가서 커피를 얻어 먹었던 기억과 사람들이 친절했던 기억이 난다.

　태극도는 동학의 계보를 잇는 민족종교다. 한때 충청도 일원에서 번성하여 신도가 몇 십만에 이르렀는데 일제의 탄압으로 일시 해제 되었다가 후에 부산 동광동으로 본부를 옮겨 다시 포교활동을 시작 하였다 한다. 이후 무슨 사정이 있어 1950년대 후반에 3천 세대 1만 여 명의 신도들이 이곳 감천동으로 집단 이주하여 도인촌을 건설하 였다. 현재 전국적으로 신도는 20만 명 정도 되는 것 같다.

　등고선을 따라 종으로 혹은 횡으로 난 길들을 따라 들어선 집들은 교주의 지시 때문이었는지는 몰라도 크기가 고만고만하고 등고선을 따라 독특한 계단식 집단촌으로 되어 있다. 내 마당이 곧 이웃집 길이며, 좁은 골목길은 길로 이어지고 앞집은 뒷집을 가리는 법이 없이 서로 배려하고 있다.

자그마한 카페에 들어가서 단팥죽 세 그릇을 시켜 나눠 먹었다. 몇 주일 전, 내가 화요일 저녁마다 다니는 해운대 아슬란 카페의 '인문학 강의'에 강사로 오신 이곳 부녀회 부회장의 말로는 이곳의 카페, 맛집들은 재료를 전부 국산으로 하고 양을 많이 주었는데 도저히 수지를 맞출 수 없어 양을 많이 줄였다고 한다. 그래도 3,000원짜리 뜨끈한 단팥죽 한 그릇은 두 사람이 나눠 먹기에도 넉넉했다. 창밖의 아랫집 옥상에는 낡아 보이는 속옷 빨래들이 걸려 있다.

"살다 살다 남의 집 빤쓰 쳐다보며 단팥죽 먹어보는 것은 처음이네."

은행 지점장으로 있는 회원 한 분이 재미있다는 듯이 말한다.

"뭐 빤쓰는 없구마는?"

"저기 사리마다가 걸려 있네. 빤쓰나 사리마다나 그게 그거지."

썰렁한 농담이 오간다.

길가의 담장위에는 생텍쥐페리의 '어린 왕자'와 '사막여우'가 앉아 마을을 내려다 보고 있다. 여학생들이 왕자와 여우사이에 끼어 들어 사진을 찍는다.

작년 12월 인문학 강의에서는 어느 불문과 교수님으로부터 '헤르만 헤세의 시와 그림'이란 주제로 강의를 들었다. 강의 중 교수에게 질문했다.

"교수님은 불문학 교수이면서 우예 독일 작가인 헤르만 헤세에 대해 강의를 하시는가요?"

그때 교수께서는 헤르만 헤세가 정신병이 조금 있어 스위스에서 그림치료를 했는데 어쩌고 하면서 설명했었다.

그리고 해설이 길어지다 보니까 소설 『어린 왕자』에 대해서도 설명했는데 어른들을 위한 동화라나?

사실 제법 책은 읽었다고 자부하는 나도 『어린 왕자』만큼은 사실 뭔 소리인지 몰랐고 아직도 모르겠다.

"사람들은 이 진리를 잊어버렸어."

여우가 말했다.

"하지만 넌 그것을 잊어서는 안 돼."

"넌 네가 길들인 것에 대해 언제까지나 책임을 져야 하는 거야. 넌 네 장미에 대해 책임이 있어."

"난 나의 장미에 대해 책임이 있어."

잘 기억하기 위해 어린 왕자가 되뇌었다.

도대체 뭔 소리여? 글을 좀 알아보기 쉽게 써야지. 아니면 번역하는 분이 뭐가 잘못되었나?

감천 문화마을에는 대문 달린 집이 없는 것 같다. 길을 가다 문고리만 당기면 곧바로 방이다. 마당이 곧 길이고 길은 사통팔달 연결되어 있다. 일본의 여류작가 시오노 나나미의 필생의 작품 『로마인 이야기』 시리즈 10편의 제목이 '모든 길은 로마로 통한다'이다. 길은 통해야 한다. 외적의 침입을 막기 위해 만리장성을 쌓았지만, 진은 망했고 척화비를 세워 쇄국을 한 조선도 망했다. 길을 막는 자는 모두 망했다. 북한도 곧 붕괴되겠지? 감내 여울터로 간다. 이곳 산복도로 르네상스 감천마을의 중심지다. 장사 안 되는 목욕탕을 구입하여 개조하였다 한다.

역시 장사가 안 되는지 주인 아지매가 카운터에 앉아 졸고 있는데 사람들은 귀찮게 옆에 붙어 앉아 너나 할 것 없이 사진들을 찍어댄다.

욕탕 안에는 영감님 한 분만 욕조에 앉아 한가로이 목욕을 즐기고 있다. 복부비만 체형은 거의 나와 닮은 듯하다. 안내인에게 전번에 강의해주신 부녀회 부회장님을 뵙기 청하니 출타 중이라는 답변이 돌아온다.

오늘 온 김에 이곳 감천 문화마을을 만드신 교주님의 능소 참배를 해야겠다. 회원들과 마을의 동쪽 기슭에 있는 능소로 갔다.

능소 입구에 자그마한 사무실이 있다. 개량 한복을 깔끔하게 차려 입은 보살 한 분이 반겨준다.

"어디서 오셨는지요?"

"아, 등산클럽 회원들인데 태극도 마을에 온 김에 교주님 능소에 참

배나 좀 드릴까 해서."

능소로 바로 안내해준다.

"참배를 하려면 절을 두 번 해야 되지요?"

여자에게 물어본다.

"신자는 아니시네요? 절을 네 번 해야 하는데."

여자가 절하는 방법에 대하여 손동작을 보여준다.

"양팔을 하늘로 쭉 뻗어 하늘의 기운을 받아 가슴에 넣고 다시 땅 쪽으로 뻗어 땅의 기운을 받아 가슴에 넣고."

역시 각이 잡혀 있다.

"네 번이라 하셨지요?"

친구 셋이 서서 절을 시작하려니 여자가 몇 마디 덧붙인다.

"소원을 비세요. 하나씩은 들어주실 겁니다!"

네 번씩 경건하게 절을 하고 일어서니 어디서 나타났는지 40대쯤으로 보이는 여자 세 분이 우리 뒤에 서 있다. 참배하러 온 태극도 신도들이다. 지켜보고 있으려니 경건하게 네 번 절을 하는 포스가 우리와는 다르다. 사무실로 자리를 옮기면서 친구들에게 물어보았다.

"교주님이 도통해서 소원 한 가지씩은 들어준다는 이야기를 들었제? 뭔 소원을 빌었는고?"

해장술 마시고 온 친구가 말한다.

"나는 가족들 건강하게 해 달라고 빌었다."

"야, 암만 그래도 교주님이 낮술 먹고 온 니 소원을 들어주시겠나?

노상 술 먹고 무슨 건강?"

기술사 친구는 딸내미 잘 풀리게 해달라고 빌었다고 한다.

"니는 딸내미가 서울대학 대학원 다니는데 더 잘되게 해 달라면 우예 해달라는 거고? 니 괜히 딸내미 자랑하나?"

"교수는 힘들겠고 올해 학위 받으면 취직이나 되게 해 달라고 빌었지. 니는 뭐 빌었노?"

"나야 로또 되게 해달라고 빌었지. 2등만!"

"기왕 비는 것 1등으로 해달라지, 왜 2등이고?"

"2등 정도만 하면 평생 놀러 다니는 기름값은 되지 싶어서!"

사무실로 들어가니 차를 대접한다. 커피를 마시기가 좀 그래서 녹차를 시킨다. 차의 향기가 진하다. 대표로 서명했더니 나중에 전화를 드려도 되느냐고 묻는다.

"아니, 뭐 전화까지?"

20명쯤 앉을 수 있는 좌석이 있고 커다란 TV 모니터가 설치되어 있다. 태극도 홍보영상을 틀어줄까 묻는다. 차를 얻어 마신 게 미안해서 그러라고 했다. 옆방에서 남자 한 분이 나타나서 리모컨을 만지작거리며 화면을 조작한다. 작동이 잘 안 되는 모양이다.

벽면을 보니 태극무늬가 있고 강령 등이 붙어 있다.

"저 문양이 태극기에 나오는 건감곤이 맞지요?"

"네, 건곤감리! 맞습니다."

보살께서 반색하며 대답한다. 벽면에 붙은 알듯 모를 듯한 강령을 읽다보니 '수운께서' 뭐라 하는 표현이 있다.

"아니, 수운이라면 수운 최제우 선생을 이야기하시는가요?"

능소 참배를 왔던 여자 세 분 중 한 분이 그렇다고 한다.

"아, 그래요? 저도 동학을 창제하신 수운 선생님을 만나러 얼마 전 양산 내원사 계곡 적멸굴을 찾아갔는데 굴을 찾지는 못했지요."

몇 년 전에 적멸굴을 찾다가 못 찾은 것을 마치 며칠 전에 갔다 온 것처럼 이야기해본다.

뒤에 서 있던 여자 신도 한 분이 감탄한다.

"그런데 이 아저씨, 디기 유식하시다. 수운 최제우 선생님도 아시고!"

내친 김에 몇 마디 더 보탠다.

"아마 수운께서 적멸굴에서 서학(西學) 연구를 좀 했는데 49일 만에 나오면서 하신 유명한 말이 있지요."

이야기를 내가 너무 주도하는 것 같아 좀 미안했지만 좀 낯설어하는 회원들을 위해 좀 무리를 한다.

"나가리! 화투판의 나가리란 말의 유래가 그때 생긴 것인데……."

사람들이 웃는다.

"말하자면 서학을 연구해보니 별 게 없더란 말이지요! 그래서 후에 공부를 더 열심히 해서 동학을 창제하셨는데 아마 올해가 2주갑쯤 되는 해지요?"

TV 모니터는 고장이 난 모양이다. 집사 아저씨가 주물럭대도 작동이 되지 않는다. 친구가 묻는다.

"2주갑?"

"환갑이 두 번 돌았다는 이야기지? 120년이 되는 해! 이곳에 와 보니까 이상한 기운이 감도는 것 같아! 올해는 우리나라에 뭔가 큰 변화가 있어. 분명히!"

실제로 이곳 감천마을에 신령한 기운이 감도는 것 같기도 하다. 내가 무슨 교주가 된 듯한 기운을 느낀다. 차를 얻어먹은 보답으로 아부를 좀 해야 할 것 같다.

"여기를 와 보니까 말이야, 뭔가 영감이 떠오르는 것 같지 않아? 아마 통일의 기운이 아닐까 하는데. 사통팔달 세상의 모든 기운이 이곳으로 모여들어 팍스 로마나도 가고, 팍스 아메리카나도 지고, 팍스 코리아나가 올 것 같은 기분이 드네. 이곳 태극도 마을을 중심으로 말이지? 아까 히잡을 쓴 이슬람국 여자들하고 외국인들이 이 마을 둘러보는 것 봤지?"

전에 본 광경을 조금 전에 본 것 같이 말한다.

"그들이 왜 여기 왔을까? '모든 길은 로마로'가 아니고 세상 모든 길은 이곳 태극도 마을로 모인다는 기분이 드네. 온 세상의 기독교 신자들이 예루살렘 순례하듯이 앞으로는 이곳이 장래 수천 년의 성지가 될 것이야!"

오늘 좀 무리를 했다. 날이 저물어 택시로 내려와 자갈치 시장에서 꼼장어에 소주를 더해 뒤풀이를 했다. 한 친구가 말한다.

"니, 아까 로또 되게 해달라고 빌더니 로또 샀나?"

"아, 그렇지? 오늘이 토요일이지?"

시계를 보니 저녁 8시가 지났다. 하늘은 스스로 돕는 자를 돕는다고 했거늘.

Heaven helps those who help themselves!

Heaven help those who help themselves!

영어는 어렵다. 어느 것이 맞는 것인가?

동사에 s가 붙고 안 붙고 하는 것은 성에 따르는 건가, 수에 따르는 것인가? 영어 공부한 지가 오래되어 헷갈린다.

그리고 봄

& Spring

32 & Spring

통영에서 온 멸치 두 박스

퇴근 후 집에 와보니 멸치 두 박스가 택배로 와 있다. 통영에 있는

친구가 보내온 멸치다.

몇 주 전 1박 2일 일정으로 지리산 일대를 같이 여행했던 최 선생

이 "저녁에 책상머리에 앉아서 책은 안 보고 멸치에 된장을 찍어 버드와이저 마시는 것이 취미다."라는 나의 말을 용케 기억했다가 보내온 모양이다.

은빛 반짝이는 정치망 멸치 두 포. 양이 많다. 한 박스면 석 달 열흘 술안주로도 충분할 듯하다. 오랜만에 부모님 댁을 방문하여 멸치 한 포로 효도 좀 하고 저녁 늦게 버드와이저와 함께 책상에 앉았다.

조선 최고의 기행문 『열하일기(熱河日記)』의 저자 연암 박지원이 가난하여 밥 굶는 처지가 되어 피차일반이지만 조금 형편이 나은 박제가(朴齊家: 『북학의(北學議)』의 저자)에게 돈을 꾸어 달라고 총 48자의 짧은 편지를 보낸다.

"厄甚陳蔡 非行道而爲然 妄擬陋巷 問所樂而何事 久此膝之不屈 奈好官之莫如 僕僕函拜 玆又送壺 滿送如何"

"공자가 진채에서 이레간이나 밥을 먹지 못하던 어려움보다 더욱 곤궁하나 무슨 심오한 도를 실천하기 위해 그런 것은 아닐세. 안회(安回)처럼 안빈낙도의 생활을 즐긴다는 명분과도 거리가 멀고 그냥 이렇게 어려운 신세가 되어버렸소. 아무에게도 무릎을 굽히지 않기에 나만큼 청렴한 사람도 없을 것이오. 염치없이 빈 술병을 같이 보내니 꽉 채워 보내주기를 바랍니다."

친구에게 도움을 청하되 비굴하지 않고 대단히 섬세한 어투로 돈을 꾸어주었으면 하는 표현을 "나처럼 청렴한 사람도 없을 것이오. 염치없이 빈 술병을 보내니 꼭 채워 보내주시기를 바랍니다."라고 간접적으로 표시하였다.

연암 박지원보다 별로 형편이 나을 리 없는 박제가가 32자의 짧은 답장을 보낸다.

"十日霖雨 愧非囊飯之朋 二百孔方 受付傳書之僕 壺中從事烏有 世間楊州鶴無"

"열흘간 내린 장맛비로 인하여 도시락을 챙겨 찾아가는 친구가 되지 못하여 부끄럽습니다. 돈 200닢을 편지를 들고 온 하인 편에 보냅니다만, 술병은 채워 보내지 못합니다. 세상에 이것저것 다 되는 좋은 일만 있을 수는 없지요!

박제가가 돈을 보내지만 술은 못 보낸다는 답장이다. 돈을 꿔달라는 사람이나 꿔주는 사람이나 피차 구김살이 없는 친구 간의 정이 오고 가는 편지에 듬뿍 흐른다.

지난 주말, 쏟아지는 폭우에 통영과 부산의 중간지점인 거제도 어디에선가 만나서 소주나 한잔 하자던 약속은 지키지 못했다. 멸치를 꺼낸 우체국 택배 빈 박스 안에 나는 뭘 채워야 하나?

33 & Spring

시골로 낙향한 친구

　일요일. 느지막이 아침에 일어나니 날씨는 흐려 하늘엔 구름이 가득 끼어 있다. 가까운 강변에나 나가볼까? 아니면 늘상 마음만 먹고 가보지 못했던 합천으로? 삼국시대의 대야성 흔적도 보고 내암 정인홍 선생의 생가에도 들르고.

　남해고속도로를 빠져 국도를 달리다 보니 갑자기 동창 녀석이 생각난다. 전번에 다른 동창의 모친상에 갔더니 요새 합천에서 농사를 짓는다 했다.

　달리는 차 안에서 전화하니 마침 전화를 받는다.

　"니 지금 어디 있노?"

　"어디긴? 집이지?"

　"어디 안 나가고?"

　"아침에 일하다 등어리에 담이 들어 집에 있다."

　아내를 불의의 사고로 잃고 혼자 지낸 지 꽤 오래되었다. 전에 물어

보니 여러 가지 일로 일요일에는 자주 부산으로 오고는 한다는 이야기를 들었는데 집에 있다니 다행이다.

"30분 내로 갈 테니 집에 있어라! 그리고 집 주소 좀 불러다오."

국도변에 차를 세우고 내비게이션에 주소를 찍었다. 목적지까지 30킬로미터 정도다. 늘 트렁크에 실려 있는 숯 박스와 화덕, 불판이 생각난다.

합천읍내에 들러 소주와 콜라, 포장육 돼지고기를 산다. 목적지가 완전히 바뀐다. 마을회관 앞에 도착하니 친구가 서 있다. 흰 머리는 없으나 옛날에 국무총리 하시던 조순 선생님같이 눈썹에 서리가 좀 앉았다. 반백의 머리일 텐데 염색을 한 모양이지?

우리도 나이가 많이 들었다. 짐을 나눠 들고 조그만 집으로 들어 갔다. 웬 낯선 여자가 반긴다. 40대 중반쯤의 안경을 낀 인텔리 타입 이다.

"자식, 재주도 좋네!"

하늘엔 구름이 잔뜩 끼어 있어서 햇볕이 따갑지 않다. 마당에 놓인 평상에 화덕과 불판을 설치하고 숯불을 피웠다. 마트에서 산 망고와 체리를 꺼내놓고 고기를 구웠다.

외국 여행 가서 망고를 한번 먹어본 이후 처음이고, 체리는 처음 먹어본단다. 사실 나도 그렇다. 고기를 굽는데 연기가 좀 났지만 무슨 상관이랴?

여자가 유기농 농산물이라면서 감자도 내오고 김치, 상추, 오이도 내온다. 시골 생된장은 내가 청했다.

합천 돼지고기가 맛있고 경남 소주 화이트도 좋다. 농사 이야기, 세상 이야기, 학창시절 이야기, 대야성 이야기, 내암 선생 이야기 등등.

친구는 말투가 진중하고 나름의 철학이 있다. 선이 굵다. 학교 다닐 때 좀 뻣뻣하게 보인다고 선생에게 '대가리' 많이 맞았다는 이야기를 늘상 했다.

조선 건국의 주역인 삼봉 정도전 선생이 나주에 유배 갔을 때 일갈하던 흰 눈썹 촌로 정도는 아니지만, 세상에 대한 일갈은 여전하다.

"무슨 죄를 지었소? 아니 구복(口腹)의 봉양과 처자의 양육과 좋은 거마(車馬)와 궁실 때문에 불의한 것을 돌아보지 아니하고 욕심을 채우려다가 죄를 얻었소?

　아니면 벼슬에 승진하기 위해 뜻을 날카롭게 하다가 스스로 이룩할 능력이 없어서 권신을 가까이하고, 세력가에 붙어 그들이 탄 수레와 말 뒤를 분주하게 따라다니면서 먹다 남은 찌꺼기 술이나 고기 부스러기를 얻어먹으려고 어깨를 움츠리고 아첨을 떨며, 구차하게 즐거움을 취하는 데 애를 써서 조그마한 벼슬을 어쩌다가 얻으면 온 무리가 다 성을 내어 내쫓아 하루아침에 형세가 가버리게 되니 이런 것으로 죄를 얻었소?"

　소주 두 병을 비우고 나니 안주인이 집으로 들어가자고 한다. 원두커피를 대접하겠단다. 세 칸 방 중 중간 방을 열어보니 침구와 옷가지, 가재도구들이 아무렇게나 놓여 있다. 벽면에 기타 비슷한 것이 가죽에 쌓인 채 기대어져 있다. 기타치고는 좀 크다.

　"기타 저거는 누가 쓰는 것인고?"

　"기타? 아닌데!"

　여자가 한마디 거든다.

　"그럼, 스트라디바리우스?"

　짐짓 농을 건넨다.

　"바이올린? 아닌데!"

　아는 상식을 다 동원한다.

　"그럼, 콘트라베이스?"

"그것도 아닌데? 그거는 저것보다 더 크고!"

"그럼 장한나가 쓰는 건가?"

음악 이야기가 나온다. 중학교 음악시간에 음표를 제대로 못 읽는다고 선생님에게 죽비로 머리 맞은 이야기부터 노래방 이야기까지. 세상사는 데는 수학 잘하는 것보다는 역시 노래를 잘 부르는 것이 더 중요하다고 결론을 낸다.

"전에 우리 고등학교 동기 집에 갔더니 방문 기념으로 바이올린도 켜주고 풍금도 연주해주고 하던데 이 동네는 그런 것이 없는강?"

"조율도 안 하고 방안에 처박아둔 지가 1년도 넘어서."

여자가 말을 흐린다. 알듯 모를 듯한 미묘한 감정이 빨간 뿔테 안경 너머로 비친다. 친구에게 무슨 곡절이 있는지는 물어보지 못했다.

왜 멀쩡한 녀석이 제법 양갓집 며느리 정도나 되었을 법한 여자와 이 촌구석 비닐하우스에서 피나 뽑고 앉아 있는지.

세상일은 알 수 없다. 같이 동문수학했던 친한 복학생 친구들이 있었다. 다들 뿔뿔이 흩어져 있다.

오늘만 대충 수습하고 살자는 신조의 '오대수' 같은 올드보이 나를 비롯해서.

조금씩 정리들을 해야 할 시간들이 다가온다.

"인생 육십이면 아직 청춘이다."란 말은 다 자위하는 이야기들이다.

시쳇말 따라 '지갑은 좀 열고 주둥이는 좀 닫고' 살 나이인 것이지.

"벼슬에 승진하기 위해 뜻을 날카롭게 하다가 스스로 이룩할 능력이 없어서 권신을 가까이하고, 세력가에 붙어 그들이 탄 수레와 말 뒤를 분주하게 따라다니면서 먹다 남은 찌꺼기 술이나 고기 부스러기를 얻어먹으려고 어깨를 움츠리고 아첨을 떨며, 구차하게 즐거움을 취하는 데에 애를 쓰지는 말아야지!"

유유자적, 자중자애하자!

34 & Spring

초읍도서관

사물함을 관리하는 아가씨가 연일 전화를 해서 열쇠를 반납하라고 한다. 사물함 사용료가 한 달에 9,000원! 내 사물함 자리는 그야말로 명당자리다. 4층 열람실의 위에서 두 번째 칸! 193번.

딱 내 눈높이에 사물함이 있어 물건을 넣고 꺼내기가 그만이다. 막연하게나마 책을 읽어야 한다는 강박증과 무언가에 대한 미련 때문에 마련해둔 것이었지만 사용료만 내고 도서관을 방문하지 않은 것이 벌써 몇 달째다. 관심도 멀어진다.

한 달분 사용료를 미루었더니 관리하는 아가씨가 독촉한다.

전에 이 사물함을 얻기 위해 공을 많이 들였다. 회사에서 나온 기념품 하나를 주면서 좋은 자리를 얻었다.

사물함에서 슬리퍼, 수첩과 필기구, 그리고 먹다 남은 녹차 티백 박스를 챙기고 관리자용 함의 구멍으로 에 밀린 사용료와 열쇠, 고마웠다는 메모를 담은 봉투를 밀어 넣었다.

옥상 휴게실로 나왔다. 열람실이나 자료실보다 더 오랜 시간을 보낸 휴게실인지도 모르겠다. 커피 한 잔을 뽑아들고 도심의 불빛을 바라보며 긴 상념에 잠긴다.

세월이 오래되었다. 이십 수년 동안 우리 가족의 밥을 해결해준 고마운 지금의 직장을 얻기 위해 여기서 공부했고, 또 합격소식을 들은 것도 이곳 열람실 신문을 통해서였다.

늦은 나이에 잘 보이지도 않는 눈으로 밤늦도록 책상에 엎드려 있었지.

대학에 들어가서 미팅에서 만났던 사람 N. 군 복무를 마치고 복학한 후 그녀와 재회한 것도 바로 이 도서관이었다.

휘청거리며 계단을 내려온다. 덩굴나무 아래 벤치에 한참을 앉아 있다. 도시의 불빛이 새삼 무심하다.

긴 건널목을 건너 어둑한 버스정류장 벤치에 다시 앉았다. 흐린 눈으로 멍하니 도서관을 바라본다. 이제는 눈이 어두워져 다시는 책을 읽지 못할 것 같다.

오른쪽 눈, 왼쪽 눈!

지나간 세월의 미련도 이제는 잊어야 한다. 흐릿한 눈으로 도서관을 바라보니 왠지 서글픔이 엄습해온다. 떠나는 N의 뒷모습을 바라볼 때만큼이나 아쉽다.

그러나 흐르는 세월을 어찌하랴? 세월은 무심히 흐르고 사람은 떠났다. 관리 아가씨의 말마따나 사물함을 기다리는 젊은 사람이 많으니 이제는 비켜주고 놓아주어야지. 미련을 버려야 한다.

평소에는 그리도 오지 않던 버스를 서너 대나 지나 보냈다. 바람은 선선하고 타고 내리는 사람들은 무심하다. 하염없이 버스 정류장 벤치에 앉아 도서관을 바라보고 싶지만, 눈치 빠른 택시 한 대가 깜빡이 신호를 넣으면서 스르륵 앞에 다가온다.

잘 있어라, 초읍도서관!

그동안 고마웠다.

35 & Spring

물메기탕

영화 〈화양연화〉에서 양조위는 캄보디아 앙코르와트의 신전 기둥 구멍에 자신의 비밀을 말하고 흙으로 봉한다. 그는 그녀와의 비밀을 영원히 가슴에 묻는다.

며칠 전, 잘나가는 선배한테서 전화가 왔다. 이번에 출마할 모양 이다.

"오늘, 밥 약속 없지요? 점심이나 같이합시다!"

일방적인 통보다. 메뉴는 물메기탕이다. 물메기탕? 한 번도 먹어보 지 않았는데?

왜 정초부터 하필 물메기탕을? 지리보다는 얼큰한 매운탕을 좋아 하는 나에게 맑게 끓여낸 물메기탕이 별로다. 미끄덩한 껍질의 질감 과 점액이 흐르는 살코기가 좋은 느낌이 들지 않는다. 같이 따라 나 온 밴댕이젓갈이 아니었으면 밥 한 공기도 못 비웠을 것이다.

동행했던 동기 한 사람은 연신 '시원하다'는 아부성 멘트를 날린다.

"시원하기는 개뿔로! 영판 콧물 들이키는 기분이구먼!"

나는 아부성 멘트를 하기 싫다. 이 나이에 뭐 덕 볼일 있다고.

"이 물메기탕 한 그릇 먹고 메기에게 쫓기는 미꾸라지 마냥 좀 뛰어 달라?"

'마, 대충 삽시다.'

오늘 향우회 회장께서 점심시간에 전화를 했다. 고향 향우 중에 또 누가 출마할 모양이다.

"오늘, 밥 약속 없지요? 점심이나 같이 합시다!"

팔랑개비 마크가 달린, 뽑은 지 한 달도 안 된 듯한 승용차 안에서 회장이 묻는다.

"물메기탕, 괜찮지요?"

빚 받으러 오면서 목욕탕에서 만나자는 놈이나 보신탕을 주문부터 해놓고 밥 먹으러 오라는 누구보다는 낫지만 별로 먹고 싶지 않다.

"물메기탕요? 그게 당최 흐물거리는 게 콧물 들이키는 기분이라 딴 거 먹을랍니다."

나는 추어탕을 시켰다.

회장이 무슨 부탁을 한다. 참, 물 멕이는 이야기다. 나도 할 말은 해야겠다.

"회장님, 이 나이에 사람들과 얽혀 골치 아픈 짓 하라고요? 있는 것도 털어내고 있는 판에!"

"그는 지나간 날들을 기억한다. 먼지 낀 창틀을 통하여 과거를 볼 수 있겠지만 모든 것이 희미하게만 보였다."라는 자막과 함께 영화 〈화양연화〉는 끝난다.

지나가면 모든 것이 덧없다. 불멸은 덧없음과 하나다.

36 & Spring
출근길에 만난 여자들

아침에 아파트를 나선다. 사무실까지는 걸어서 10분 거리다. 하늘엔 구름이 잔뜩 끼어 있다.

집 앞 구멍가게 아줌마가 고개를 내밀어 "안녕하세요? 잘 다녀오세요!" 하고 인사한다. 새까매진 얼굴이 근래 반쪽이 된 듯하다. 건너편에 SSM이 하나 들어서더니 요즘은 우리 집사람보다 더 싹싹하다.

지하철 역사로 내려가는 에스컬레이터에 발을 올리자 누군가가 내 등을 친다. 가끔 마주치는 같은 아파트 바바리코트 아줌마다.

굴지의 통신회사에 다니던 남편이 실직한 지도 몇 년이 되었다. 일자리를 알아봐 달라는 부탁을 몇 번이나 받았다. 사모님 소리를 들으며 동네에서는 제법 큰소리를 치기도 했건만. 보험회사에 일자리를 구했다 하여 생명보험을 하나 넣어주었다. 동종업계에서 한솥밥 먹는다며 항상 나긋한 눈웃음이다.

오랜만에 만나서 할 말은 많지만 느긋한 한담하기에는 출근길이 바쁘다. 맞은편의 지하철 역사 에스컬레이터를 타고 올라오면서 문자를 보낸다.

"전에 문자 보냈더니 씹데?"

"내가 언제 씹었어? 답장했는데."

"내가 마음이 약합니다. 좀 씹지 마세요. 항상 나긋하게 대해주세요!"

"뭔 소리! ㅋㅋ 난 나긋한 여잔데? 사모님 따라 성당 오면 나긋하게 대해줄게요."

남편이 실직하고 나서부터 집사람이 다니는 성당엘 나오는 모양이다.

"나긋하게 먼저 대해주면 성모님 뵈러 성당 갈게요."

"ㅋㅋ 갈수록 재미있네. 좋은 하루 되세요."

회사 쪽 대로변 포장마차는 뒤늦게 파장 분위기다. 포장 사이로 몇몇 여자들이 테이블에 어질러진 소주병과 안주 접시 주위에 둘러앉아 담배 피우는 모습이 보인다.

앞치마를 두른 주인아줌마는 설거지를 서두르고 주인 남자는 포장의 차양을 걷으며 은근히 손님을 재촉한다.

포장에는 영화 〈넘버3〉에 나오는 "불알 두 쪽에 사시미 칼을 들고 설친다"는 불사파의 문양이 새겨져 있다. 동그라미 두 개 중앙에 사시미 칼 한 자루. 그냥 막 사는 놈이니 건들지 말라는 이야기인지? 낮에는 주차장으로 쓰일 것이다. 가는 빗방울이 떨어지기 시작한다. 술

취한 여자 하나가 길 위에 서서 포장마차 언니에게 팔을 휘적거리며
연방 인사를 한다.

"언니야, 나 갈게!"

"그래, 가라이!"

"언니야, 간데이!"

"그래, 가라!"

뭔가 망설이며 가기 싫은 눈치다. 서둘러 계산을 끝낸 덩치 큰 사
내 하나가 아가씨의 어깨를 감싼다. 헝클어진 머리에 구겨진 바지를
입고 여름용 샌들을 신었다.

행색을 보니 출근할 놈 같지는 않다.

"오빠가 바래다줄게!"

사내와 여자는 모텔이 많은 뒷골목 쪽으로 사라진다. 숙소에 가면
여자는 또 하루를 넘겼다는 안도와 한숨으로 죽음보다 깊은 잠에 빠
져들 것이다. 온갖 걱정과 고민거리를 잊고.

아직은 이른 시간이다. 회사 건물을 들어서니 늙수그레한 몇몇 할
머니와 양장차림의 아줌마 몇 사람이 엘리베이터 앞에 서 있다. 고층
엘리베이터를 기다리는 할머니들은 필시 노인 일자리 구직용 서류를
발급받으러 왔을 것이다.

다리가 불편해 보이는 한 할머니가 불안한 목소리로 다른 할머니에
게 확인하듯이 물어본다.

"10층으로 가라고 하제?"

모른 체할 수 없다.

"할머니, 노인 일자리 때문에 오시죠? 그러면 10층이 맞습니다. 10층 창구로!"

병원 건물이 되어 엘리베이터가 느리다. 제일 안쪽에 서 있던 한 아줌마가 틈을 봐서 한마디 한다.

"아저씨, 공단에 계시니까 물어보겠는데 이번에 보험료가 왜 그리 올랐어요?"

이런 거 대답하는 게 귀찮아서 어디를 가더라도 그냥 보험회사에 다닌다고 한다.

"보험료요? 11층 분들은 직장 가입자 아니던가요?"

11층 기획부동산 아줌마들이다.

"아니, 집에서 내는데."

길게 이야기할 분위기는 아니다.

"한 30만 원쯤 나옵니까?"

"그 정도는 아니지만……. 나는 혼자 사는데 너무 많이 나와서."

보험료에 혼자 사는 게 뭐가 중요한 것이라고. 동료들인 듯 보이는 사람들이 한마디씩 거든다.

"니는 잘사니까 많이 나오지."

9층에 엘리베이터는 서고 나는 내린다. 아침부터 뭔가 갑갑하다. 커피 한 잔을 들고 베란다로 나간다. 빗줄기가 제법 굵어졌다.

折兵賠夫人(절병배부인)!

현대에 와서 다소 문명화되었다고 하나 예나 지금이나 이 원칙은 똑같이 적용되는 것 같다. 예부터 전쟁터나 인간사에서 적용되는 원칙! 전쟁에 이긴 편은 다 가진다.

패배한 장수의 시신은 살점 한 점이라도 챙겨 전공을 부풀리려는 병졸들에게 도륙당하고 패배한 병졸들은 다 죽임을 당한다. 장수의 부인은 승리한 장수의 첩으로 끌려간다. 그 원칙이 '折兵賠夫人'이다.

요새도 사업하다 망하고 회사에서 잘리면 마누라는 노래방엘 가든지 어디 도우미로 나가야 하고 예쁜 딸은 룸살롱에 일하러 가야 한다.

그리고 사업에 망한 지아비는 마누라가 도우미로 일하는 노래방 앞 차 안에서 담배만 뻑뻑 빨아대야 한다.

딸이 룸살롱에 나가서 밤마다 만취하여 들어오면 아버지는 아침에 해장국 끓여놓고 자리를 비워주는 죽음보다 더한 치욕을 목도해야 한다.

집안의 가장으로서 그리고 한 여인의 지아비로서 손바닥에 '折兵賠夫人'라고 적어놓고 시시각각 명심하자. 열심히 일하자. 건강하자.

누구 말마따나 '내 마누라가 순진하게 보여도 내가 안 챙기면 딴 놈이 챙겨준다.'는 말 명심하고 가족 잘 챙기자.

37 & Spring

개그맨 전유성 씨의 짬뽕집 주차장으로 쓰이는 내 땅

　내 고향 청도에 가면 '천재 개그맨' 전유성 씨가 운영하는 음식점이 있다.

　몇 년 전인가? 아마도 이 양반이 상당한 친분이 있었던, 청도에 정착한 〈향수〉란 노래로 유명한 가수 이동원 씨를 만나러 왔다가 팔조령 아래 비어 있던 칠곡 예배당을 발견하고 '니가쏘다쩨'란 짬뽕집을 꾸며 문을 열었다.

본인 말로 "먹고 살기 위해!"

이 자그마한 예배당은 내가 4학년 때까지 다닌 모교 칠곡초등학교 앞 도로 길 건너편에 있다. 어릴 적 친구들과 성탄절과 부활절날(만) 가서 찬송가 따라 부르고 과자나 달걀을 얻어먹었던 추억이 어린 곳이기도 하다.

느끼한 피자 먹고 나서 짬뽕 국물 먹으면 맛이 더 있을 것이라는 전유성 씨 생각대로 피자하고 짬뽕 두 종류만 팔더니 몇 달 전에 가보니 메뉴가 많이 늘었다.

그래도 한 그릇에 9,000원 하는 짬뽕이 대표메뉴다. 국물 맛이 끝내주니까. 그 귀하다는 전복도 한 마리 턱 하니 들어 있다. 한번들 방문해보시라!

재수 있으면 서빙하는 기인 전유성 씨를 만나 세상 돌아가는 이야기를 할 수 있는 행운도 누릴 수 있다.

그런데 대구에서 팔조령 넘어오는 아베크족들로 문전성시(門前成市)를 이루는 것도 좋고 그들이 여기서 짬뽕 한 그릇 하고 어디로 가서 뭘 하는 것도 좋다. 다 지역경제를 살리자고 하는 짓들이라 치자.

문제는 이 양반이 내가 이십 수년 전에 팔아먹은 땅을 자기 주차장으로 턱 하니 쓰고 있는 것을 보니 배가 좀 아프더란 이야기다.

청도군 의료보험조합 시절에 지소장이란 거창한 타이틀을 달고 빨간 오토바이로 벌판을 누비고 다니던 전 국민 의료보험 초창기 시절.

가톨릭농민회를 중심으로 한 의료보험 거부운동이 거세게 일어났다. 농민회 간부들은 생각보다는 좀 순진했다. 밤늦도록 휘황한 말발과 단련된 술 실력으로 간단히 제압하고 뭉텅이 의료보험증을 돌려주고는 오토바이에 올랐다. 술은 그렇지만 불도가 센 놈은 개고기를 먹으면 안 되는 것이었다. 다음 날 아침에 눈을 떠보니 버스정류소 앞 병원에 누워 있었다. 면상을 갈아먹고 붕대에 감겨 거울 안에 딴 놈이 서 있는 줄 알았다. 옆방에는 티켓다방 아가씨가 다리에 깁스를 한 채 누워 있었다.

청도경찰서 교통계 시커먼 김 경장이 좋은 말할 때 합의 보라고 종용했다. 영문도 모른 채 지금의 짬뽕집 주차장으로 쓰이고 있는 논을 팔아야 했다. 어린 시절 하굣길에 할아버지께서 논두렁에 지게를 고아놓고 일하시다 손자를 불러 중참으로 드시던 국수도 덜어주시곤 하던 곳이다.

논 세 마지기 농사지어 열 식구 먹고살 때 가지고 있던 한 마지기 논이다. 조상님들의 피땀이 어린 땅이었다.

합의금 물어주려고 급하게 판 땅이 후에 전유성 씨에게로 넘어갔다. 더욱 가슴 아픈 건 매년 벌초 때나 묘사 때 아버님을 모시고 그곳을 지날 때면 다른 사람들은 전유성이가 이러니저러니 다들 한마디씩 하는데 부친께서는 고개를 반대편으로 돌려버린다는 것이다.

나도 언젠가 돈 좀 벌어 마누라한테 "여보! 아버님 댁에 논 한 마지기 사드려야겠어요!" 해야 할 텐데.

"지금은 뿔뿔이 흩어져 사는 예전의 직장 동료 직원 여러분. 지금도 '그 당시 그 인간이 다방 레지를 뒤에 태워가다 그랬지.' 하고 의심하고 있는 분이 계실지 모르겠는데 그건 아닙니다. 맹세코. Never."

관용차를 사적인 용도에 쓰면 안 되기에. 호의동승으로 마을 출장 가는 보건소 여직원들 좀 태워 다닌 적은 있습니다. 그런데 만나야 이런 오해를 풀고 할 텐데. 보고 싶은 동료 여러분, 얼굴 좀 보고 싶시다.

38 & Spring

'박호(伯胡)―호 아저씨

어느 해의 마지막 날, 우리 가족은 베트남에 있었다.

베트남인들로부터 '국부'로 존경받는 인물 호치민. 호치민 시청사

앞에는 '호 아저씨'가 어린 소녀를 안고 있는 동상이 있다.

'호 아저씨'에 대한 베트남인의 존경심은 상상 이상이었다. 베트남의 휴양도시 붕따우에서 호치민으로 오는 메콩 강의 배편 선실에서 만난 영국 유학파 베트남 청년에게 "사실은 나도 박호를 디기 존경한다."고 립 서비스를 했을 때 청년의 감격스러워 하던 모습을 잊을 수 없다.

국민을 졸(卒)로 아는 어느 나라의 지도자들과는 격이 다르다. 호 치민은 평생 주머니가 있는 바지를 입지 않았다고 한다. 자신은 가진 것도 없고, 가질 것도 없으니.

한학을 하여 평생 책을 끼고 살았다는 호치민이 항상 옆에 두고 애독했다는 책이 바로 다산 정약용의 『목민심서』였다고 전해진다. 『목민심서』에는 관리가 지켜야 할 몇 가지 덕목들이 나와 있다.

"이불과 베개와 속옷 이외에 책 한 수레를 싣고 간다면 청렴한 선비 의 행장이라 할 것이다."

'박호(伯胡)'께서 정약용이란 인물을 정신적 멘토로 여겼는지도 모른다. 그는 저 유명한 디엔비엔푸 전투에서 이겨 프랑스를 밀어낸 후에는 월맹의 국가주석이 되어 지압 장군 같은 유능한 장군과 함께 죽을 때까지 미국을 월남으로부터 몰아내려 했다. 그의 후예들은 내 정간섭을 하려는 중국과 기꺼이 전쟁을 치러 이겼다.

지금도 하노이 전쟁박물관에 가보면 조촐한 전쟁 상황실에서 지압 장군과 전략과 전술을 토론하고 지휘하던 조그만 탁자가 반지하에 놓여 있다.

"저에게는 돌봐야 할 가족도, 재산을 물려줄 자식도 없고 오로지 국민 여러분이 가족이고 국민 행복만이 제가 정치를 하는 이유입니다."

박근혜 대통령께서도 선거유세 중에 이런 이야기를 했다고 하는데 왜란과 호란을 겪은 조선 중기나 구한말의 상황 또는 호치민시대의 베트남과 별로 다를 바 없는 지금의 상황을 유능한 참모들과 잘 이끌어 국민으로부터 존경받는 지도자가 되기를 진심으로 기대해본다.

호치민도 평생 독신으로 살았는데 자식은 있었다는 말이 정설이라고 한다. 공산당 서기장으로 있는 사람에게 외신기자가 "당신이 호치민의 아들이라는데 정말입니까?" 하고 물었더니 "네, 맞습니다. 제가 호치민의 아들입니다. 베트남의 모든 아들딸들은 다 호치민의 자식들이지요."라고 대답했다고 한다.

작년에 남도 여행을 하면서 정약용 선생의 다산초당과 고산 윤선도 선생의 유적지를 답사했다. 두 사람의 삶을 돌아보면서 나는 다산 정약용 선생의 삶보다는 고산 윤선도 선생의 삶을 동경했다.

해남에서 지내던 중 호란이 일어나 왕이 삼전도에서 삼배고구두례(三拜九高頭禮)의 치욕을 접하자 벼슬을 그만두고 부모로부터 물려받은 막대한 재산을 배경으로 서울 대궐집을 헐어 배에 싣고 보길도로 들어간 고산 선생은 세연정을 짓고 수많은 하인을 부리며 자연을 노래하며 잘 먹고 잘살다 갔다.

물론 다산 선생도 천수를 다하고 태어난 집으로 돌아와 죽을 수 있는 영화를 누렸으니 참으로 복이 많은 분이기는 하다. 더군다나 평생 500여 권의 책을 저술하여 민족의 스승으로 추앙받고 있으니.

'호 아저씨'는 오늘도 저 시청 앞 광장에 앉아 유학을 떠나는 소녀에게 이렇게 이야기하고 있을지도 모르겠다.

"너희들의 부모와 형제가 피를 흘리며 베트남을 지킬 때, 너희는 전투에 임하는 정신으로 베트남을 이끌 실력을 쌓아라. 너희는 전쟁이 끝나도 돌아와선 안 된다. 공부가 끝나야만 돌아올 수 있다."

별로 존경스럽지 못한 나라의 지도자들을 보면서 그래도 일평생 밭을 매지 않고도 밥 먹고 살 수 있는 행복한 한국의 속물 아버지는 '호 아저씨'의 동상 앞에 서 있는 딸에게 이렇게 말하고 있는지도 모르겠다.

"좌우간 공부 열심히 해서 공무원이 되거나 대기업체에 취직해라. 그리고 떵떵거리며 잘 살아야 한다. 그리고 무슨 큰일이 생기면 지도자란 사람들 말을 너무 믿으면 안 된다. 왜란 호란때 백성들이 죽창 들고 나라 지키며 싸울 때 제일 먼저 도망간 사람들이 그들이고, 6·25전쟁 때 피난민들이 열차 지붕위에서 얼어 죽고 떨어져 죽을 때, 자기들끼리 전용열차로 애완견에 개 밥그릇까지 챙겨서 튀더라는 이야기 들었지?

딸아, 가족에게는 네가 세상에서 제일 소중한 존재이지만 저들에게는 네가 전혀 안중에 없다는 사실을 알아라. 그러니 유사시에는 알아서 튀어야 한다.

너는 소중하니까!

39 & Spring

아내와의 외출

　퇴근길에 아내를 지하철역에서 만난 것은 뒤꿈치가 너덜해진 내 구두를 갈아주겠다는 아내의 제의 때문이다. 신문에서 금강구두 20% 세일 광고를 보아두었던 모양이다.

　지하철 서면역에 내려 아내는 롯데백화점 후문 근처의 봉고차로 나를 끌고 가더니 액면가 10만 원짜리 금강구두 상품권을 한 장 산다. 7만 4천 원이다. 백화점 1층으로 가니 예전에 있었던 금강구두 매장이 없다. 1층은 이름 모를 화장품 코너들과 낯선 명품 코너들로 채워져 있다. 마치 딴 세상에 서 있는 것 같아 괜히 마음이 불안하다.

　얼른 구두만 하나 사고 밖으로 나와야 한다. 3층 구두 매장으로 올라가니 손님들로 북새통을 이루고 있다. 대체로 나는 물건을 빨리 고르는 편이다. 이것저것 보다 보면 결국은 사지 못하고 돌아서 나온다는 것을 경험적으로 알고 있기도 하거니와 사람이 북적대는 곳에 오래 있으면 머리가 아프기 때문이다. 랜드로버 구두 진열장 한복판에 무난해 보이는 브라운 컬러의 구두 한 켤레가 눈에 띈다.

종업원을 부른다.

"어이, 총각! 이거 사이즈 있어요? 이백칠십!"

총각이 귀에 걸린 무선 마이크로 뭐라 몇 마디 하니 여직원이 금방 박스 하나를 들고 나타난다. 총각이 박스를 능숙하게 뜯어 구두끈을 느슨하게 풀더니 내 발 앞에 구두를 놓는다. 몸을 굽혀 발가락 부분부터 구두에 집어넣고 뒤꿈치 부분에 손가락을 넣어 신을 신으려니 잘 안 들어간다.

"여기는 구둣주걱도 없나?"

다른 종업원이 얼른 짤막한 주걱 하나를 집어준다.

"허리 아픈 넘은 구두 어째 신어보라고 이리 짧은 걸 주는고?"

허리를 굽혀 주걱을 넣어 신발을 신어보니 편하다.

"됐네, 이거 하나 주쇼!"

아내가 걱정스러운 듯이 한마디 한다.

"좀 더 둘러보지?"

"대쓰요, 마!"

"신발은 편하고?"

"편하네! 계산하고 뭐 살 것 있으면 사고 빨리 내려오세요. 나는 후문에서 기다릴게!"

"그래도 검은색이 낫지 않을까?"

미적대며 계산대로 향하는 아내를 뒤로하고 나는 에스컬레이터를 탔다. 코너에 와서 신발을 구입하는 데 5분도 채 안 걸린 듯하다.

음력으로는 아직 2월이어서 그런지 바깥 날씨가 쌀쌀하다. 스마트폰으로 뉴스를 보면서 시간을 죽였지만, 아내는 내려오지 않는다.

'발레파킹(valet parking)'이라 적힌 주차장 팻말 뒤에 서성이면서 담배를 연거푸 피웠다.

"습하, 대리주차면 대리주차지 뭔 발레파킹이니 하면서 꼭 어려운 말을! 국산차는 겁이 나서 주차나 하겠나?"

그런데 왜 쇼핑만 오면 짜증이 나지? 조금 지나자 문자가 온다.

"저녁 먹고 가게 밥집이나 알아두세요!"

서투르게 폰으로 메시지를 터치한다.

"빨리 내려오세요!"

그러나 한동안 무소식이다.

내가 철없던 시절 리어카에 놓인 〈플레이보이〉지 혹은 함석헌 선생의 『씨알의 소리』를 구하기 위해 지나다니던 서면 복개천 거리를 한 바퀴 둘러보면서 많은 음식점 중에서 일본식 라면집 하나를 눈여겨보아 둔다.

한참을 지나서 나타난 아내의 손에는 녹색 체크무늬 랜드로버 가방 하나만 달랑 들려 있다.

"뭐, 옷이라도 좀 안 사고?"

"옷은 세일을 안 한다 하네!"

아내가 백화점에서 옷을 사는 것을 본 적이 없는 것 같다. 괜히 화가 조금 난다.

"그래? 그럼 다음에 아울렛이나 한번 가지 뭐. 밥이나 먹자. 라면 어때? 내가 살게!"

'카라노야'라고 쓰인 라면집에 올라가니 종업원들이 떠들썩하게 인사를 한다. 일본식 라면집이어서인지 인사말도 "이랏샤이마세!"라고 들리는 듯하다.

아내는 미소(된장)라면을 시키고 나는 쇼유(간장)라면을 시킨다. 칠천 원씩이다. 참이슬도 한 병 시킨다. 삼천오백 원이다. 아내가 한마디 한다.

"요새 물가가 오르더니 소줏값도 올랐는가 봐? 소주는 원래 한 병에 삼천 원 아닌가?"

술집에서 파는 소주는 값이 어디나 같아야 하는 줄로 알고 있지 싶다.

사실은 며칠 전에 백화점에 같이 외출하기로 약속한 후 나는 아내와 같이 일본식 라면을 먹기로 혼자 결정해두고 있었다.

딸과 일본식 우동을 먹으면서 『우동 한 그릇』이란 북해정 이야기를 해주고 점수를 좀 벌었듯이 이번에는 아내에게 일본 영화 〈담뽀뽀(민들레)〉에 나오는 라면 이야기를 해주어 점수를 좀 딸 요량이었다.

종업원이 라멘을 금방 들고 나온다.

"전에 오사카 갔을 때 먹어보고 일본식 라면은 처음이지? 각국 음식들이 다 먹는 방법이 있듯이 일본식 라면도 먹는 방식이 있는데 한 번 들어볼래?"

내레이션: 어느 맑은 날, 나는 어느 노인과 외출했다. 라면 연구만 40년, 지금부터 내게 라면 먹는 법을 가르쳐줄 참이다.

청년: 선생님, 라면은 국물을 먼저 먹어야 합니까? 아니면 면을?

노인: 우선 그릇을 찬찬히 살펴보세요.

청년: 하이!

노인: 라면의 형태를 감상하고 향기를 음미해보세요. 국물 위로 기름이 보석처럼 반짝이며 시나치쿠가 빛나고 해초가 천천히 가라앉는 동안에 양파가 국물 위를 부유하죠. 그리고 편육 세 조각을 눈여겨볼 필요가 있습니다. 핵심 역할을 담당하지만 겸손하여 자신을 드러내지 않습니다.

청년: ……?

노인: 우선 라면의 표면을 젓가락 끝으로 살짝 만져주세요.

청년: 왜요?

노인: 라면에 대한 애정을 표시하는 겁니다.

청년: 아하!

노인: 그리고 고기를 살짝 찔러주세요.

청년: 아……. 그러면 고기를 먼저 먹는 겁니까?

노인: 아니 먼저 만지기만 하세요. 그리고 고기를 들어내어 국물에 묻어두세요. 그릇 오른쪽. 여기서 중요한 점 하나! 고기에게 사과를 해야 합니다. "잠시 후에 뵙겠습니다." 하면서.

청년: 네에……!.

(노인은 고개를 숙여 고기에게 진심으로 사과했다.)

노인: 그리고 먹기 시작합니다. 면 먼저. 면을 먹을 때는 고기를 응시해
     야 합니다.

(청년이 그릇을 들고 고기를 째려본다.)

노인: 어허, 그렇게 말고. 애정을 담아서!

내레이션: 노인은 면을 입에 넣은 채로 시나치쿠를 씹었다. 그리고 처음
     으로 국물을 마셨다. 그것도 세 번에 나눠서. 그는 반듯하게 앉아
     서 먹다가 마치 인생의 중요한 결단을 내리듯이 한숨을 내쉬었다.
     그러고는 고기를 한 조각 집어 허공에 대고 탈탈 털었다.

청년: 선생님, 무슨 의미로?

노인: 별 뜻은 없어! 그냥 말리는 거지.

어쩌다 가족들과 외출해서 식사할 때면 값비싼 음식으로 '서프라
이즈'를 할 능력이 나에겐 없다. 대신 나 나름의 서프라이즈는 해야
한다.

해운대의 인디언 레스토랑 GANGA에 가면 노란 카레에 밥을 손가
락으로 비벼 먹어야 하고, 기장 바닷가에 가서 짚불 곰장어를 먹으면
일본 영화 〈우나기〉를 이야기하고, 혹시 중국음식점에 가서 만두라
도 먹을라치면 장만옥이 주연한 〈신용문객잔〉 이야기나 영화 〈올
드보이〉의 만두 이야기라도 해야 한다.

한식을 먹을 때는 하다못해 허영만 화백의 〈식객〉에 나오는 순종
임금의 육개장 이야기라도.

40 & Spring
버드와이저를 마시며

　버드와이저에는 왠지 자유의 향기가 난다. 그래서 좋아한다.

　영화 〈쇼생크 탈출〉에서 은행원 출신 주인공이 감방 간수들의 세금을 정산해주고 맥주 3병씩을 얻어 교도소 옥상에서 마시면서 동료들과 막간의 여유를 즐기는 장면이 왠지 떠오르는 때가 내가 버드와이저를 마실 때다.

　나도 어디론가 탈출하고 싶은 것인가? 이 영화에서의 맥주가 버드와이저인지는 잘 모르겠다. 내가 그리 느끼는 것은 영화에서의 빨간 라벨의 이미지 때문일 것이다.

　빨간 레테르에 '킹 오브 비어스'라 적힌 버드와이저를 홀짝이면서 거실의 컴퓨터 자판을 또닥거리거나 영화를 보는 것이 나의 조그만 사치이자 현실로부터의 도피임을 아내가 모르지는 않겠지만 냉장고에 버드 채우는 것은 노상 잊어버리는 게 현실이다.

　오늘은 금요일. 직장에서 일체의 연장근무가 금지된다. 가정의 날이다. 버드와이저를 마시며 영화나 느긋하게 보자. 집에 들어오니 딸이 거실 컴퓨터 앞에 앉아 있다.

"어, 벌써 학교 갔다 왔어?"

"오늘은 쉰다고 말했을 텐데?"

무슨 기념일이라 하루 휴교한다는 이야기를 내가 건성으로 들은 모양이다.

"어, 그래? 너희 엄마는?"

버릇처럼 아내를 찾는다.

"엄마는 아빠 싫다고 어디 나간다던데?"

"엄마가 아빠 왜 싫어해? 얼마나 좋아하는데. 돈도 벌어다 주고 심부름도 잘하고. 너 같이 말 잘 안 듣는 것도 아닌데?"

"그래도!"

아이가 학교 갔다 올 때 "엄마는?" 하고 물으면 "느그 엄마? 니 미워서 도망갔다!"라고 한 데 대한 대응이다. 아내는 딸을 시집보낸 올케 언니를 축하 겸 위로하기 위하여 오늘 오후에 강원도로 기차 여행을 떠났다.

"아빠, 컴퓨터 10분만!"

"어? 안 된다. 친구들하고 그림 그리고 있다."

"아빠가 컴퓨터로 꼭 처리해야 할 일이 있다!"

"그래도 안 된다!"

"그러면 아빠가 라면 하나 끓여 먹을 동안 니가 하고 그 다음은 내가 컴퓨터 쓸게. 응? 됐제? 밥은 우짤란고?"

"알았다. 밥은 안 먹는다!"

미리 작업을 해두어야 한다. 저녁을 먹고 나서 버드와이저를 홀짝이면서 영화를 보려면 미리 딸을 압박해두어야 한다.

요즘 갑자기 눈이 나빠졌다. 비문증에 돋보기가 필요해준 눈을 아끼기 위하여 의사의 권유대로 당분간 책을 읽지 않기로 했다. 대신 미국의 대학에서 영화를 가르치는 초등학교 여자 동기 교수의 권유로 영화를 본다.

식탁 위에 아내가 준비해둔 김밥과 유부초밥이 눈에 띄었지만 양은 냄비를 꺼내 물을 올렸다. 물이 금방 끓는다. 라면 반을 잘라 넣고 국수를 한 움큼 집어넣는다. 스프는 반만 넣는다. 매운 고추장을 넣을 테니까. 식성은 잘 바뀌지 않는다.

아직도 마트에서 라면보다 국수 종류가 많이 팔리는 유일한 지역이 대구라는데 나도 그쪽 출신이라서 그런지 라면만 먹지는 않는다. 면이 끓고 냄비를 내리려니까 딸이 한마디 한다.

"설마 딸 놔두고 혼자 끓여 먹지는 않겠지? 1미터 뒤에 있는 정수기까지 움직이기 귀찮아서 수돗물로 라면 끓인다고 엄마가 제보해줘서 안 먹을라 했지만!"

할 수 없이 물을 더 붓고 라면 반쪽과 국수를 한 움큼 더 넣는다.

김치를 꺼내고 김밥과 수저를 상 위에 얹어 들고 온다.

"먹자, 가시내야!"

　TV를 켜니 뭐 때문인지 지나간 세계 육상선수권대회 재방송을 한다. 여자 1,500미터 결승이다. 아나운서가 유럽 사람들이 제일 좋아하는 종목이라고 강조한다. 출발선에 선 사람들 대부분이 백인이고 흑인이 몇 명 있다. 종아리들이 아름답다. '삼성'이란 로고가 출발선 뒤에 선명하다. 대단하다. 나라가 많이 발전했다. 시커먼 교복을 입고 다니던 고등학교 때의 체육시간이 생각난다.

　"달리기 할 때 출발방법이 두 가지가 있는데 아는 사람?"

　한 학생이 손을 든다.

　"요이땅, 준비땅입니다아!"

　물론 평소 밉상이던 그 학생은 그날 많이 터졌다. 답은 '앉아 출발!', '서서 출발!'이다.

"설거지는 니가 좀 하거라!"

"알았습니다!"

속이 좀 더부룩하다. 라면을 너무 맵게 먹었나? 어제 가족들과 아웃백에 갔을 때 타바스코소스를 너무 뿌려 먹었나? 별 생각이 다 든다.

암? 위암? 대장암?

네이버 지식검색을 해본다. 증상이 비슷한 것 같기도 하다. 집안 병력을 생각해본다. 할아버지가 여든에 사고로 돌아가시지 않았다면 평균 수명이 아흔은 될 것 같은 장수 집안이다.

작년 건강검진 때 담배만 끊으면 되겠다던 의사의 말로 위안을 해본다. 모르겠다. 설마 내가.

버드와이저나 마시며 야구나 볼까? 냉장고를 열어보니 웬 일로 빨간 레테르의 버드와이저 6병이 채워져 있다. 아내가 냉장고에 술은 잘 안 채우는데. 롯데가 지고 있다. 상대편의 막강 불펜이 가동되었다.

영화나 한 편 보자. 박신양, 최진실 씨가 주연한 〈편지〉란 영화다. 아마 〈약속〉과 더불어 배우 박신양의 출세작인 모양이다.

경강이라는 자그마한 강촌을 무대로 젊은 남녀의 알콩달콩한 사랑 이야기에 한국 영화의 단골메뉴인 한 주인공의 불치병을 더해서 스토리를 만들었다.

결혼한 두 사람이 수목원 안에 신혼살림을 차리고 수채화같이 살아가다가 남자가 뇌종양으로 죽고 여자는 자살을 기도한다. 그즈음에 남편으로부터의 영상편지가 여자에게 배달된다.

시한부 삶의 남자가 경강역 철도원에게 부탁하여 자신이 죽고 난 후에 여자 주인공에게 편지와 영상편지를 보내 관객의 누선을 자극한다.

어쨌든 이 영화가 좀 히트를 친 모양이다. 여러 가지 생각이 든다. 내가 한 3개월의 시한부 인생을 산다면? 누구에게 영상편지를 쓰지?

사랑하는 딸? 마누라? 아니면 누구?

무슨 내용으로 쓰지?

마누라 모르는 채무?

몰래 들어놓은 보험, 적금?

〈매디슨 카운티의 다리〉란 영화에서의 로즈먼 다리 이야기와 같이 와인터널 이야기, 만어사 이야기, 작원관 이야기를 담아 믿을만한 친구에게 맡겨놓나?

아이들이 다 성장하여 나를 이해할 만한 나이가 되면 전달해 달라고?

평소 대동아전쟁 때 태평양의 어느 군도에서 죽어간 일본군들의 군장에 정리된 관물들같이 항상 내 생활이 정리되어 있으면 편지를 쓰기도 좋겠지만.

항상 어지르기만 하고 정리되지 않은 생활들. 주변들. 아마 수습하기도 바쁘지 않을까?

　항상 혹은 매일 생활을 정리하여 3일쯤만 여유 있으면 가뿐하게 내 모든 걸 정리하고 갈 수 있도록 준비해야지.

　전장에 나가는 장수는 죽어서 추한 모습을 보이지 않아야 한다는데. 미련을 버리고, 욕심을 버리고.

　항상 사랑하면서 살 수 있는 그런 나.

　그렇게 천국으로부터의 편지는 간결하고 아름다워야 할 것이다.

41 & Spring

부동심

1

약 이십 년만의 만남이다. 1992년 LA 교외 파사디나 도장에서 만났다. 그는 그때 60대 초반으로 당시 도쿄 경시청 검도부 사범으로 검도 8단이었다. 언뜻 보기에 얌전해 보이는 가케하시 마사하루(梯正治) 사범은 죽도를 잡고 맞서니 마치 사람을 잡아먹을 듯한 살기등등한 한 마리 호랑이로 표변하여 뜨거운 젊음으로 꽉 찬 35세의 나를 실컷 두들겨 패주었다.

이십 년 후 시카고에서 다시 만났다. 이제는 80세가 넘은 기품 있는 노인으로 돌아왔다. 지금은 도쿄 경시청 검도부 명예사범이다. 즉 현역에서 은퇴한 사범이다. 이제는 이십 년 전의 매를 되돌려 주어야겠다고 생각하고 호구끈을 꽉 조아 매고 죽도를 불끈 쥐고 나섰다.

"야!"

하고는 기합으로 전의를 다진다.

중단자세로 칼끝을 상대의 목줄기를 겨누며 살짝 앞으로 발을 밀어가며 상대의 정면으로 압박을 가하였다. 이런 경우 대부분의 상대는 밀어 붙이는 공격의 기세에 눌려 뒤로 물러나든지 혹은 치고 나오면서 공격을 하게 되어 있다. 물러가는 경우 즉각 뒤따라가면서 상대의 정면으로 압박을 계속 가하면 된다. 초조한 적은 중단을 무너뜨리고 공격을 하게 되어 있다. 그 다음은 초조한 상대의 공격 타이밍을 파악한 내 칼의 밥이 된다. 혹은 밀어붙이는 순간 바로 치고 나오며 공격을 가하여 오기도 한다. 그것도 공격해 오는 타이밍이 나의 의도 안에 있기에 치고 나오는 순간 받아치면 가볍게 제압이 된다.

"어? "

그런데 내가 아무리 세게 밀어붙여도 꿈쩍을 않는다.

"그래? 요것 봐라!"

이제는 내 죽도를 가볍게 들어서 가케하시 사범의 죽도위로 올라탄다. 그리고 가볍게 눌러본다. 남녀상열지사 초반전 남자가 여자의 몸을 가볍게 올라타듯 내 죽도로 가케하시 사범의 죽도를 가볍게 올라타서 눌러보고 감아보기도 한다. 그런데 반응이 없다. 남자가 올라타고 여자로부터의 반응이 오면 다음 동작으로 넘어가듯이 상대의 반응을 기다린다. 살짝 눌러도 눌러지지 않고, 감아도 감기지 않고, 나중에는 내 죽도를 약간 들어 올려도 상대의 죽도는 그냥 그대로 있다. 그야말로 무반응이다. 애무를 해도 해도 반응이 없으면 어떻게 연애를 하나?

약간 김이 새고 이상한 기분도 들어 얼른 몸을 뽑아서 뒤로 물러서 다시 거리를 유지한다.

"아니 이런 경우가 있나?"

호면의 면금 사이로 가케하시 사범을 다시 한 번 노려본다. 석자구푼(약 120센티미터) 길이의 죽도 뒤로 가케하시 사범이 미동도 없이 중단을 취하고 있다. 죽도 뒤에 숨을 죽이고 숨어있다. 마치 또아리를 튼 뱀처럼 언제든 공격할 자세로 서있다. 약간 불쾌하다. 나도 죽도를 꽉 잡고 맞선다. 등에선 땀이 흐른다. 아무리 기술을 걸어도 반응이 없다.

56세의 무림고수가 80세 넘은 노검객을 상대로 아무것도 할 수가 없다. 생각이 거기까지 미치니 그 불쾌한 기분이 이제는 무서운 기분으로 변한다. 뒷골이 서늘해지는 무서운 기분에 머리칼이 서는 듯하다. 이것이 검도에서 말하는 부동심(不動心)의 경지이다. 그런데 불쾌하다. 기분이 나쁘다.

2

경주에 병들고 늙으신 어무이가 혼자 계신다. 일 년에 한번 정도는 출장을 겸하여 찾아뵌다. 젊은 시절 너무나도 열심히 산 덕분에 뼈가 다 부스러졌는지 허리가 90도로 꺾여 버렸다. 이전에 곱던 피부는 늙은 할매 얼굴에 이제 조금 흔적만 남아있다.

그런데 잠깐 머무르는 2박 3일간 우리 가족들이 이전에 같이 먹던 음식을 뚝딱뚝딱 만들어 아침 점심 저녁 매 끼니마다 밥상에 올린다. 논고동 미나리무침, 대구젓, 콩나물무침, 된장찌개, 통고등어 구이, 무청 물김치, 두릅숙회, 파강회, 추어탕······.

맛은 좋은데 이제 그렇게 많이 먹지 못하는 중년의 아들이 다 먹기에는 너무 많다. 그리고 이미 반평생을 하숙생처럼 외지를 돌며 지낸 나는 어무이 아파트에서도 별로 편치는 않다. 미국에서 날아온 나는 시차에 허덕이고, 혼자 사는 어무이와 달라진 내 생활습관이 서로 달라 몸도 좀 불편하다. 평소 운동을 좀 많이 하는 편인데 경주에서는 그것이 좀 불편하다. 그것을 눈치 챈 어무이는 그러신다.

"니 운동한다고 밖에서 함부로 뛰고 그러지 말아라! 차가 위험하니 …."

"…."

할말이 없는 내가 묵묵히 아무말 않으니,

"그래, 그럼 애기봉산에 등산이나 가거라!"

경주 입실 뒷산 애기봉산은 적당하다. 별 장비 없이 후다닥 2~3시간이면 정상까지 다녀 올 수 있다. 도착하고부터 계속 과식했으니 운동이 필요하다.

그런데 또 한마디 하신다,

"애기봉산에는 말벌도 많고 뱀도 많으니 정신 바짝 차리고 다녀라!"

"……."

그 사이에 동생 가족도 다녀가고 조카들도 다녀가고 그런다. 그렇게 2박 3일을 보낸다. 떠나는 날 아침 큰절을 올리고,

"어무이, 갑니다!" 했더니,

"그래, 니 건강하게 잘 지내고 나도 건강관리 잘해서 내년에 니가 또 올 때까지 기다리꾸마!" 하신다.

눈물이 왈칵 쏟아진다. 눈물을 보여드리기 싫어서 휙 돌아서 나온다. 아파트 밑에 이미 불러둔 택시가 와서 기다린다. 택시를 타고 신

경주역으로 가는 내내 생각해 본다. 해마다 내가 지남철에 끌리듯 고향에 오는 이유를 생각해 본다. 어무이가 계시니 오는 것이다. 내 나이만큼의 햇수동안 전혀 변치 않고 항상 내 마음의 고향에서 기다리시는 어무이가 계시기에 내가 지남철에 끌리듯 오는 것이다. 어무이가 나중 돌아가시고 나면 나는 한국 올 일이 많이 없어져 버린다. 그럼 나는 시카고 최가의 시조가 될 것이다. 내 동생은 서울 최가가 될 것이고….

그러고 보니 어무이의 존재가 우리 가족을 지켜주는 울타리이다. 원심력으로 뛰쳐나가는 가족들을 구심력으로 당겨주는 존재이다. 몇 년 전, 동생이 사업에 실패하여 신용불량자가 될 정도로 알거지가 되었을 때 딱 한군데 생각이 나더란다. 어무이! 어무이는 딱 그 자리에 항상 계신다. 어무이는 평생을 부동심으로 그 자리에 계신다. 그런데 어무이의 부동심을 생각하면 가슴이 울컥하면서 눈물이 나오려고 한다.

최형근(Ph D. President, Elite Academy, 초등학교 동창)